O DEUS DAS AVENCAS

DANIEL GALERA

O deus das avencas

Três novelas

Grafia atualizada segundo o Acordo Ortográfico da Língua Portuguesa de 1990, que entrou em vigor no Brasil em 2009.

Capa
Alceu Chiesorin Nunes

Imagem de capa
Protea, de Allison Schulnik, 2012, óleo sobre tela, 76 × 61 cm.
Cortesia de Allison Schulnik e P·P·O·W, Nova York.

Preparação
Márcia Copola

Revisão
Carmen T. S. Costa
Clara Diament

Os personagens e as situações desta obra são reais apenas no universo da ficção; não se referem a pessoas e fatos concretos, e não emitem opinião sobre eles.

Dados Internacionais de Catalogação na Publicação (CIP)
(Câmara Brasileira do Livro, SP, Brasil)

Galera, Daniel
O deus das avencas : Três novelas / Daniel Galera. — 1ª ed. — São Paulo : Companhia das Letras, 2021.

ISBN 978-65-5921-051-0

1. Ficção brasileira. I. Título.

21-58738 CDD-B869.3

Índice para catálogo sistemático:
1. Ficção : Literatura brasileira B869.3

Aline Graziele Benitez – Bibliotecária – CRB-1/3129

EDITORA SCHWARCZ S.A.
Rua Bandeira Paulista, 702, cj. 32
04532-002 — São Paulo — SP
Telefone: (11) 3707-3500
www.companhiadasletras.com.br
www.blogdacompanhia.com.br
facebook.com/companhiadasletras
instagram.com/companhiadasletras
twitter.com/cialetras

Sumário

O deus das avencas

Estão esperando que ela comece a sangrar, a sentir dor. Manuela está com ódio de tanta demora. Já faz duas semanas que não aguenta mais carregar a barriga por aí, nas escadas do prédio sem elevador, pelas calçadas repletas de lajotas soltas que ainda espirram nas suas canelas inchadas a água suja das últimas chuvas de outubro. Quer dormir de bruços e sem o amparo de travesseiros, levantar do vaso sem precisar se apoiar na pia, parar de levar chutes nas costelas pelo lado de dentro. Quer voltar a transar sem ser derrotada toda vez por essa massa que se agigantou em seu corpo. E Lucas, que tem de si mesmo a imagem de uma pessoa que passou a vida toda subjugando o cansaço sem se deixar vencer, confiante no moto-perpétuo de vigor que abriga nas entranhas e o mantém sempre no combate por mais que esteja apanhando, se sente acuado nos últimos tempos por uma sensação de perigo que não compreende bem. Tem medo de não ter dinheiro para o básico, de que Manuela sofra em demasia, de ter um derrame ou um infarto, de que o país entre em guerra civil na madrugada de segunda. Seu corpo, entretanto, não apenas atravessa incólume essa temporada de suas vidas como está mais magro e definido que nunca. A autobiografia em que trabalhou como ghost-writer por seis meses foi lançada em junho e o autobiografado, um jovem empresário que tinha participado de ultramaratonas em todos os continentes e passado por uma experiência de quase morte no deserto de Atacama, pagara a última parcela do contrato na semana anterior. Agora Lucas quase não trabalha, em parte porque não resta muito trabalho remunerado para um jornalista como ele, que começou cobrindo a cena cultural e se contentou nos últimos anos com uma atuação cada vez mais apagada como freelancer, se perguntando se fazer a assessoria de comunicação de uma construtora era mesmo o tipo de coisa que estava disposto a aceitar para não terem de se mudar da capital para o interior, onde o custo de vida não os pressionaria tanto. Mas houve também uma certa preguiça nisso, ele avalia agora, como se desejasse saborear as últimas migalhas de indolência que teria o luxo de receber por alguns anos e quisesse se acomodar aos poucos no assento da paternidade não programada. Nos momentos em que se via sob a luz mais favorável, acreditava estar fazendo tudo a seu alcance, mas na verdade estava em negação. Devia ter aceitado todos os trabalhos mal pagos e desalentadores, acossado seus contatos e contratantes do passado até acumular tarefas que não daria conta de cumprir. Tem frequentado assiduamente suas aulas de boxe numa academia barata e com ares de calabouço, perto do viaduto da Goethe, onde precisa lidar com o sarcasmo dos fisiculturistas carecas de meia-idade que o enxergam como um hippie comunista que entrou na porta errada. Nos últimos meses aumentou a carga dos exercícios como se quisesse responder ao fato de que seu corpo, ao contrário do de Manuela, não se transforma. Mas tem plena consciência de que já está decadente demais para que toda essa dedicação realmente faça alguma diferença. Desde que ficou estabelecido que o apartamento será um ambiente livre de tabaco, sai para fumar na pracinha a duas quadras de casa e aproveita para fazer barras na trave dos balanços dos bebês, para constrangimento de todos os presentes. Dia desses se flagrou fazendo barras e fumando ao mesmo tempo, tragando o Camel na descida e soltando a fumaça na subida, enquanto sua mente fabricava cenas muito realistas e serenas envolvendo a sua morte por doença, acidente ou suicídio.

Mas eles estão contentes. Chegaram em casa quase ao mesmo tempo, ele vindo do dentista, onde consertou um molar quebrado, o último item de sua lista de pendências resolvíveis antes do nascimento do filho, e ela de uma ida à estética para fazer as mãos e os pés e se depilar. As ruas da cidade estão mais engarrafadas que o normal naquele fim de tarde e Manuela ficou presa vinte minutos no carro que chamou por aplicativo, até que enfim pediu para descer antes do destino e caminhou as seis quadras restantes até a porta de casa, se deleitando com a brisa refrescante e o sol ainda ardente das cinco horas enquanto os pedestres abriam caminho para a sua barriga como se ela fosse um profeta dividindo as águas. Lucas veio em pé no ônibus cheio, mordiscando o lábio anestesiado como se fosse o anel de borracha de uma tampa de panela de pressão, degustando com secreto prazer o cheiro do suor alheio e desviando o olhar a toda hora do fluxo indistinguível de anúncios e trivialidades exibido pela tevezinha do ônibus. Dividindo por alguns momentos o espaço exíguo da entrada do apartamento, ela tira as sandálias e ele elogia suas unhas do pé escuras e lisas como porcelana, com a pele em volta ainda rosada pela ação recente do alicate.

A casa está desarrumada na medida que consideram aconchegante, com pilhas de toalhas lavadas sobre o sofá à espera de serem dobradas e guardadas, uma frigideira com restos de ovos mexidos no fogão, canecas em equilíbrio precário no pufe macio, exalando aroma de café seco, um par de meias brancas de Manuela e o chambre verde-água de Lucas esquecidos no piso do banheiro em meio a pelos e cabelos, pilhas de livros e revistas exigindo atenção em cima de todas as superfícies livres, dispositivos eletrônicos e seus carregadores aguardando caninamente pelos donos nos lugares onde foram deixados. É Manuela a responsável pelos quadros de jovens artistas locais pendurados em todos os cômodos, pelos lustres pesados que obscurecem a luz das lâmpadas em consonância com o seu amor à penumbra, pelas piritas e quartzos variados enfeitando as estantes, incluindo uma imponente drusa de ametista sobre cuja origem e significado emocional ela insiste em guardar segredo. Quando Lucas se mudou para o apartamento que ela já ocupava havia cinco anos, não encontrou resistência para acomodar nas estantes parcialmente esvaziadas pelo namorado anterior as suas centenas de livros velhos com lombadas descoloridas nem para atulhar a cozinha com suas porcarias industrializadas e destilados, mas de resto não tinha vontade de interferir muito na decoração. Sua presença deixava marcas de outra espécie, o ranço de tabaco, os temperos fortes e aromas artificiais, detritos corporais, a eletricidade de sua constante inquietude ou de sua compulsão por alinhamentos, que o levava a ajustar os panos no fogão e os frascos no banheiro numa eterna busca por paralelas, ângulos retos e superfícies niveladas. Eles adoram o lugar onde vivem juntos agora, reconhecem ali seus cheiros, suas constelações de ícones culturais, a aura vestigial de fodas e brigas.

Hoje há também lírios cheirosos no vaso sobre a pequena mesa de jantar quadrada, espargindo um aroma doce e fermentado. A geladeira guarda um estoque festivo de frutas inteiras e picadas, água de coco, uma tigela de gaspacho, gelatinas e queijo de cabra, alimentos que Manuela desejava consumir durante o trabalho de parto. As avencas continuam firmes, mesmo privadas há nove meses da sua dose regular de sangue menstrual diluído em água. Num sábado da semana mais quente do verão passado, Manuela adubou os vasos e esqueceu um copo com a sobra da poção nutritiva em cima do balcão da pia na cozinha. Lucas estava a par daquela prática, mas chegou em casa um pouco bêbado e julgou estar diante de um restinho do excepcional suco de uva da Serra Gaúcha que tinham comprado na feira da José Bonifácio. A ingestão acidental até hoje os perturbava um pouco, não por nojo ou pudor, mas porque pareceu ser um elemento-surpresa de uma liturgia que os unira, um pacto de sangue não premeditado que havia selado seus destinos. Foi a última menstruação de Manuela. Algumas semanas após o episódio, ela fez o exame de farmácia. O aplicativo infalível para controle de ciclo menstrual não era, é claro, infalível. Ficaram se olhando, pasmos, mas os minutos foram passando e nenhum dos dois mencionou aborto. Se abraçaram e ficaram sussurrando um no ouvido do outro o quanto se amavam, que tudo ficaria bem, que seriam a família mais espetacular de que o mundo já tivera notícia e que nada poderia ficar tão ruim lá fora a ponto de impedir que fossem felizes e dessem à criança uma vida que valeria a pena viver. Foram dormir apaziguados pela primeira vez em muito tempo.

Às sete horas desta sexta-feira, com o sol em horário de verão dando uma última olhada por cima dos telhados dos prédios vizinhos, Manuela chama Lucas na sala e diz que acha que sentiu uma contração. Ela está encarapitada na poltrona tipo Charles Eames puída que trouxe da casa dos pais em Caxias do Sul quando veio estudar em Porto Alegre, com os joelhos abertos e os pés unidos, uma das mãos sobre a barriga e a outra segurando o celular. Sua mandíbula está projetada para a frente e os dentes de baixo estão cobrindo as pontas dos dentes de cima numa fisionomia prognata que ela assume às vezes sem perceber, em momentos de emoção forte, para desgosto próprio e deleite de Lucas, que acha o cacoete enternecedor e não perde a oportunidade de exaltar seus caninos inferiores pontudos. Ele imagina como seria se ela desse à luz ali mesmo, na sala, em questão de minutos, como dizem que às vezes acontece. Deseja secretamente que algo assim inesperado apresse o longo ritual de dor e sangue, que se veja obrigado a lidar com a expulsão, com placenta e mucos, um marmanjo meio abobalhado com um recém-nascido empapado nos braços, ainda unido à mãe pelo cordão, embora na realidade tenha conhecimento apenas especulativo do que os aguarda e essa seja uma fantasia governada ao mesmo tempo pelo desejo viril de protagonismo e pela afobação. Mas nenhum dos dois está no controle agora. São servos diligentes do processo que desencadearam com uma fodinha suarenta no meio de uma tarde abafada. Pode ser que as contrações demorem várias horas, que entrem madrugada adentro.

Manuela quer esperar a próxima para ter certeza. Sabe que existem contrações falsas, de treinamento. Nada acontece por vários minutos. Ela larga o celular e pega de novo o exemplar de *Crash*, do Ballard, ao qual está grudada desde ontem. O final da gestação despertou nela um apetite por narrativas extremas e cheias de horror corporal. Assistiu impassível a filmes horríveis que faziam Lucas se retirar da sala com alguma desculpa. Na trigésima sétima semana eles baixaram um torrent da tetralogia *Alien* e fizeram uma maratona. A metáfora do filme original era potente mas um tanto escancarada, a criatura cheia de dentes, tesa como um caralho duro, arrebentando o ventre do astronauta numa cesárea masculina abominável e operada sem o menor cuidado pelo próprio feto. E a tenente Ripley, mulher forte, magra, sem peito, de mandíbula potente, com uma constituição que, era impossível não repararem, lembrava um pouco a de Manuela, sobrevivia e se livrava do monstro fálico despachando-o no espaço sideral como quem se livra de uma aranha usando uma enxada.

Mais surpreendente para eles foi rever o quarto filme da série. Nenhum dos dois lembrava bem do final em que um alien com feições humanoides é parido pela rainha-monstra, a qual, por sua vez, é filha de um clone da Ripley dos filmes anteriores. Aquele bicho que chegava ao mundo horrorizado com a própria carência e vulnerabilidade, eles concluíram enquanto rolavam os créditos, era uma caricatura de um bebê humano. Mais do que a sanguinolência e o derramamento de gosmas e secreções, aquela carência feroz e angustiada do alien híbrido lhes pareceu um anúncio inquietante do que estava por vir, e Lucas reparou que Manuela parecia assustada como nunca antes com a sua condição de gestante, tanto que demorou a pegar no sono e eles tiveram a sua primeira noite de insônia compartilhada.

A contração seguinte chega uns dez minutos depois e pega Manuela já novamente distraída com a leitura. Ela geme como se uma brincadeira tivesse ficado séria de um instante para outro, se tornando a violência a que apenas aludia. Franze a testa, arreganha os dentes, suga ar com um chiado e o sopra em seguida, olhando para a barriga e depois para Lucas com uma expressão que é ao mesmo tempo um susto, uma ameaça de sorriso e uma pergunta. É a mesma expressão, pensa Lucas, das cláusulas de consentimento redigidas no calor da hora quando estão inventando algo novo ou pegando pesado na cama. Ele a encara com expectativa, aguardando alguma descrição útil, algo que faça sentido para que ele possa opinar e se mexer. Agora ela tem certeza de que não se trata de um ensaio. A fisgada se espalha pelo ventre, a barriga endurece. Lucas se aproxima do modem de banda larga, que pisca suas luzinhas com diligência como se fizesse um apelo à vida, coloca os dedos na fonte ligada à tomada e olha para Manuela aguardando uma confirmação, que ela logo fornece com um aceno de cabeça. Ele desliga a tomada. Pegam seus smartphones e desativam a transmissão de dados celulares.

A interrupção da internet parece subtrair do ambiente uma parcela de ruído e agitação, como se o fogo de uma panela tivesse sido desligado. Sabem que é ilusão, mas também que, em certo sentido, estão realmente silenciando um pouco o mundo, construindo um abrigo contra o cerco das demais urgências. Tinham entrado em acordo sobre o desligamento desde a última ecografia, na qual o bebê havia coberto o rosto com os dedinhos anfíbios como se quisesse se proteger da fonte do ultrassom. Por algumas horas, estabeleceriam uma redoma que deixaria de fora não somente a balbúrdia motorizada das ruas do centro histórico, a enxurrada de informações e notificações, a nuvem de veneno da polarização política, das notícias falsas e dos memes, mas também os amigos e a família, que seriam avisados apenas depois que eles chegassem ao hospital. A obstetra de Manuela, uma mulher de uns quarenta anos, com cabelos curtos e pinta de levantadora de peso, uma das poucas que atendiam em Porto Alegre de acordo com a cartilha do parto humanizado, os instruíra a manter contato com ela por telefone a partir do momento em que as contrações começassem, pois nas suas idas e vindas entre o consultório e a ala obstétrica ela muitas vezes não podia acompanhar mensagens de texto e áudios.

Manuela telefona para a obstetra, que não atende. Eles se entreolham. Teria sido mesmo uma boa ideia contar apenas com o telefone? Nem cinco minutos passaram e já querem a internet de novo. Manuela está convencida de que a médica logo retornará a ligação e começa a andar pela casa juntando peças de roupa, guardanapos amassados e embalagens de alfajor. Lucas vai atrás dela e passa as mãos em seus cabelos e quadris. Sente uma ternura meio idiota, parece que estão se despedindo. Enquanto alisa as dobras do edredom na cama deles, ela aventa a possibilidade de que tenha alta no hospital a tempo de ir votar no domingo. Ele realiza um cálculo mental e acha improvável, mas ela insiste que sim, é totalmente possível. Se o parto for mesmo natural e tudo correr bem, ela pode ter alta no dia seguinte. Em muitos países da Europa dão alta no mesmo dia. Talvez precisem ir um de cada vez, ele fica com o bebê enquanto ela dá um pulo no local de votação. Lucas pergunta se ela acha que vão deixá-la entrar na fila de prioridades se estiver sem o bebê. Ter dado à luz trinta e seis horas antes ainda é prioridade? Vão acreditar nela? Estão se divertindo com essas elucubrações quando o celular de Manuela toca.

A nesga de céu entre os dois prédios mais próximos adquiriu um tom salmão com estrias vermelhas e uma nova agitação vai surgindo nas janelas vizinhas. Adultos e crianças estão chegando da escola e do trabalho, andando de um cômodo a outro em toalhas de banho, conversando à distância com gritos que de longe parecem mudos enquanto televisores brilham com noticiários azulados ou desenhos animados ultracoloridos. Lucas fecha as janelas de vidro antirruído que instalaram na sala e nos dois quartos para proteger o sono do futuro bebê, cortesia dos pais de Manuela, que também compraram boa parte das roupas, mamadeiras e acessórios indispensáveis de acordo com uma coach de enxoval que a mãe dela conhecia por ser filha de sua ex-melhor amiga de colégio em Caxias, aquele tipo de coisa. Eles mesmos tiveram a dignidade de comprar pelo menos os móveis infantis, em quatro parcelas, e também vinham conseguindo pagar o plano de saúde dentro do orçamento que combinava o salário de Manuela na PUCRS, onde dava aulas de literatura na graduação, e o dinheiro que Lucas tinha na poupança irrigada pela sobra do cachê de ghost-writer e pelas remunerações de dúzias de textos de toda espécie e tamanho que escreveu sobretudo para produtoras de conteúdo fundadas nos últimos anos por jornalistas mais jovens que ele, muitos dos quais eram vítimas frescas das demissões coletivas que se alastravam pelos veículos tradicionais, aqueles rapazes e moças que arriscavam sua vez no empreendedorismo por convicção ou falta de alternativa e tentavam dar a volta por cima fornecendo material para os mesmos veículos que os demitiram, só que recebendo menos e sem direitos e garantias. Enquanto fecha as janelas do quarto do bebê, que substituiu o antigo escritório, Lucas escuta Manuela conversando com a obstetra no celular. Ela tem uma contração no meio da conversa e em seguida tenta descrever para a médica o que sentiu. Depois disso fica muda por alguns minutos, apenas escutando e assentindo com monossílabos. Lucas pega a carteira de cigarros na mesa da sala, procura o olhar de Manuela, que o ignora com aquele ar concentrado que diz muita coisa, e vai fumar na janelinha da área de serviço. Tem saudade de fumar à vontade em qualquer lugar da casa. Quando vivia sozinho, fumava até no banheiro. Um grande amigo seu parou de fumar quando o filho de três anos disse que papai fedia. Checa o celular por hábito e lembra que se desconectaram. Gostaria de acionar os dados celulares agora para dar só uma olhadinha, mas se contém. A mão mastiga o aparelho como se o impulso mental de satisfazer a fome de dados pudesse ser substituído pelo tato. Pensa em Manuela na sala. Tudo que precisam está ali dentro, tudo mesmo, ele repete consigo, sentindo na boca o gosto do filtro chamuscado do cigarro. Sempre tentou tomar as melhores decisões e se preocupar com o futuro logo adiante, mas não estava realmente preparado para de repente ter uma família. Porque parece haver acontecido de repente, apesar de eles terem construído juntos, passo a passo, essa realidade em detrimento de outras, ainda que com variados graus de intenção e consciência ao longo do processo. Será que o medo que o assalta às vezes de surpresa tem a ver com a constatação de que não planejou nem decidiu bem o bastante até chegar à presente situação de suas vidas, que falhou em detectar as etapas realmente decisivas e as consequências incrementais de suas escolhas à medida que se apresentavam nos últimos anos? Ou teria mais a ver com a apreciação de que a instabilidade geral das coisas e as ameaças que dizem respeito mais diretamente à sua estabilidade material, aos valores que julga básicos para uma existência digna, nunca foram assim terrificantes? O nascimento da criança é uma ilha provisória na pororoca cheia de entulho. Ele e Manuela eram o tipo de casal que gostava de se entregar a fantasias de um isolamento forçado. Pelo menos na cabeça dele, afloravam de vez em quando cenários especulativos de caos social, desastre climático ou rompimento definitivo com o modo de vida urbano, forçando-os a uma reclusão heroica e hedonista no aconchego do lar ou ao refúgio idílico em rincões distantes. Só anseia por esse tipo de coisa quem ama para além de qualquer dúvida, ele gostava de pensar. Amar além de qualquer dúvida era a boia que lhe permitia respirar um pouco nos piores momentos e ele nem gostava de pensar no que poderia ocorrer se a boia afundasse. Antes de conhecê-la melhor, Lucas tinha a impressão de que Manuela era uma mulher elevada e arrogante, talvez até um pouco mau-caráter, uma cria da elite demofóbica da Serra Gaúcha. Os bons lugares de festa em Porto Alegre na época em que se conheceram não eram muitos, volta e meia eles se esbarravam e se cumprimentavam com certa desconfiança, interessados mas sem querer dar o braço a torcer. E ela namorava, com um herdeiro de vinícola que aparentemente viajava de moto boa parte do tempo. Quando um amigo que tinham em comum morreu num acidente de carro, conversaram no velório e compartilharam suas anedotas favoritas do convívio com o sujeito, sobrepondo facetas incompletas de uma vida interrompida, e aquilo foi a única coisa que lhe trouxe um pouco de conforto. Algum tempo depois se surpreendeu ao encontrá-la num bar de sinuca onde uma banda de amigos de colégio de Lucas costumava tocar covers de grunge. Naquela noite tiveram uma conversa mais solta e ele descobriu que, apesar de guardar a fachada aristocrática, Manuela era uma revolucionária disfarçada que traduzia voluntariamente textos de ecofeminismo para um coletivo que os publicava na internet e em edições baratas em papel. Ela não falava fácil, parecia preferir que soubessem o mínimo a seu respeito, mas uma pergunta certa abria portas como as de um museu pouco visitado de uma cidade pequena. Ele correu um risco imenso quando disse que gostaria que ela o procurasse quando o namoro com o motoqueiro chegasse ao fim. Ela foi elegante e defendeu o sujeito. Uns dois meses depois, Manuela pediu o endereço de Lucas por mensagem de texto. No mesmo dia a campainha tocou e um motoboy lhe entregou um cartão de acesso a um quarto no Hotel Everest. Um bilhete preso ao cartão com clipe de papel dizia apenas que não precisava bater. Ele foi até o hotel, subiu de elevador ao décimo andar e passou o cartão na porta. No meio do cigarro seguinte, enquanto a conversa com a obstetra prossegue na sala, Lucas espia o interior da cozinha e lembra de quando reparou que Manuela costumava trocar panelas e chaleiras de lugar sempre que ele ia esquentar ou cozinhar alguma coisa no fogão. Quando finalmente a questionou sobre o motivo, ela disse que era preciso tomar o cuidado de usar todas as bocas do fogão na mesma proporção, sem favorecer nem preterir nenhuma. Esquentar a chaleira sempre na boca do canto inferior esquerdo era uma falta de consideração com as demais. E assim ele desvendou o significado de uma série de manias dela que antes pareciam apenas sintomas de um leve transtorno obsessivo-compulsivo. Manuela, ele percebeu naquele momento, tinha uma empatia toda especial por objetos inanimados. Era importante distribuir de maneira equânime o cuidado e a atenção que dedicamos a eles, jamais largá-los num lugar qualquer, assegurar que estavam limpos e guardados de modo a honrar suas funções, enfim, tratá-

-los com toda a consideração e todo o respeito que normalmente dedicamos a seres animados que estão sob nossa guarda ou responsabilidade. Lucas apenas morre de medo de não ser uma espécie tão fantástica quanto ela. Mesmo sendo mais velho, receia que a banalidade de suas crenças e a infantilidade de seus desejos sejam desmascaradas cedo ou tarde.

Quando Lucas volta para a sala, Manuela está na penumbra, fuçando no celular com um ar irritado. A obstetra explicou que as contrações que ela está sentindo agora são muito fracas e que pode levar horas até que fiquem intensas a ponto de indicarem a dilatação necessária. No celular, ela tenta usar o aplicativo gratuito para monitoramento das contrações que havia baixado dias antes, mas a versão gratuita tem recursos limitados e ela não consegue fazer com que os anúncios parem de pipocar na tela. Manuela tem mais uma contração, que dura uns quarenta e cinco segundos. Vai se foder, ela desabafa. Seu rosto está crivado de tensão. Lucas vai buscar o notebook no quarto e enquanto isso ela liga o ar-condicionado em vinte e um graus, acende os dois abajures, coloca uma playlist previamente preparada e baixada offline no celular para tocar na caixinha de som, e busca um potinho de açaí no congelador. Eles se acomodam juntos no sofá e Lucas trabalha no Excel enquanto fala com o bebê, dizendo para ele trazer toalha e roupa de banho porque vai fazer calor. Manuela está usando uma calça de moletom branca e uma espécie de roupão de seda azul-violeta que comprou durante uma viagem que fizeram à Serra, num brechó em São Francisco de Paula. A barriga e os peitos inchados brotam de seu corpo esquálido como mutações carnudas e emborrachadas. Ela está com as faces vermelhas e os pés balofos. Uma música de CocoRosie termina e outra de Tom Zé começa. Manuela está pondo uma colherada de açaí na boca, mas interrompe o movimento, grunhe e agarra o apoio de braço do sofá. Lucas cronometra. Essa tem cinquenta segundos e veio só seis minutos depois da anterior. Eles se olham e sorriem, pois tudo parece estar dentro do roteiro e pelo jeito não vai ser muito demorado. A mochila para o hospital está pronta há dias com primeira roupinha, toucas, meias, mudas de roupa para eles, biscoitos integrais, carregadores, documentos, e-reader. Ele mostra a tela do notebook para ela. Acabou de criar uma planilha para monitorar as contrações com campos para o horário de início, horário de fim e intensidade de um a cinco. Fórmulas atualizam automaticamente a duração de cada contração, as médias a cada meia hora e o intervalo desde a anterior. Ele diz que podem usar um código de cores para a intensidade. Uma planilha separada traduz tudo isso em gráficos que por enquanto ainda são anomalias geométricas e não informam coisa alguma. Manuela agarra as barbas de Lucas e lhe tasca três beijos consecutivos. Sorte minha que tu é velho e sabe usar Excel, ela diz. A luz do sol já definhou. Restam a iluminação pública e as lâmpadas dos apartamentos vizinhos tingindo de amarelo-enxofre as paredes da cidade. Os faróis dos carros que sobem a lomba às vezes produzem faixas de luz que percorrem o teto por frações de segundo, como se atravessassem o obturador de uma câmera antiga para imprimir cenas desconhecidas no reboco.

Manuela encara sua nesga de céu tímido e sem estrelas com ar desafiador. Tem medo da noite desde que quase morreu por causa de uma reação adversa rara a um antidepressivo. Hoje ela duvida que realmente precisava do medicamento prescrito para lidar com as crises, mas também entende que pode ser apenas um viés instaurado pela passagem do tempo, já que depois de se safar de oito dias numa UTI com os rins comprometidos por uma rabdomiólise os episódios de depressão não se repetiram. Mas outra sombra sazonal se instaurou, menos debilitante, que parece querer interrogá-la em vez de sufocá-la. Se sente observada pelos olhos de escuridões maiores contidas dentro da noite. O apartamento é seu casulo e Lucas, uma espécie de porteiro ou caseiro. É para isso, sobretudo, que precisa de homens, para cuidar da porta e fazer sexo. Não conseguiria tocar o resto de sua vida sem isso. Lucas a conquistou porque desde o início não parecia esperar de uma relação com ela muita coisa além de companheirismo e saciedade física. Com o tempo ela aprendeu a identificar melhor a insegurança por trás de sua grosseria cosmética de homem hétero, o inconformismo contido em sua admirável disposição para o trabalho, o prazer puro que ele obtinha em agradar as pessoas das formas mais simples. Os desejos dele podiam ser ferozes, mas ela gostava de se submeter. Às vezes tudo que precisava era ser um pouco usada, sabendo que dali a pouco, quando recobrassem as forças, ela seria amparada no que fosse necessário, sem riscos e sem cobranças. Com Lucas por perto, Manuela encontra coragem. Quer mostrar aos ciclopes do céu noturno que está à altura da provação biológica, que tudo permanece dentro da normalidade. Não está fora de si, não se transformou no bicho endemoniado das cenas de cinema, manterá alguma compostura enquanto expulsa esse habitante que a governa, suga seus nutrientes, tateia as paredes de seu útero como se quisesse verificar a integridade de seu esconderijo. Ainda é a mesma e seguirá sendo depois que isso terminar, será difícil notar a diferença. Estende a mão e alisa o pau de Lucas, que estava reclinado no sofá, meio catatônico, e agora pigarreia e projeta a pélvis em reconhecimento ao agrado. Brincam que seria uma boa hora para transar, se divertem inventando juntos esse cenário hipotético, até que mais uma fisgada faz Manuela gemer alto e ofegar por um minuto. Ela sente como se a rasgassem por dentro, é pior do que qualquer coisa que já sentiu. Lucas registra tudo na planilha.

Três horas depois, Manuela tenta ligar de novo para a obstetra. Lucas analisa a planilha das contrações com sanha de jornalista investigativo, procurando um padrão ou código secreto que lhes diga o que fazer. As barras e linhas dos gráficos não revelam tendências, a estatística é inútil para iluminar o caminho. Toda orientação prévia a que tiveram acesso falava em contrações que cresceriam de intensidade e frequência, havia a promessa de uma constância. As de Manuela vêm desordenadas, com intervalos variando entre dois e dez minutos, de fracas a martirizantes, sem padrão discernível. Ela já tomou dois banhos quentes sentada na bola de pilates. A bolsa não rompeu, não há sangue, muco, nada. Agora ela está com o celular no ouvido, sentada no sofá de olhos fechados, com a expressão de quem atravessa o pântano do atendimento telefônico de uma grande empresa em busca de uma voz humana, no caso a da obstetra, convalescendo no vale entre dois picos de dor, respirando de modo quase imperceptível, vibrando uma energia transcendente. A essa altura o apartamento sem internet já ocupa uma dimensão isolada no tempo e no espaço, é uma cabana remota impregnada do hálito e do suor de dois humanos desgarrados do rebanho. Se ainda não abriram uma fresta na janela nem ligaram a televisão é porque confiavam na execução de um algoritmo que a essa altura já deveria ter alcançado determinados resultados, e interferir em seu funcionamento ainda não parece prudente. Aos poucos, porém, a ingenuidade de toda e qualquer expectativa prévia começa a ficar nítida para eles. Estão em território selvagem e imprevisível.

A obstetra atende alguns minutos depois. Está na lanchonete do hospital, comendo um sanduíche de queijo depois de fazer uma cesárea. Manuela diz que está sentindo muita dor, que a média dos intervalos é de uns cinco minutos. Escuta a resposta por alguns segundos, se despede, deixa o celular cair no assento do sofá e começa a chorar. Lucas a consola, acaricia seu pescoço um pouco grudento, pergunta o que foi. A obstetra garantiu que ainda estava longe do momento de irem para o hospital. Disse que a voz de Manuela ainda soava muito normal, muito lúcida. Sugeriu que ela chame alguém para lhe fazer companhia além do marido. Uma amiga, uma parente, uma doula. E pediu que voltasse a ligar somente se ocorresse algum fato novo ou se já estivessem a caminho do hospital, pois agora ela estava indo para casa dormir um pouco e ver os filhos.

Uma nova contração os interrompe. É das fortes. Manuela tenta respirar regularmente, inclina o tronco para a frente e Lucas massageia as suas costas. Não sabem se a massagem ajuda mesmo ou se há um tipo específico de massagem que seja mais indicado. Começam a se dar conta de como estão despreparados, por mais que tenham planejado tudo. Mas Manuela não queria nenhuma amiga ou parente por perto. Sua relação com os pais é caracterizada por uma grande distância emocional e ideológica, embora tampouco haja ódio ou rancor, e os aportes financeiros ocasionais são para as duas partes um substituto conveniente para o afeto presencial. Não os odeia, não discutiram feio durante um almoço dominical nem romperam relações por causa de política, como aconteceu a conhecidos dela e de Lucas que também tinham pais abastados e instruídos, observadores preocupados das desigualdades naturais da sociedade, que tinham conseguido controlar as piadas racistas e homofóbicas após uma década de treinamento a contragosto, mas não se rebaixariam ao ponto de discutir os valores da meritocracia, da propriedade e da família tradicional. Manuela acreditava que o esforço de tentar mudá-los era inútil e ingrato, portanto lhes concedia uma cláusula de exclusão na lei moral com que julgava todo o resto da humanidade. Evitando o conflito a todo custo, porém, acabavam dispensando ainda mais o convívio. Talvez uma briga feia os aproximasse e no fim das contas fizesse mais bem do que mal. Reinava uma espécie de guerra de intimidação, como se pais e filha guardassem armas secretas que poderiam aniquilar para sempre todos os envolvidos.

Ao reconhecer o direito deles de votar num autoritário de extrema direita, como deram a entender que fariam dali a dois dias, para fazer valer seu entendimento de ordem e decência, ela arrogava a si o direito de alijá-los do acontecimento íntimo que era a chegada do seu filho, do neto deles, ao mundo. E se dependesse da mãe ela já estaria hospitalizada a essa altura, sendo aberta por um bom médico de confiança da família. Quanto às amigas, Manuela simplesmente acredita que são dispensáveis nessa hora. Ela marcou encontro com uma doula em algum momento da gestação, mas voltou da conversa repelida pelo misticismo e pela visão idealizada do feminino que a mulher demonstrou ter com relação à maternidade. Eles conheciam casais que tinham passado os primeiros estágios do trabalho de parto sozinhos em casa, com privacidade, bastando a si mesmos. Acreditavam fazer parte da mesma tribo. Agora tinham a impressão de que as histórias daqueles casais estavam incompletas.

Manuela lembra de ter lido um depoimento de uma grávida ensinando que a melhor maneira de acelerar as contrações era dar risada. Lucas se anima com esse novo projeto. Ele estoura pipocas na panela enquanto Manuela, respeitando o bloqueio à internet e aos serviços de streaming, vasculha o seu HD externo em busca de filmes e séries que baixaram em anos recentes. Lucas se empolga ao voltar para a sala e ver que ela colocou um episódio de *Louie* em que a irmã do anti-herói entra em trabalho de parto e é levada aos berros para o hospital. Ele beija Manuela e aperta o rosto dela com seus dedos engordurados e sujos de sal. O amor que sente por ela, por seu senso de humor inadequado, desmancha de imediato a tensão que vinha enrijecendo suas articulações. As feições ossudas de Manuela, levemente acolchoadas pelo ganho de peso da gestação, se iluminam com um sorriso pueril. Eles gargalham sem parar durante os vinte minutos do episódio, já cientes de que o pandemônio e os urros da mulher cessarão com um peido gigantesco na maca do hospital. Manuela tem uma longa contração lá pelas tantas e derrama lágrimas de riso e dor, segurando a barriga esférica como se ela pudesse se destacar de seu corpo e sair rolando pelo tapete felpudo. Lucas não esquece de pegar o notebook para atualizar a planilha, o que lhes parece absurdo em si mesmo e potencializa ainda mais as risadas, que se tornam uma verdadeira crise no momento em que Lucas, como se quisesse acrescentar um comentário ao desfecho da narrativa, deixa escapar um peido curto mas perfeitamente audível. Eles tentam se conter, o riso começa a lhes parecer inadequado para o momento ou mesmo arriscado em algum sentido oculto, mas os soluços ainda brotam por alguns minutos, cada vez mais espaçados. Na espécie de lassidão pós-coito que sobrevém, Manuela desabafa que só precisava agora de um drinque, e por alguns instantes eles consideram seriamente a possibilidade de preparar um uísque sour, mas logo caem na real e dão continuidade à sessão com mais alguns de seus episódios favoritos. Depois colocam o filme em que jovens celebridades maconheiras de Hollywood são surpreendidas pelo fim do mundo no meio de uma festa na mansão do ator James Franco. Já viram esse longa meia dúzia de vezes, mas ele nunca falha. Ficam sentados de mãos dadas, iluminados somente pelo abajur e pela TV, a cabeça um pouco caída e os olhos vidrados, rindo e bocejando em turnos. Manuela aperta forte a mão de Lucas durante as contrações e ele, autoconsciente do clichê, diz para ela respirar, respirar fundo, cadenciadamente, isso, assim. Desse modo a noite transcorre por algumas horas livre de afobação e medo. Pensam que a vida é intensa e que estão protagonizando uma aventura.

Mas eles ainda não conseguem saber se as contrações ficaram mais fortes, se o bebê está mais perto de nascer. Aos poucos a apreensão retorna. Corpos entram em pane, bebês morrem. A vida é resiliente até que se apaga. Sussurros pairam no ar dizendo que essas coisas acontecem e eles se arrepiam, perdem o fôlego, ficam enjoados. Manuela repete consigo mesma, como um mantra, que o contrário da morte não é a vida, é o nascimento. Ninguém sabe o que é o contrário da vida. Não sabe se faz isso para se acalmar ou mergulhar de vez no desespero, mas a frase gruda em sua mente. Eles se meteram numa enrascada e estão apenas se distraindo, perdendo tempo. Fazendo tudo errado. Depois de assistirem a alguns episódios das primeiras temporadas de *Seinfeld*, Manuela levanta e começa a andar pelo apartamento, gemendo e suspirando, dizendo que está agoniada de ficar no mesmo lugar. A movimentação não dura muito tempo e logo ela deita na cama para tentar descansar um pouco. Lucas senta na beira do colchão, aperta a coxa dela durante mais uma onda de dor e depois também se deita, um pouco hesitante. Manuela insiste para que Lucas saia dali e vá assistir a um filme, ler alguma coisa, fumar na rua, mas ele diz que não está com cabeça para fazer nada. Diz para Manuela que sente uma mistura estranha de culpa e impotência. Ela se irrita com ele, a criança nem nasceu e tu já tá aí muxoxando como um castrado. Sentem-se dentro de uma bolha de tempo que se desprendeu do fluxo circadiano habitual. As revoluções do Sol e da Lua cedem lugar à sucessão desregrada de contrações. Às vezes Lucas tem a impressão de que Manuela dorme entre uma contração e outra, às vezes ela balbucia palavras sem sentido ou roga por ajuda, opinião, alívio. Ele tenta imaginar a sensação de um colo de útero se dilatando e tem visões dignas de horror gótico com massas de tecido fibroso, ossos chatos e úvulas se revirando. Ela perdeu a fome e bebe água em golinhos curtos somente após muita insistência. Lá pela uma da manhã as dores ficam muito mais fortes. Manuela começa a ficar incoerente e isolada do mundo a seu redor. O fim de um suplício é apenas o início da antecipação aterrorizada do próximo. Às duas da manhã, sete horas depois das primeiras contrações, Lucas liga para a obstetra e avisa que estão indo para o hospital. Com a voz pastosa e sonolenta, a obstetra não parece convencida, mas diz que os encontrará dali a uma hora.

Qualquer dúvida que tinham a respeito de ser aquele o momento certo de ir para o hospital desaparece assim que se acomodam no banco traseiro do táxi. Há um conforto cinematográfico na situação, o carro rodando sem pressa nem interrupções no asfalto desimpedido da noite morna, sendo apenas ocasionalmente cercado por outros carros que levam pessoas não grávidas às festas daquela madrugada de sábado, gente que não está tendo filhos mas sim indo dançar, se embebedar, brigar, encher a barriga de frituras e queijo, se beijar, foder, olhar os corpos e roupas umas das outras, ter conversas exaltadas sobre séries de televisão, celebrar ou se deprimir nas ruas e bares com as últimas pesquisas eleitorais antes da eleição, ansiar ou temer por sua liberdade. Eles dois não têm a ver com nada disso agora, estão apenas pedindo licença para passar, precisam cuidar de uma coisa que excede todas as outras, uma criança que vai sair de uma barriga. O motorista, um grandalhão imberbe com sotaque de colônia alemã, permanece calmo e dirige devagar mesmo quando Manuela gane de dor. Conta que um de seus três filhos nasceu no hospital para o qual se dirigem, que ficaram presos no engarrafamento do fim de tarde mas chegaram a tempo e tudo deu certo, que resta na lembrança apenas uma felicidade enorme. O hospital fica no limiar da zona semirrural existente no coração urbano de Porto Alegre, um enclave de pequenos sítios e vilas, antigos casarões e leprosários engolidos por seus antigos jardins ao longo de décadas, pomares e pastos que a maior parte dos moradores da cidade nem sequer sabe que existem, embora fiquem a quinze minutos de carro do centro. O táxi sobe uma ladeira sinuosa entre habitações precárias e imensas árvores de mata nativa emporcalhadas de fuligem e resíduos de plástico. O céu ali tem mais estrelas.

Logo estarão numa sala de parto, aos cuidados da obstetra e de enfermeiras, as dúvidas serão sanadas, os milagres do protocolo médico serão postos em prática e mesmo que ainda demore um pouco já não há volta.

Desembarcam em frente à entrada do setor de emergência. A funcionária da triagem detecta imediatamente a situação de parto e Manuela é levada numa cadeira de rodas por uma porta pesada de vidro fosco enquanto a enfermeira que a empurra faz perguntas sobre intervalos de contrações e bolsa d'água. Lucas é instruído a subir ao segundo andar, onde fica a recepção da maternidade, para preencher os formulários. O prédio do hospital parece adormecido. Luzes automáticas acendem em alguns cantos enquanto ele atravessa um salão vazio e sobe pelas escadas. Passa por murais com cartazes falando de sarampo e doação de sangue. A funcionária no balcão pede dados sobre plano de saúde e o nome do bebê. A sala de espera está vazia e contém três fileiras de meia dúzia de cadeiras estreitas, um bebedor e uma pequena televisão presa à parede e felizmente desligada. Estar sozinho no hospital vazio lhe traz, enfim, um pouco de calma. Ele pega o celular, olha as últimas fotos tiradas, resiste à tentação de se conectar. Combinaram que sairiam da bolha somente depois que ele desse o primeiro banho na criança. Pensa nos pais que moram em Imbé, a uma hora e meia de Porto Alegre, com quatro cães que são, individualmente e entre si, assimétricos em sua anatomia a ponto de parecerem a obra de um geneticista maluco, numa casa a três quadras do mar cor de chocolate, de frente para um enorme gramado que está sempre cheirando um pouco a esgoto. Manuela os descreveu certa vez como duas crianças hipertrofiadas. Eram criaturas gritalhonas e apolíticas, bondosas somente no sentido em que costumamos atribuir essa qualidade a seres ingênuos, viciadas em rodízio de pizza e séries de televisão com baixo orçamento. Sua felicidade imune a crises de qualquer tipo, meio ofensiva às pessoas sérias, era contagiante por alguns minutos, após os quais provocava em Lucas uma vontade desesperada de sumir para nunca mais vê-los. Dali a uma ou duas horas teria de ligar para eles, se preparar para os presentes inadequados e a alegria histérica que trariam. Não é que não queira vê-los, antecipa a euforia babona da mãe e os olhos marejados na cara de boneco do pai, e crê que parte da graça de ter um filho é pagar uma dívida afetiva que tem com seus genitores e antepassados. É só que ao imaginar a alegria não consegue evitar de imaginar também a fadiga espiritual que o acometerá em questão de trinta minutos. A principal vantagem de serem daquele jeito é que mal pareciam cientes de que havia uma eleição em curso e sempre votavam em quem Lucas mandava. Ou assim diziam.

Uma mulher corpulenta de avental hospitalar passa em direção à porta da maternidade, e por um instante ele pensa tratar-se da obstetra, mas desfaz a impressão assim que trocam um olhar rápido. Aos poucos começa a se questionar sobre a pertinência de tanta privacidade, tanta autoproteção, tanta autonomia. Não quer estar ali sozinho com essa sensação estranha de que estão fazendo algo em segredo, uma fuga, um aborto. Pega o telefone, abre as configurações e fixa o olhar no botão virtual que ativa os dados celulares. Sua pulsação dispara, seu corpo cansado se crispa em antecipação ao que está por vir. O dedo se aproxima da tela, o celular transmitirá uma vibração ínfima, mas de enorme potência erótica, à mão que o segura, e pronto. A porta da maternidade abre de novo e uma enfermeira magrinha e ruiva vem na sua direção. O dedo se afasta da tela luminosa. A enfermeira confirma a sua identidade e diz que Manuela já está saindo. Lucas guarda o telefone no bolso, pega o isqueiro e fica brincando com ele entre os dedos, com a cabeça latejando por um cigarro. Ela aparece um minuto depois, com os braços soltos ao lado do corpo e uma cara de morte estampada no rosto, escoltada pela enfermeira. O obstetra de plantão falou que ela está com apenas um centímetro de dilatação. Um centímetro, Lucas, um centímetro, ela repete, atônita. O médico propôs romper a bolsa e administrar oxitocina, mas ela se recusou, então foi orientada a voltar para casa e esperar. Enquanto aguardam o táxi que o porteiro chama para eles na recepção, Manuela liga para a obstetra, que se resume a dizer que tinha avisado, que era para os dois voltarem para casa e relaxarem, e ligarem de novo somente se a bolsa estourar ou se as contrações ficarem muito mais intensas e frequentes, pois agora ela precisava dormir mais algumas horinhas antes de visitar uma paciente em recuperação. Essa semana está uma loucura, ela diz, parece que os bebês combinaram. Não devem se preocupar se ela não estiver disponível na hora em que voltarem, um de seus colegas os atenderá até que ela chegue. Eles miram a escuridão indiferente em torno do hospital e não conseguem dizer nada. Se sentem como bonecos de um diorama lúgubre que é observado pelos vultos das enormes árvores. Constatam em silêncio a sua inocência perdida, o fim da ilusão de que ainda detinham algum controle sobre o que vinha pela frente, de que uma certa dose de conhecimento, de boas intenções, de expectativas razoáveis e de crença no mecanismo de causa e efeito poderia ajudá-los no duelo com as forças obscuras e viscerais que iam exercendo, cada vez mais à vontade, sua dominação.

Quando entram no apartamento, têm a demorada impressão de que ele está habitado por um desses moradores secretos que se escondem por dias ou meses a fio em armários, sótãos ou embaixo da cama. As persianas e vidros continuam fechados e o ar-condicionado e a televisão ficaram ligados, deixando a atmosfera gelada e elétrica. Não lembram de ter usado os talheres, tigelas e copos sujos espalhados na sala e no quarto. O banheiro está molhado e quente, como se alguém tivesse acabado de sair do banho. Manuela diz que é como se não morassem mais ali, como se estivessem prestes a abandonar aquele lar. As próximas horas serão as mais difíceis para Manuela e começam com ela sentando na poltrona de amamentação que puseram no quarto do bebê. Ela mexe o corpo como se a cadeira fosse de balanço. Lucas espia da porta e vê o rosto transido, um esgar quase silencioso e sem lágrimas visíveis, para o qual não lhe ocorrem palavras de conforto. Fuma na janelinha da área de serviço e entre um cigarro e outro vai conferir se Manuela ainda está na poltrona. Depois do quarto cigarro, escuta o chuveiro e o murmúrio de alguma canção tocando na caixinha de som. A porta aberta do banheiro exala uma névoa luminosa que remete a um laboratório de experimentos secretos. Ele se aproxima e vê Manuela nua, sentada na bola de pilates sob a cascata escaldante, de olhos fechados e lábios comprimidos, com as mãos pousadas na barriga, mexendo de leve os quadris e murmurando uma melodia que soa como um encantamento. É atingido em cheio, as lágrimas brotam de seus olhos e ele dá passos sub-reptícios até a penumbra do quarto do casal, que mais parece uma garagem de depósito com malas, livros, pilhas de sapatos e caixas cheias de objetos que não sabem onde botar desde a reorganização do lar para a chegada do bebê. Deita na cama e chora por alguns minutos, escutando Manuela cantar baixinho, gemer e respirar regularmente, aconchegada em sua nuvem de vapor. A imagem no banheiro não sai da sua cabeça e ele sente que testemunhou um mistério arrebatador, o flagrante de um corpo e mente perfeitamente alinhados à experiência de estar viva, como uma dessas flores raras que desabrocham poucas horas por ano no coração de selvas remotas. O que ela está vivendo, Lucas conclui, ele não pode viver, e o que ela está vivendo tem a ver com coisas que ela viveu muito antes de ele entrar na vida dela, embora nesse instante a vida de um seja a vida do outro numa sobreposição quase completa. Esse quase, porém, é imenso, é a distância intransponível de um fio de cabelo, o universo compactado numa cabeça de alfinete, é tanta coisa que não lhe diz respeito nem nunca dirá. O rangido da bola de borracha nos azulejos do boxe cessa mais uma vez e ela volta a inspirar fundo e a soprar forte, na cadência da dor. Isso não pode durar muito, ele balbucia, precisa acabar logo, por favor acaba logo.

Lucas abre os olhos e percebe que dormiu. Levanta afobado e a encontra na sala, deitada de lado no sofá, de olhos abertos. Continua tudo igual, ela diz. Ela não faz ideia de quanto tempo ele passou dormindo, uma hora ou duas, talvez. Ele abre um pouco o vidro da janela e puxa a correia da persiana. Uma fatia ofuscante de luz atravessa a escuridão da sala e pinta uma faixa dourada na parede. Eles protegem os olhos. Uma lufada de ar quente afronta o frio do ar-condicionado. Ela encontra o celular no sofá e aciona a tela. São nove da manhã de sábado, diz, com o olhar de quem achava que a essa altura já teria um bebê mamando no peito. Da rua chegam os ruídos de um helicóptero pairando nas imediações e de garis conversando aos berros sobre problemas de relacionamento. Lucas abre um pouco mais a persiana e os enxerga distribuídos nas duas calçadas da ladeira, homens e mulheres negros, vestindo uniformes cor de laranja e óculos escuros, varrendo bitucas de cigarro, embalagens de plástico coloridas e pilhas de folhetos de propaganda eleitoral. Uma sirene distante de ambulância ou de bombeiros reverbera entre os prédios. Ele tem vontade de caminhar pela vizinhança, cumprimentar os garis e lhes oferecer cigarros, descer até o quartel na Andradas e encarar os milicos como se aqueles jovens de vinte anos fossem eles mesmos o inimigo a ser intimidado.

Para Manuela, os sons da rua parecem ecoar alguma espécie de conflagração da qual eles passaram as últimas horas refugiados. A última contração correu como uma onda deixando uma espuma grossa. Para sua própria surpresa, Manuela se deixa invadir pelo desejo de ir à rua. Sabe que muitos de seus amigos e amigas estão nas calçadas naquele exato momento tentando convencer estranhos a mudarem seu voto. Quis se proteger daquilo tudo, mas agora parece que seu organismo travou no meio do processo da dilatação, ela está cansada demais, sozinha e assustada mesmo em companhia de Lucas, e a ideia de que possa haver algum alento na coletividade lhe parece perfeitamente razoável. Fez de tudo nos últimos meses para mostrar a si mesma e aos outros que a gravidez não era uma desculpa para a passividade, embora na prática tenha feito pouco mais do que opinar nas redes sociais e usar adesivos na roupa. Agora a mesma preocupação dos últimos meses retorna, deformada até o absurdo pelas circunstâncias. A reclusão do trabalho de parto, sua psique temerosa e esgotada lhe diz, parece ser só mais uma desculpa para não encarar o processo histórico, o imperativo moral de se posicionar e agir enquanto talvez ainda seja tempo. Mas antes que consiga pensar no que faria, para onde iria ou quem procuraria, os músculos da pélvis se endurecem e esgarçam outra vez e ela apenas inspira e sopra, inspira e sopra, até que o alívio chegue e reste do outro lado somente um espectro rarefeito das ideias tão urgentes que tentava segurar. Ela olha para Lucas, que segue espiando pela fresta da janela, ele também de certa forma reduzido a uma projeção menos consciente de si mesmo, um bicho que está apanhando sem entender que se trata de um castigo, olhando para ela com cara de quem diz pois é, com os cabelos já completamente ensebados e os olhos semicerrados de sono. Eu sei exatamente o que tu quer, ela diz, tu quer sair um pouco pra rua agora, fumar no sol e comer alguma coisa frita. Ele começa a negar, mas ela toma uma decisão. Pega o celular e com alguns toques telefona para a Brenda.

A amiga de Manuela chega meia hora depois e as duas logo

enxotam Lucas para a rua. Quatro anos atrás, Brenda pariu Sávio dentro de uma banheira cheia d'água com o auxílio de uma parteira e do pai do bebê. Manuela não acredita que a amiga terá muita coisa de útil a lhe ensinar, mas a presença dela proporciona alívio imediato ao reconfigurar imediatamente o espaço e o tempo, perfurando o casulo em que está metida desde a noite anterior. Quando se conheceram na juventude, Brenda se descrevia como poeta, e por alguns anos publicou poemas em fanzines e trabalhou na organização de eventos literários na cidade, mas hoje era a bem-sucedida gerente de RH numa loja de decoração e móveis em madeira feitos sob medida. Em algumas fases da vida, foram confidentes e parceiras de festa, mas se estava ali agora era sobretudo por ser uma das únicas amigas de Manuela que eram mães. Manuela se sente melhor só de poder descrever o que sente para outra mulher que passou pelo que ela está passando. Mas logo elas já estão conversando sobre a crise dos quarenta anos do marido de Brenda, sobre a eleição, sobre os livros da Elena Ferrante. Manuela se dá conta lá pelas tantas de que as contrações parecem ter se espaçado mais. Ela consegue desenvolver raciocínios longos e escutar as histórias que Brenda conta entre cada contração, e suspeita que a dor está um pouco menos intensa. Não era essa a ideia. A obstetra disse que era inútil retornar ao hospital antes que ela estivesse fora de si, urrando em intervalos regulares de poucos minutos. Mas ela não está fora de si. Está muito longe disso. Jamais gostou de estar fora de si. Suas experiências com drogas são uma merda porque ela se mantém consciente e atenta às alterações do corpo e da mente, nunca perdendo o controle, nem mesmo durante a perda do controle. A ideia de que terá um parto complicado devido à sua incapacidade de ceder um milímetro sequer em seu autodomínio, justamente esse autodomínio de que sempre se orgulhou nas mais diversas circunstâncias, surge de repente trazendo um cheiro de mau agouro. Manuela fecha de novo o vidro e a persiana, restituindo o ambiente cavernoso, e começa a dar voltas pelo espaço exíguo da sala, soluçando e suplicando ajuda. Brenda se assusta, procura consolá-la com débeis palavras de encorajamento, sugerindo que ela volte para o chuveiro quente e não saia mais de lá. Manuela balança a cabeça, não aguenta mais chuveiro. Começa a ficar nítido para as duas que a intimidade fácil de outrora já não é possível, mas tudo bem, no fundo nem uma nem outra está surpresa. A contração seguinte chega com uma violência inesperada, como se o corpo atendesse às súplicas da parturiente. Brenda ajuda Manuela a se acocorar com os joelhos no assento do sofá e esfrega suas costas, quadris e coxas, ao mesmo tempo que sussurra que a dor é boa, que essa dor que ela está sentindo agora é na verdade um prazer, a dor vai trazer o bebezinho dela, é preciso se entregar, receber a dor, abraçar a dor, gostar da dor. Depois de um minuto interminável, a calcinação no ventre cessa e Manuela se deixa amolecer, mas continua pensando no que acaba de ouvir. Como assim, sentir prazer com as contrações? Brenda insiste. É o melhor conselho que pode dar. Ela precisa sentir prazer com as contrações. Um prazer sexual, acrescenta, como se finalmente tivesse ousado entregar um conhecimento proibido. Precisa deixar que o corpo seja o guia, sem pensar, sem analisar o que está ocorrendo, sem resistir. O parto é um gozo, ela diz. Mais parece um estupro, retruca Manuela. Depois disso fica quieta, mas no íntimo está torcendo para que Lucas volte logo. Prazer com a contração no teu cu, ele diria. Logo ele chegará em casa e poderão rir juntos dessa noção. Ele está muito mais assustado do que ela antevia. Precisa lembrar de dizer a ele que não se assuste. Se ele permanecer assustado, ela estará perdida. Ela quer seu cheiro forte, seu desleixo, suas piadas toscas, sua insegurança disfarçada de macheza. Quer os olhares lúbricos que fazem com que ela se sinta um menino indócil, um mancebo, como diz Lucas. Pederasta e mancebo, eles caçoam de si mesmos depois que retornam ao que eram. Essas fantasias que vão se insinuando aos poucos até que são reconhecidas pelos dois ao mesmo tempo e passam a integrar a gramática da relação. Vão conseguir reter essas coisas dali em diante? Precisa agarrar-se a elas, não quer ter de substituí-las, abrir mão das histórias que seus corpos construíram juntos.

Embora esteja na rua há quase uma hora, Lucas não se livra da sensação de que o mundo exterior ao apartamento é um cenário artificial construído especialmente para ele. Desdenha tanto da paranoia solipsista como dos delírios tecnológicos que tornariam possível um cenário desses. Mas é fato que a luz do fim da manhã parece excessiva, a circulação de automóveis e o comportamento dos transeuntes parecem resultar de uma sofisticada cenografia concebida para iludi-lo ou pelo menos distraí-lo. Mas de quê? De que a mulher dele está em casa neste exato momento, longe dele, sem internet, parindo uma criança, só pode ser, pois ali está ele, passeando e comendo pastéis como se aquele fosse apenas mais um dia de trabalho movido a tabaco e Jim Beam e intercalado com indolência e punhetas. Os pastéis de seu boteco favorito proporcionaram um êxtase passageiro. Comeu dois de carne e um de queijo, tentando saciar a fome feroz que o atacou assim que botou os pés na calçada. Protelou a urgência do retorno, lembrando que Manuela o estimulara a arejar a cabeça. Está voltando para casa com duas latas de Coca e um pastel de carne dentro de um saquinho de plástico, espera que Manuela seja capaz de comer algo além de melão e gelatina, pois é agoniante vê-la há tanto tempo sem ingerir alimentos consistentes ou dormir. Olha o celular a cada dois minutos como se pudesse ter deixado de escutar uma chamada. Na Andradas, um grupo de pais leva uma trupe de criancinhas para visitar a Casa de Cultura Mario Quintana. Na televisão de uma padaria, espia os resultados de mais uma pesquisa eleitoral e tenta esquecer o que vê como se tivesse aberto sem querer os e-mails privados de alguém e flagrado um segredo mórbido. Passa pelos milicos que patrulham o quartel. Pela primeira vez, suas metralhadoras a tiracolo lhe parecem avisos a serem levados a sério.

Quando Lucas entra em casa, é recebido pelo olhar terno e vulnerável de Manuela. Ele larga a sacola no chão, tira os sapatos e a abraça. Brenda, deitada em almofadas que formam um leito sobre o carpete, não os interrompe. Quando os dois finalmente se afastam, ainda tomados por uma palpitação ardente de amor e medo, Brenda se levanta e dá um abraço apertado em Lucas, suspira, pergunta como ele está. Em seguida seu celular apita e ela passa o dedo na tela, rolando as fotos e mensagens com aquela velocidade que parece robótica aos observadores. Ao perceber que seu comportamento inocente perturba a ordem imposta, ela logo esclarece para Lucas que foi alertada sobre a censura dos meios de comunicação imposta pelo rei e pela rainha daquele castelo e que não está comentando absolutamente nada sobre o mundo exterior desde que chegou. Manuela não quer comer o pastel nem tomar Coca. As contrações ainda a acometem a cada seis ou sete minutos. Os três discutem o que fazer a seguir. Manuela liga para a obstetra e pergunta por quanto tempo ainda podem esperar, procurando estabelecer algum limite claro. Se ela for para o hospital agora, diz a voz do outro lado da linha, terão de rever todo o plano de parto, ministrar oxitocina, estourar a bolsa, ou então fazer uma cesárea. A obstetra não vê necessidade, mas tudo depende ainda de Manuela, de suas preferências e do que está disposta ou não a aguentar. Manuela decide aguentar. Lucas admite que está assustado. Teme pela saúde de Manuela e do bebê. Brenda os convence a contatar Cristiane, uma enfermeira que a auxiliou em seu pré-parto quatro anos atrás. Manuela liga e a mulher diz que consegue visitá-los brevemente às duas da tarde. Brenda se despede, precisa ir buscar o filho na casa dos sogros e levá-lo para a casa dos pais dela em Pelotas, onde todos de sua família têm domicílio eleitoral. Acreditem, diz Brenda, chacoalhando o celular antes de passar pela porta. Tem chance de virar.

A enfermeira chega dez minutos adiantada e os dois se surpreendem com sua juventude. Está com o rosto e o pescoço suados, veste uma malha de academia preta e rosa-choque, e seus cabelos lisos e compridos estão presos num rabo de cavalo apertado. Parece de fato ter chegado da academia, mas nenhum dos dois tem coragem de perguntar. Ela aceita um copo d'água e se inteira da situação. Lucas fica na sala e as duas vão para o quarto. Ela apalpa a barriga, cronometra as contrações e corrige a respiração de Manuela, que não consegue parar de pensar em quão insólito é estar sendo examinada e auxiliada por essa guria bem mais nova que ela, de bochechas rosadas e cheia de peitos e bunda, dona de um semblante severo que transpira uma sapiência vasta e insuspeita. Após um exame de toque, Cristiane retira os dedos da vagina de Manuela, faz um bico com os lábios e opina que a dilatação não passa de dois ou três centímetros ainda. De uma grande bolsa de náilon da Nike, ela tira um aparelho de formato ovalado, branco com detalhes em rosa, mais ou menos do tamanho dos antigos toca-fitas portáteis e dotado do que parece ser um fone de ouvido. Usa o monitor fetal por vários minutos, mantendo um ar de serenidade que acalma Manuela. Conclui que parece estar tudo bem com o bebê e que não há sinais de sofrimento fetal. Ao som dessas palavras, a tensão abandona os músculos de Manuela como um espírito invasor saindo de seu corpo. Ela pergunta se Cristiane tem permissão legal para fazer tudo que está fazendo, profissionalmente falando. A enfermeira ergue os ombros e diz que algumas coisas sim, outras não. Ela atende muitas mães em parto humanizado, faz parte de uma rede de apoio a mulheres carentes ou que não encontram o tipo de atendimento desejado em hospitais. Lucas é chamado e os três conversam mais algum tempo. Se querem mesmo esperar a dilatação e um parto natural sem intervenções, diz Cristiane, a casa ainda é melhor que o hospital. O bebê está bem. Mas Manuela precisa se alimentar e, principalmente, conseguir descansar um pouco. Sugere que ela deite de lado e tente adormecer entre uma contração e outra. Isso parece impossível para Lucas, mas segundos depois Manuela adormece. Ele e a enfermeira velam o sono da parturiente por alguns minutos, como se cuidassem de uma criança convalescente. O aparelho de ar condicionado estala e ronrona, renovando o jato de ar gelado. Um pouco mais tarde, ele paga cento e cinquenta reais em dinheiro à jovem e a acompanha até a porta.

Durante muitas horas eles pouco conversam, não assistem à televisão nem ouvem música, não comem e não bebem quase nada, e nem sequer lhes ocorre ligar de novo a internet e restabelecer o contato com a palpitação da realidade lá fora. O trabalho de parto se tornou o limite de seu mundo. Manuela permanece deitada de lado na cama, dormindo entre uma contração e outra, sentindo a barriga ficar dura como uma rocha, gemendo e virando de lado na penumbra gelada como uma criatura troglófila que foi arrancada do habitat e alojada num laboratório. Lucas circula pelo apartamento falando sozinho, ciciando diante das fileiras de caixinhas de filmes como se os resenhasse para um interlocutor inexistente, fumando na área de serviço ou realizando tentativas, na maior parte frustradas, de registrar no aplicativo de notas do celular o que se passa e o que sente. De vez em quando vai espiar os contornos opulentos e arfantes da mãe de seu filho e se demora um pouco antes de entrar no quarto e deitar ao lado dela. Quando acontece de abrirem os olhos simultaneamente, encontram refletido o sentimento mútuo de estarem vivendo pela primeira vez em suas vidas algo que não pode ser descrito como sofrimento, mas sim como uma espécie de martírio, uma provação da qual não são agentes nem vítimas, um lugar de espera que os arranca aos poucos da forma que os continha para que tenham acesso, remodelados ou disformes, a uma revelação. Às vezes Manuela conversa baixinho com o bebê, mas suas palavras não tratam do futuro, das coisas que ele vai conhecer, que vão experimentar juntos. Em vez disso fala do passado, de como na infância costumava se refrescar na fazenda de seus avós pendurando uma mangueira nos arames que sustentavam a parreira do quintal e ficava ali sentada no chão barrento, embaixo da sua cachoeirinha, comendo melancia direto da casca. Lá pelas tantas, o encadeamento de memórias a transporta a ocorrências mais inusitadas, das quais se lembra com certa surpresa e passa a evocar em silêncio, como a ocasião, nas férias de inverno de seu primeiro ano na faculdade, em que ia de ônibus a Curitiba para visitar uma amiga e sentou ao lado de um garoto da sua idade, marcante por sua cara redonda e olhos arregalados, a quem ela passaria a se referir em suas lembranças como o garoto com cara de bolacha, que estava viajando sem destino com uma mochila e um violão para compor um disco baseado em suas aventuras, e durante uma parada para descanso num desses postos de gasolina no meio da estrada o garoto a convidou para descer do ônibus com ele e pegar carona para alguma cidadezinha próxima, um convite que até hoje ela se arrependia de ter recusado, porque ele parecia uma dessas almas especiais que passam pelo mundo, alguém que lhe proporcionaria experiências que ela nem sequer podia imaginar, mas ela nunca mais ouviu falar nele e até hoje se mantém atenta a discos independentes e homens tocando música ao vivo em bares e espaços públicos na esperança de reconhecê-lo. Ela dorme no meio desses relatos sussurrados ou silentes e às vezes, despertada pelas dores da contração seguinte, os retoma de onde parou com uma eficácia subconsciente da qual o bebê seja talvez a única testemunha, já que Lucas sente que é importante se afastar dela nesses momentos, um gesto de consideração, quase como se Manuela não estivesse em condições de perceber que ele está presente e pudesse balbuciar coisas que não são destinadas a seus ouvidos. Os cigarros na janelinha da área de serviço o arrancam do torpor pastoso da privação de sono. Sente o fedor nas axilas, o gosto acre na boca. Calcula como fugirá do Brasil com a família caso isso se torne necessário, o que fará para tentar ganhar algum dinheiro no começo do ano que vem. Nos últimos tempos, a hipótese de que a vida se tornará muito mais dura se coloca diante dele como uma espécie de teste cego de cuja resposta dependerão suas modestas conquistas. Uma vitória de virada da esquerda no domingo será de vital importância simbólica, mas ele teme as convulsões sociais que se abaterão de uma forma ou outra. Manuela tem fé convicta no que chama apropriadamente de resistência à barbárie, e vislumbra, após uma resposta dos esclarecidos nas urnas, um país no rumo certo, uma vida pública mais sadia. Mas talvez não importe, pois está tudo nas mãos de capitalistas de risco na Califórnia, hackers russos, fundamentalistas religiosos armados, negacionistas climáticos. Então ele pensa que não faz sentido nenhum fugir. Talvez já estejam no lugar deles, já tenham resistido ao se enraizar nesse país desgovernado, alheios à desconfiança passivo-agressiva de suas famílias. Não importa muito onde estão ou para onde irão, são eles contra a crise planetária. Ele se revigora um pouco pensando nisso, pois sente que não será fácil detê-los. A energia da vida flui em suas veias e agora está sendo transmitida. Ele apanha, mas não cai. Boxeia contra a sombra por alguns minutos e se deita ofegante no tapete da sala. Estou cansado, pensa, apenas cansado. Ouve Manuela dar um gritinho e chamar seu nome. Corre em direção ao quarto, mas para diante da porta do banheiro. Manuela está sentada no vaso, só de roupão de seda, olhando um chumaço de papel higiênico. Ela diz que saiu uma gosma. Ele se aproxima, olha, toca e cheira. Deve ser o tampão de muco, concluem. Lembram do alienígena dos filmes e riem. Depois de tantas horas, tanta espera, tanta dor, um acontecimento. Nenhum dos dois faz ideia de que horas são, Lucas apenas sabe que é noite. Manuela busca o celular. Nove e meia da noite. Os dois se acomodam juntos no sofá da sala e começam a atualizar de novo a planilha das contrações. Manuela come metade de um pastel. Na hora de avaliar a intensidade da dor para colocar na planilha após cada contração, ela pensa bastante e diz que é alta ou muito alta.

Mas o bebê não vem. Depois de mais algumas horas de cronometragens, grunhidos, cochilos, banhos quentes, episódios de séries, castanhas, água de coco, massagens e cigarros eles percebem que vão entrar de novo madrugada adentro na mesma situação e constatam que estão começando a perder o juízo. Por um período que do ponto de vista deles poderia ser de três minutos, meia hora ou três horas, Manuela chora desconsoladamente, mais de frustração que de dor, deixando que as contrações cheguem e passem como pneus transpondo um quebra-molas, meros inconvenientes num trajeto inexorável, enquanto Lucas a consola como pode, carinhoso, diligente e angustiado. Em algum momento isso passa e dá lugar a um bom humor levemente demencial. Lucas zomba das caretas de dor de Manuela, ela zomba dos ruídos e gestos que ele faz para tentar ajudá-la, e os dois se arrastam gargalhando pelo apartamento sujo e bagunçado, se imitando e fazendo piadas mórbidas e escatológicas que chegam a envolver a morte de todos eles, incluindo o bebê. A música dos bares da redondeza e os gritos de boêmios mais eufóricos atravessam a barreira das janelas de vidro duplo como ecos efêmeros de vida em outra galáxia. Lucas entra no quarto do bebê e fica ali parado, aspirando o aroma de pinho do berço, interrogando em silêncio o mistério que ainda preenche o recinto. É extraído desse transe pelo estouro de fogos bem ao lado da janela. As bombas explodem uma, duas, três vezes, violentando a sensação de distanciamento. Quando encontra Manuela na sala, ela está olhando para a tela do celular, deslizando com o dedo. A luminosidade do aparelho encobre como uma máscara furta-cor suas feições salientes e andróginas. Ela pede desculpas, diz que precisava. Ele se ajoelha a seu lado, alisa seus cabelos, beija sua bochecha oleosa e fria. Havia muitas mensagens de amigos tratando de assuntos diversos, ela diz, de memes políticos a convites para um passeio, mas só uma, do seu irmão que mora em Brasília, perguntando sobre o parto, uma única mensagem para lembrá-los de que há pessoas lá fora que podem estar cientes das quarenta semanas completas de espera, de que aquele fim de semana decisivo para um país todo coincide com a chegada prevista do filho deles. Nenhuma mensagem vinda de seus pais. O esforço de alijá-los do dia do nascimento do neto tinha sido bem-sucedido, pois eles estavam mesmo por fora ou não se sentiam à vontade para intromissões. E agora ela estava no Instagram, lendo na timeline as declarações de voto útil contra a barbárie e as denúncias novas e repetidas sobre manifestações racistas, misóginas e homofóbicas, sobre os apoiadores com suásticas, disparos ilegais de mensagens de WhatsApp com notícias falsas, a profanação de uma homenagem a uma deputada assassinada, as promessas de ataque aos indígenas, ao meio ambiente, aos artistas, aos jornalistas. Manuela clica num link escolhido quase ao acaso e começa a ler uma matéria de jornal em que vários intelectuais explicam por que nada disso é fascismo, no máximo uma tendência autoritária com alguns elementos fascistas. Então, para surpresa de Lucas, de repente ela fecha os aplicativos um por um, desliga novamente as conexões do celular e o esconde debaixo de uma almofada.

Sentada com as mãos unidas sobre a barriga, estalando as unhas parelhas umas contra as outras, ela olha fixamente para a tela desligada da televisão, na qual se veem refletidos como num filme negativo, em contornos brancos e alaranjados sobre um fundo escuro. Com o tom firme e tranquilo de quem formulou uma teoria após longa reflexão, Manuela diz a Lucas que acha que o bebê deles não quer nascer. Ele fica sem reação, está pronto para rir disso como estavam rindo das piadas escabrosas até pouco antes, pensa em dizer que é bobagem, enunciar o óbvio, mas no fim não consegue dizer nada. Ou talvez, emenda Manuela, talvez eu não queira que ele nasça. Lucas protesta com um muxoxo, mas de novo não consegue articular nada, oferecer nenhum contraponto. Dá na mesma, ela conclui. Lucas segura a mão de Manuela, mas sente que, além de fria, a mão está dura, arredia, então a solta.

Manuela prende a respiração, dá um gemido longo e grave, bufa e sopra como se telegrafasse uma prece em código Morse. Lucas sugere que pode ser melhor chamar um táxi agora mesmo e avisar à obstetra que querem uma cesárea. Que talvez tenham ido até onde eram capazes. Desde o começo ele apoiou e entendeu a preferência por um parto natural do tipo humanizado, a obstetra era especializada nisso, mas devia haver uma linha após a qual certas convicções podiam ser revistas. Agora ela já estava sendo teimosa. Estava pondo em risco a própria saúde e a do bebê. Talvez o corpo dela estivesse se revoltando mesmo, como ela havia acabado de sugerir, e a faca pudesse resolver a situação de maneira prática e segura. Logo o dia iria raiar mais uma vez. Fazia trinta e seis horas que estavam enfurnados e sem dormir. Enquanto escuta tudo isso, Manuela lembra da grávida na Encantada. De quando foi viver alguns dias numa comunidade do litoral catarinense que estava aguardando o fim do mundo previsto pelo calendário longo dos maias. Recém-egressa da graduação, ela queria escrever um livro, seria o seu primeiro livro, e depois de ouvir sua então professora de ioga mencionar a comunidade, ela desenvolveu um interesse algo cínico no que ocorreria com aquelas pessoas no instante em que o dia 22 de dezembro raiasse e elas percebessem que o mundo prosseguia inalterado. No inverno de 2012, foi visitar o sítio onde os cerca de trinta moradores viviam com recursos mirrados, ganhando dinheiro com hortaliças orgânicas e pães vendidos nos mercados da região. Declarou sua intenção de conviver com eles para fins de pesquisa para a escrita de uma obra de ficção. Foram gentis e receptivos, pareciam não dar importância para quem ela era ou para o que desejava fazer. Entre eles, se sentiu como uma criança de uma etnia discriminada, um animal doméstico que precisava de cuidados, mas com cujo destino no fundo ninguém se importava. O terreno na base de um morro íngreme ficava na sombra após as três da tarde e por ele corria um riacho pedregoso que esfriava o ar e espalhava um cheiro mineral. As casas eram de madeira pré-fabricada, algumas novas em folha, reluzindo de verniz dourado, outras mais antigas ou mesmo com décadas de idade, com a pintura azul ou amarela esmaecida e madeiras um pouco tortas e porosas, infiltradas de ervas daninhas. Na primeira e rápida visita que fez no inverno, chamou sua atenção uma garota de uns vinte anos, crespa e magricela, que estava protegida do frio úmido apenas por uma jaqueta vermelha da Adidas e um gorro de lã, e que pela barriguinha saliente parecia estar grávida. Durante cinco meses, Manuela ficou pensando naquilo. E quando retornou à comunidade no verão, no início de dezembro, a menos de três semanas do suposto fim do mundo, viu que a garota ainda estava ali, com uma barriga descomunal de quase quarenta semanas, andando para lá e para cá de chinelos na companhia de um cão Rhodesian Ridgeback idoso e do tamanho de um terneiro, vestindo apenas um calção de náilon e a parte de cima de um biquíni amarelo que era quase perfurado pelos mamilos de seus peitos intumescidos. Manuela instalou seu saco de dormir na sala de uma das casas e foi logo integrada a um cronograma de limpeza de banheiros, feitura de comida, rodas de conversa e rituais holísticos que visavam preparar todos para o fim dos tempos. Havia um casal líder que atuava como uma enciclopédia de teorias escatológicas e dados arqueológicos, tecendo o que no juízo de Manuela era uma teia mais ou menos improvisada de cálculos astronômicos, lendas de povos originais e cruzamentos de símbolos de toda espécie e origem para asseverar e renovar, dia após dia, a crença compartilhada de que uma grande transformação ocorreria no dia 21, muito provavelmente a colisão de um corpo celestial com o nosso planeta. A chave de tudo estava na comparação do calendário longo dos maias com o calendário gregoriano, levando à conclusão de que para aquela avançada civilização mesoamericana a contagem do tempo se encerrava em 21 de dezembro de 2012. A natureza dessa transformação variava dependendo do dia e do interlocutor, para uns se tratava somente do fim de um ciclo e do início de outro, algo como uma mudança na direção do vento, mas para a maioria se tratava mesmo da morte nesse plano da existência e da aniquilação de um mundo que tinha dado errado, e entre estes encontrava-se a garota grávida. Manuela não conseguiu entender. Como ela podia parecer tão serena e leve carregando uma criança no ventre rumo ao apocalipse? Aquela garota não se importava de falar, e durante dias ela se tornou sua melhor amiga. A família não a queria por perto desde que um aborto aos dezesseis anos veio à tona e resultou na sua excomunhão da pequena cidade em que vivia ao pé dos cânions catarinenses. Dessa vez tinha engravidado de propósito, de um surfista paulista por quem estava apaixonada, mas o cara sumiu sem avisar antes mesmo de saber e nunca mais atendeu chamadas nem respondeu mensagens. A comunidade a havia acolhido e para ela todos os cálculos, lendas e interpretações de sinais religiosos e seculares eram nada menos que convincentes. Se o mundo iria apenas iniciar outro ciclo, passar por uma transição cósmica, raciocinava a garota, essa transição era certamente para melhor, pois a caminhada do universo rumo à perfeição era autoevidente, por mais que nossa diminuta participação nele dificultasse o nosso entendimento. Se, em vez disso, o mundo iria de fato acabar, era melhor estar entre pessoas lúcidas, conscientes, preparadas espiritualmente para enfrentar o cataclismo. Se ela passaria os últimos nove meses de existência carregando aquela vida incipiente dentro dela, alimentando-a e compartilhando seu corpo, tanto melhor. Seria mais uma alma nesse mundo que não iria embora dele sozinha. Mas ela estava convicta de que o mundo após o fim do calendário seria um lar melhor para a criança do que o mundo que existia agora, esse mundo doente, degradado, evidentemente ansiando por uma renovação, fosse ela apocalíptica ou simplesmente energética. Manuela passou seus dias na Encantada tentando se posicionar diante daquela lógica ao mesmo tempo ingênua e imune a ataques. Ela lembrava do argumento de Pascal, de que viver como se Deus existisse garante uma recompensa maior do que viver como se Ele não existisse, independentemente d'Ele existir ou não. Como todos os argumentos lógicos a favor da existência de Deus, este era clandestinamente baseado na fé, e Manuela tentou em vão interceder fazendo uso da razão. Aquela garota tinha feito apenas uma ecografia e ido uma única vez a um posto de saúde no início da gestação. Às vezes Manuela pensava que ela era louca e se ofereceu várias vezes para ajudá-la a marcar uma consulta ou levá-la ao hospital na ocasião do parto, mas nada disso parecia necessário à gestante. Na véspera do fim do mundo, os moradores da comunidade fizeram jejum e começaram o dia engajados numa sequência de rituais, cantos e orações que aos poucos foram dando lugar a uma desagregação coletiva e a um festival de eclosão de neuroses. Houve brigas de socos, crises de choro, um princípio de incêndio, sexo grupal e talvez, Manuela suspeitou, um estupro. A garota grávida se acomodou com seu cachorro imenso em seu quarto e observou tudo isso pela janela. Manuela anotava o que via com uma sofreguidão que era também uma defesa contra o nervosismo, pois as emoções sombrias que afloravam iam lhe incutindo a intuição infundada de que algo importante realmente estava prestes a acontecer. Mas o sítio silenciou antes da meia-noite, as pessoas se recolheram exaustas aos quartos e barracas, traumatizadas ou extáticas, e logo se ouvia somente o gorgolejo calmante do riacho, os estalos da mata e os gemidos afetados dos sapos, que pareciam um coro de crianças pequenas imitando bebês. Lá pelas tantas, Manuela percebeu que tinha se esquecido da garota grávida, e ao entrar em seu quarto verificou que ela havia sumido. O cachorro estava deitado de lado, esparramado sobre um colchonete, completamente imóvel, e no dia seguinte, lembrando de como ele parecia rígido e esticado tal qual uma estátua de jardim, ela deduziria que naquele momento ele estava morto. Mas antes disso ela saiu procurando a garota pelo terreno, em todas as casas, no quiosque onde corpos dormiam em meio a incensos, garrafas de vinho e cestos trançados e coloridos de artesanato caingangue, na fogueira que ainda queimava com gana em labaredas felizes, nas margens da floresta que parecia empurrá-la para longe, como se afastasse uma cega do perigo. O sol nasceu para os lados do litoral pintando as nuvens de um laranja suave e o ronco dos motores mais barulhentos na estrada distante alcançou a comunidade ainda adormecida. Ela a viu de relance, num momento em que já não estava mais procurando. A garota estava na margem do riacho, numa pequena enseada de pedras lisas e escuras, nua, com as mãos na barriga, as pernas um pouco flexionadas e abertas, esperando que o bebê terminasse de ser expulso pela vagina. A cabeça já tinha saído e ela parecia compenetrada no último grande esforço para fazer passar os ombros, grunhindo com uma voz grossa que nada tinha a ver com a voz suave e torporizada, de clarinete, com que falava normalmente. Às vezes ela dava um ou dois passos curtos para a frente ou para o lado, ajustando a posição. De repente o bebê desceu, com um pequeno derramamento de sangue e muco que logo em seguida cessou. A garota amparou o bebê entre as pernas antes que caísse no chão, o trouxe ao peito e começou a mexer nele com os dedos, o cordão ainda pendendo sobre o ventre. Manuela deu alguns passos à frente, mas estancou assim que ouviu o choro rangente do recém-nascido. Estava a uns cinquenta metros da enseada no riacho, tudo isso ela viu de longe, recheando o que seus olhos e ouvidos registravam com os esforços que a mente faz para garantir um mínimo de significado ao que captam os sentidos. Ela não saberia explicar a Lucas por quê, mas naquele momento deu meia-volta, juntou suas coisas, botou a mochila nos ombros e caminhou os oito quilômetros até a estrada, onde pegou uma carona para a rodoviária. O livro nunca foi escrito, pois Manuela acreditava que a literatura se baseava em respostas a perguntas pertinentes, e ela havia saído do episódio sem respostas. Mais tarde ela compreenderia que a literatura era justamente o contrário, mas a vida a colocaria numa posição em que nunca mais se sentiu apta ou autorizada a escrever. Um gosto residual de fracasso persistia. Agora ela diz a Lucas que não, que não quer fazer uma cesárea, não ainda. Ela ainda está presente, consciente, tem tempo e força, sente que o bebê está bem e quer ir adiante do seu jeito, porque não se trata somente de teimosia nem de crença em alguma suposta pureza natural contra as perversidades machistas da medicina, mas de fazer frente, por meio de uma adesão corajosa e incondicional à sua vontade, a algo de mortífero que passou a cercá-los de tempos para cá, essas coisas sem nome que intuímos e vemos avançar nos detalhes e sinais de uma vida cotidiana atentamente observada. Ela diz a Lucas que vai dar certo, que ela e o bebê vão aguentar, que sabe que ele também é forte o bastante, que confie nela. Ele diz que confia.

Lucas vai lavar um pouco de louça. Cozinha ovos, junta frutas e biscoitos num arranjo bonitinho dentro de um prato, passa um café. Talvez a vida deles seja isso de agora em diante, ele brinca. Ela vai ficar parindo para sempre, o desenvolvimento da criança vai estacionar, ele vai ficar trazendo pastéis e lavando louça, é só ligar a internet de novo e seguir em frente. Manuela entraria para o *Guinness Book*, daria entrevistas na TV gemendo a cada cinco minutos, para delírio cômico da plateia. Manuela lembra de uma história, nunca soube se era verdade ou não, de uma guria que pariu no banheiro, acocada na privada, achando que só precisava evacuar. Plop, oi bebê. Eles dão risada de novo. Estão vivendo num desses loops temporais que se tornaram a estrutura de tantos filmes, um Dia da Marmota em casal. Bill Murray precisava aprender a ser gentil com as pessoas e conquistar o coração da moça. O que eles precisam fazer para escapar? Já compravam orgânicos direto dos produtores, iam a protestos por direitos humanos e trabalhistas, repercutiam vídeos de abuso policial e relatórios sobre aquecimento global. Já se amavam. Talvez se ele for ao Parcão e mudar o voto de dez pessoas o bebê nasça, especula Lucas. Ou será que, num plot twist perverso, para desfazer o feitiço precisam fazer arminha com os dedos levando uma criança no colo, derrubar uma árvore centenária, filmar um professor em sala de aula e o denunciar por comunismo? Talvez possam simplesmente sair caminhando por aí, sugere Manuela. É possível que um pouco de movimento facilite a dilatação. Lucas se dá conta de que agora ela está falando sério. O filho deles pode chegar ao mundo numa calçada suja em pleno dia de eleição presidencial, por que não?, coisas mais estranhas já aconteceram. Ela come algumas uvas, biscoitos, recupera um pouco do vigor e do apetite. Lucas abre a janela da sala e a luz da aurora eriça a pele deles e aviva as superfícies dos móveis, o piso, as paredes, as folhinhas de papel de seda verde das avencas. Seus celulares incomunicáveis informam que passa um pouco das sete da manhã. Vamos na padaria, diz Manuela. A padaria, Lucas sabe, é um estabelecimento a algumas quadras do prédio onde moram, que serve sucos feitos na hora e sanduíches aceitáveis para os padrões porto-alegrenses, com manteiga em vez de margarina e fiambres em camadas generosas, mas que é famosa por funcionar mesmo nos feriados como Natal e Carnaval. Manuela liga e ninguém atende, mas ela tenta de novo depois das sete e meia e uma voz feminina mal-humorada diz que sim, vão abrir neste domingo. Fazendo uso habilidoso dos intervalos entre as contrações, e mantendo no rosto a expressão mordaz de quem exerce uma paciência irônica contra os caprichos do destino, Manuela vai escovar os dentes, lavar a cara, passar um pouco de loção no rosto e trocar o roupão de seda por um vestido de malha, vermelho com estampa de folhagens pretas, que destaca a esfericidade da barriga. Depois que Manuela está pronta, Lucas se apressa em molhar o rosto, trocar a regata fedorenta por uma camiseta amarela com a frase UM LUGAR DO CARALHO e vestir uma calça jeans preta e puída. Tomam o cuidado de levar a mochila do hospital, para o caso de uma emergência.

São duas quadras de subida, uma de descida e mais duas planas. Manuela caminha devagar, mas com desenvoltura. Nuvens se esparramam no céu azul como pilhas de cal sopradas pelo vento. No silêncio matinal do centro histórico se propagam as passadas e pedaladas dos esportistas indo para a pista fechada da avenida Beira-Rio, a algazarra dos bandos de caturritas na copa dos jacarandás e a aceleração dos ônibus em ruas muito distantes dali. Moradores de rua descansam em seus ninhos de papelão, trapos e sacolas plásticas cheias de pão ou de embalagens recicláveis, sozinhos, em casais, enrodilhados com cachorros. Passaram a madrugada despertos, batalhando pela vida ou somente alertas, aguardando a alvorada lhes trazer um pouco mais de segurança. Manuela se engancha no braço de Lucas, diminui o passo até parar e se encolhe para mais uma contração. Fora do apartamento, a dor lhe parece mais suportável. Seguem caminho. Lucas fuma quando dá vontade, Manuela já não se importa com o fumo passivo, estão além de considerações desse tipo. Paira um leve cheiro de mijo e de esgoto, como sempre. Mas na padaria eles logo sentem o aroma de pão quente, laranja espremida, café fumegante. A maioria das mesinhas está livre e escolhem uma com poltronas estofadas. Manuela senta na beirada da poltrona, com as costas bem eretas e as pernas abertas e inquietas como asas de borboleta. Pede um chá gelado de frutas vermelhas e um farroupilha. Lucas vai de expresso duplo e brownie. O *Unplugged* do Gilberto Gil toca baixinho. Embora se trate do mais prosaico hedonismo burguês, eles se sentem subversivos e orgulhosos. Mal se contêm quando finalmente uma mulher na mesa ao lado pergunta se está tudo bem com Manuela. Falam um por cima do outro, aos atropelos, se deliciando com a reação dos demais clientes à informação de que Manuela está em trabalho de parto desde sexta à tarde, que o bebê pode nascer a qualquer momento, mas se é assim por que não tomar um chá e sair para passear, não é? Lucas pede mais um expresso duplo, a cafeína e a nicotina desempacotam suas inclinações maníacas e ele gesticula de forma cada vez mais expansiva, até que suas piadas costurando prisão de ventre e a inexistência de um custo físico para o pai na gestação e no parto fazem as pessoas se recolherem de novo, aos poucos, a seus pães de queijo, cappuccinos e mensagens instantâneas. Manuela gosta de vê-lo assim, solto, provocador, inadequado sem decair para a cretinice, pois isso lhe diz que, mesmo depois de anos juntos e dessa provação dos últimos dias, eles continuam tolerantes com o jeito de ser um do outro e ainda mantêm suas qualidades pessoais intactas, prontas a se manifestar de novo nas condições certas. Não quer que o filho os desfigure espiritualmente, que defeitos novos substituam os antigos, aos quais o convívio já conferiu encanto e ternura.

Quando já estão pensando em voltar para casa, um grupo ruidoso invade a padaria. Muitos estão usando camisetas de líderes ou partidos políticos de esquerda e um dos rapazes está levando uma bandeira do arco-íris. Compram garrafas d'água, refrigerantes e salgados para levar. Entre os que ficaram na calçada esperando há duas crianças pequenas, uma delas um bebê, espiando o mundo de um sling no colo do pai, e um menino de talvez cinco anos, pilotando um patinete. Os clientes da padaria começam a reagir. A mulher que tinha puxado conversa com Manuela grita *Ele não*, e o grupo reage na mesma hora, fazendo coro entusiasmado e indo à mesa dela para brindar cerimoniosamente. Outra mulher, que está sentada com um homem a uma mesa um pouco mais no fundo da padaria, grita, não sem uma certa leveza, que o grande líder da esquerda está preso. Risadas, vaias e palavras de ordem ricocheteiam com intensidade crescente, até que o sujeito que cuida do caixa olha para o grupo com o que poderia ser descrito como um pedido gentil para que se retirem. Enquanto o grupo acata o pedido e escorre pela entrada da padaria até a calçada, Manuela segura o braço de uma garota cujos braços e pernas, expostos para fora do short jeans e da blusinha azul abotoada, estão cobertos por dúzias de tatuagens pequenas, amadoras e esparsas, como se ela tivesse sido vítima de uma criança munida de um estojo de carimbos, e pergunta se eles estão indo votar. A garota diz que sim, que estão indo até o Colégio Bom Jesus, local de votação de todos, a algumas quadras dali. Lucas sabe que esse é o local de votação de Manuela. Pega a pasta de documentos na mochila e verifica que seus documentos de identidade estão ali dentro junto com as demais carteirinhas, certidões e cartões do plano de saúde. Eles se entreolham e tomam uma decisão sem precisar trocar palavra.

Manuela vai pagar a conta enquanto Lucas persegue o grupo por algumas dezenas de metros e pede que esperem um minutinho. Logo ela aparece na calçada e vem andando em direção a eles com um passo firme e um sorriso na boca, segurando a barriga com as mãos. O menino no patinete ajusta os óculos de aro redondo na cara e grita, apontando, que essa mulher deve ter engolido um elefante. Ao vê-la dar risada e afagar os cabelos do menino, Lucas tem vontade de esganá-la de tanta paixão. Seu próprio filho se prefigura em sua mente, dessa vez como um recém-nascido sendo banhado por ele e Manuela numa banheira cheia de água morna com sabão, ainda perdido, necessitando de amor incessante, buscando com seus olhinhos de salamandra a imagem borrada da mãe. De que inesperada poção de instintos e representações midiáticas ele é capaz de evocar tal imagem? Era difícil imaginar com tanta nitidez o filho que estava chegando, e desde o começo das contrações de Manuela ele mal tinha pensado nele, exausto e angustiado como estava, mas agora a cria de seus genes volta a ser uma entidade presente em seu mundo, essa potencialidade quase realizada, uma ignição de vida prestes a se somar à conflagração geral da existência. Ele segura as lágrimas enquanto todos saem andando juntos e Manuela inteira os novos companheiros da sua presente condição. A garota coberta de tatuagens e o pai com o bebê no sling olham com uma certa desconfiança para eles, ou talvez apenas com receio, mas agora nem Lucas nem Manuela têm espaço no pensamento para sentimentos de irresponsabilidade ou considerações de risco, eles são corpos movidos por pura emoção e júbilo, reintegrados a um fluxo de energia social do qual haviam se apartado. Outra garota de macacão jeans e rabo de cavalo ampara Manuela e exalta sua atitude, diz que é realmente incrível e inspirador que ela esteja saindo de casa nesse estado para garantir um futuro decente para o bebê dela. Manuela ergue o punho e grita *Grávidas contra o fascismo*, e logo em seguida é imobilizada por mais uma contração. O grupo de jovens se desestabiliza, o menino no patinete se petrifica, assustado, as mães das crianças se aproximam para ajudá-la a respirar ou apenas para monitorar o episódio com um olhar consternado, evocando suas próprias vivências. Uma delas ficou três horas em trabalho de parto, a outra teve eclâmpsia e fez cesárea. Manuela recomposta, eles vão em frente e a subida em direção à praça Marechal Deodoro fica íngreme. O grupo questiona se Manuela vai mesmo conseguir, se não quer chamar um Uber pelas quadras que ainda faltam, ela já está sendo heroína o suficiente apenas por sair de casa, mas ela não admite essa possibilidade. Em seu íntimo a caminhada até a urna já se tornou uma questão de vida ou morte, ela sente que tem a missão de registrar seu voto, que, se havia algum desígnio num sofrimento tão prolongado e absurdo, era justamente esse, e que o parto só se concretizará após a romaria.

Quando chegam à Duque de Caxias, são hostilizados pelos passageiros de um carro que passa. *Chora petezada*, gritam. *Cabô a viadagem*. Não dá para distinguir muito bem cada pessoa, apenas se pode entrever que os bancos estão todos ocupados. O rapaz que leva a bandeira colorida permanece calado, agitando mecanicamente seu estandarte. O carro, um jipinho urbano compacto, para no sinal vermelho um pouco adiante com uma freada brusca, evitando colidir com veículos que já aceleravam na via perpendicular. Parte do grupo diminui a marcha e propõe que esperem o carro avançar após o sinal verde, para evitar confusão, mas os outros, incluindo Manuela e Lucas, dizem que nem fodendo, ninguém para. Quando alcançam o cruzamento, o sinal para pedestres está começando a piscar vermelho, mas eles começam a atravessar a rua mesmo assim. No meio da travessia, Manuela se detém. Lucas, que andava a seu lado, ainda segue alguns passos antes de reparar e virar a cabeça. Ela está olhando para o para-choque do jipinho e parece prestes a fazer ou dizer alguma coisa. Por um instante a realidade se contrai em torno dela como um músculo eletrocutado. Lucas quer puxá-la pelo braço, se prepara para brigar, mas nada acontece e de repente Manuela destrava, dá mais alguns passos e chega à calçada oposta. O jipinho acelera, atravessa o viaduto Otávio Rocha e some na curva seguinte. Eles caminham a quadra e meia que ainda os separa do colégio trêmulos e arrebatados, deleitando-se com a travessia entre os penhascos de cimento que se erguem nos dois lados da Borges de Medeiros, seguros de que o ato que estão prestes a desempenhar terá alguma importância no grande arranjo das coisas.

Ainda é cedo, mas o colégio abriga duas dezenas de seções eleitorais e já se formam filas para o acesso às cabines. Lucas percebe que há várias pessoas vestindo camisetas da Seleção Brasileira e outros trajes amarelos ou verde-amarelos, o uniforme do nacionalismo de direita. Abre a mochila e encontra, aliviado, a camiseta cinza e sem estampa que tinha levado de reserva para o caso de irem direto ao hospital. No meio da pequena multidão que se forma no saguão de entrada, ele tira sua camiseta amarela com o título da música de Júpiter Maçã e veste a camiseta cinza. Fica esperando ser advertido por algum mesário, mas ninguém parece ter prestado atenção nele. Quem atrai todos os olhares é Manuela, que furou a fila para consultar a sala de aula em que se encontra sua seção e teve uma contração das mais furiosas diante da lista pregada num mural. Sem dar atenção ao burburinho, ela dá a mão para Lucas e o conduz pelos corredores até uma das salas, onde mais uma vez fura a fila, dessa vez seguindo as normas de prioridade, assina a ficha, entrega o documento, acessa a cabine e vota. Lucas fica escutando as campainhas emitidas pelas várias urnas eletrônicas ao redor e começa a ser acometido por um senso de fatalidade que se manifesta como um fedor. Começa a sentir um enjoo que pode ser de fome, de nervosismo ou da subida à tona de uma percepção tão venenosa quanto natural, tão surpreendente quanto óbvia, como o metano borbulhante no derretimento do gelo nas tundras siberianas e no leito dos oceanos aquecidos. Manuela retorna com um olhar radiante de missão cumprida e ele decide usar todas as suas forças para manter submersa essa percepção nefasta, engolir os engulhos, pois o que se exige dos dois agora ainda é potência de vida, credulidade, esperança. Na entrada do colégio, encontram alguns de seus companheiros de caminhada e se despedem com abraços longos. Todos desejam a Manuela uma boa hora e se oferecem para ajudar de alguma maneira. Manuela pergunta a Lucas se ele também quer ir votar, mas a seção dele fica muito longe, no IAPI. Confabulam e decidem voltar para casa, dessa vez chamando um carro no aplicativo.

Entram no apartamento e se beijam no ar resfriado. Alguns raios de sol clareiam a sala, mas o corredor de acesso aos quartos acena com uma escuridão profunda e fértil. Manuela não deixa que Lucas se afaste, segura seus braços e diz que precisa encostar nele. Eles se grudam, seus corações palpitam. Há um desejo irreprimível de contato, de um amor que exceda a mera mentalidade. No quarto iluminado somente pelas ranhuras da persiana fechada eles se desviam das caixas e sacolas contendo roupas descartadas e equipamento eletrônico velho, tomam cuidado para não derrubar abajures e uma máquina de escrever elétrica que estão perto da beira da cômoda, se despem e deitam na cama desarrumada por tanta espera. Uma contração vem e eles esperam terminar, um mero fato da vida a essa altura. O aconchego e os carinhos, torce Manuela, talvez possam acionar os hormônios de prazer que desatarão o último caroço do nó, injetar um alucinógeno que revelará o lendário prazer das contrações do qual falava Brenda, abri-la por dentro para libertar a cria. Ela imagina botões de pressão sendo abertos em suas vísceras torcidas. Tudo isso a acalma, mas não inaugura nada, nenhum novo estágio. Depois que se desgrudam, Lucas cochila de barriga para cima, as mãos atrás da cabeça, respirando devagar e se sobressaltando de tempos em tempos. Ela se apalpa, sente o bebê. Dialoga com ele nos lençóis submersos e pré-verbais da introspecção até chegarem a um acordo. A calma dá lugar à resignação, e esta a uma resolução. Manuela levanta, toma mais um banho, se veste e decreta o fim das negociações com o colo do útero. Liga para a obstetra e avisa que dali a uma hora estarão no hospital para fazer seja lá o que precise ser feito para o bebê sair.

Quando entram no táxi, já é quase meio-dia de domingo. Manuela não tem medo, mas amarga um gosto de derrota, de não ter conseguido cumprir o que havia imposto a si mesma. Algo lhe diz que não é possível, que deve estar com dez centímetros de dilatação depois de quase três dias de suplício, pronta para parir com a orientação da obstetra num ambiente criado unicamente para isso, com aparelhos e profissionais. O motorista idoso e calado contribui para o clima pesaroso. Lucas está catatônico mas segurando sua mão com força, e ela busca focar no alívio de pensar na resolução que se aproxima, seja qual for. Ele quebra o silêncio para perguntar se ela realmente não quer que ele entre junto na sala de parto para lhe fazer companhia. Manuela, que está quase o tempo todo de olhos fechados, como se ouvisse música atentamente em fones de ouvido invisíveis, vira a cabeça e abre os olhos. Não, ela diz, vai ser pior. Prefiro ir sozinha. Não abrem mais a boca pelo resto do trajeto. A fachada ensolarada do hospital encravado na floresta parece um lugar completamente diferente daquele que visitaram na madrugada de sábado. O prédio brilha, as pessoas entram e saem como se estivessem ali por vontade própria, visitando uma atração cultural, pássaros cantam e córregos sussurram na mata circundante. Os mesmos procedimentos de admissão se repetem, ela é levada ao setor obstétrico numa cadeira de rodas e Lucas vai preencher os formulários. É dia de visita, portanto as salas de espera e corredores estão cheios de parentes e amigos aguardando para visitar pacientes ou receber notícias. Ninguém ali denota estar pensando na eleição, os rumos da democracia ou dos ecossistemas terrenos são futilidades risíveis diante da sobrevivência ou bem-estar imediato de quem essas pessoas mais amam na vida. O mundo inteiro empalidece diante da reação a um medicamento, da precisão de um bisturi, da eficácia de uma anestesia, do desempenho de um sistema imunológico, da constatação corrosiva de que a dor é, apesar dos paliativos da medicina e do afeto, uma experiência solitária. Até que venha uma boa notícia, estar vivo limita-se a essa angústia, à preocupação com as contas do hospital ou com o trabalho que está deixando de ser feito. Mas há quem já tenha boas notícias na maternidade, avós lacrimejando de alegria antes mesmo de o pai surgir com o recém-nascido na janelinha, amigos comentando com um brilho no olhar que hoje um bebê prematuro ou uma mãe em recuperação pareciam bem melhor. Num dos cantos da sala, uma família numerosa briga em voz alta com crianças pequenas que não param de fazer bagunça. No outro, uma adolescente com o rosto muito maquiado, delicados brincos dourados nas orelhas e uma barriga de nove meses espera atendimento sentada ao lado da mãe, que a faz sorrir de vez em quando mostrando alguma coisa na tela do celular. Por todos os lados, campainhas de mensagens e joguinhos tilintam como móbiles sonoros ao sabor de uma brisa inexistente. Lucas engrossa as fileiras da sala de espera da maternidade, olhando para a tela de TV sem registrar o programa de auditório que está sendo exibido, deixando os feixes de elétrons monopolizarem sua visão para que a mente se desligue tanto quanto possível. Logo ele começa a cabecear, nunca experimentou um cansaço desses, está transformado num imenso invertebrado para o qual a gravidade e a pressão atmosférica deste planeta são insalubres. Sua cabeça dói e seus pensamentos não conseguem mais se formar a partir da massa bruta da emoção. Uma enfermeira chama seu nome. Manuela está bem, mas com apenas três centímetros de dilatação. Ele agradece e desmonta na cadeira de plástico. A gestação foi impecável, os exames todos exemplares, é como se Manuela estivesse sendo punida agora para alcançar a média de sofrimento reservada a todos os que ousam conspurcar com vida a candura da matéria inerte que estava quieta no seu canto sem incomodar ninguém.

Uma figura conhecida adentra a visão periférica de Lucas. É a obstetra, que está rumando apressada para a porta da ala obstétrica. Ela dá meia-volta e vem conversar com ele, esbaforida e sorridente. Já foi posta a par da situação por telefone, mas pergunta se há alguma novidade, e ele menciona os três centímetros de dilatação. Ela faz uma careta cômica e diz que provavelmente vão passar o resto do domingo ali. A leveza com que trata a situação é cativante, Manuela a adora justamente por ser um pouco leviana e maluca. Ela coloca uma touca hospitalar na cabeça quadrada, une as mãos para estalar os dez dedos de uma só vez, diz até depois, sai marchando com suas perninhas musculosas metidas numa calça jeans com a barra dobrada e atravessa a porta basculante. Lucas fica na sala de espera em estado de suspensão. Cada movimento de inspiração e expiração parece endurecer mais um pouco a argamassa homogênea de seu corpo. Ele recapitula as coisas mais díspares e aleatórias. Uma receita de molho barbecue, o rendimento da poupança, uma cantada desastrada que arriscou com uma colega de colégio, uma fase de um jogo de videogame. Parágrafos de matérias nos quais trabalhou por horas em busca da perfeição aparecem na sua mente íntegros, da primeira à última palavra, com a sintaxe codificada em cores e marcas de revisão. Dorme algumas vezes e desperta em seguida assustado, como se o desfecho de tudo que importa agora dependesse também da sua vigília. Duas horas mais tarde, a obstetra aparece de novo e diz a Lucas que está tudo bem, que Manuela foi anestesiada e talvez o parto aconteça dali a mais uma ou duas horas. Mas ele fica na sala de espera até o cair da tarde e nada mais acontece. O hospital começa a esvaziar. Em algum momento a adolescente que estava ali é levada de avental cirúrgico para a sala de parto, e pouco tempo depois uma enfermeira aparece na janelinha e mostra um bebê para a avó emocionada, que tira fotos com o celular. Seus pedidos de informação às enfermeiras que entram e saem ficam sem resposta ou rendem apenas a repetição de que a paciente e a obstetra seguem na sala de parto aguardando a dilatação. Lucas finalmente tira o celular do modo avião. O aparelho hesita como um inseto salvo das águas da piscina, mas quinze segundos depois começam a pipocar notificações. Na capa do jornal online, Lucas verifica que a votação foi encerrada minutos atrás e confere as pesquisas de boca de urna. Há mensagens preocupadas dos seus pais, dos seus sogros e de seu cunhado. Ele telefona para todos eles e avisa que já estão no hospital, que o bebê pode nascer a qualquer momento e que eles já podem vir. As vozes tão familiares confortam um pouco. Mesmo agora, porém, teme que os invoca de maneira precipitada, ao mesmo tempo tarde e cedo demais.

Depois disso ele perambula pelo hospital como um espectro, investigando as alas e andares em busca de distração, explorando corredores já esvaziados de visitantes e agora percorridos somente por enfermeiras de semblante estoico que andam devagar, como se estivessem um pouco perdidas como ele. Sabe que não pode demorar muito por ali, o filho pode nascer ou os parentes podem chegar. Ainda tem uma ou duas horas de autonomia, talvez o último tempo solitário que terá por meses ou anos. Mas a sala de espera se tornou insuportável, uma cela que vai se preencher aos poucos com um gás mortífero até que ele decifre uma charada que ainda não sabe nem onde encontrar. Chega ao terceiro piso, onde ficam os quartos de internação para as mães e seus recém-nascidos. Algumas portas pelas quais passa estão entreabertas e ele vê mulheres amamentando seus brotinhos de gente, filhotes que já estão fora delas mas ainda dependem de seus corpos como antes. Depois de refazer os passos até a recepção daquele andar vê que uma freira trajando hábito está do outro lado do balcão. Lembra que o hospital é administrado por uma congregação de religiosas católicas. A mulher lhe dá boa-noite e ele retribui. Ela é baixa e magra, tem um rosto seco de ave e usa óculos de aros finos e redondos. Ele percebe que tem lágrimas nas bochechas e se seca, envergonhado. A freira pergunta e ele conta tudo. Acha que sua mulher e seu filho podem morrer. Tem medo de ser um péssimo pai, de não conseguir ganhar dinheiro. Tem medo do que o país vai virar ano que vem. De não entender mais nada. A freira pergunta se ele tem alguma fé. Ele diz que não. Ela opina que pode ser importante ele procurar alguma fé, de qualquer tipo, desde que não seja em coisas fúteis, como dinheiro ou vantagem sobre os outros. Ele não diz nada. Quanto a ser um bom pai, prossegue a freira, ele vai descobrir que não é difícil. É bem simples. Tem que ensinar a criança a amar a vida. Isso é tudo. Amar a vida e todas as criaturas que existem, do homem até as coisas mais pequenas e frágeis. Passam por sua cabeça todas as razões pelas quais o desafio não é tão simples quanto diz a freira. Um grande estrago à sociedade e à existência de incontáveis criaturas, do homem às mais pequenas e frágeis, está sendo sancionado neste exato momento, tem vontade de dizer. Um estrago que poderá levar anos, quem sabe uma vida inteira, para ser remediado. Que talvez seja irreversível. E que não raro é justificado por seus perpetradores nesses mesmos termos de amor à vida. Não, quase responde, é tudo tão mais complicado. E no entanto as palavras da mulher retiram, é forçoso admitir, um pouco do medo que o atormenta. Por que resistir? Não importa tanto o que ela diz, mas sim o gesto e seu resultado. Lucas se mantém calado, deixa escapar um sorriso relutante. Não é o tipo de homem que se confessaria no leito de morte após toda uma vida de rejeição à religiosidade e ao misticismo. Mas ele não tem objeções importantes à recomendação da freira, excluída a alegada suficiência. Amar todas as criaturas, sim, sobretudo as mais frágeis. É algo que terá prazer de ensinar a seu filho. Ele mesmo se tornará alguém melhor no esforço dedicado de fazê-lo. Por algum motivo pensa nas avencas de Manuela, em suas folhinhas miúdas, macias e finas. A freira diz que naquele mesmo andar, seguindo um pouco pelo corredor e virando à esquerda, há uma capelinha onde se podem deixar bilhetes para o padre orar por alguém. Algumas pessoas gostam de ir lá e deixar um bilhete, ela acrescenta, mesmo as que não têm religião. Não faz nenhum mal. Deus não se importa se ele acredita. Pode fazer bem para ele. Ele faz que sim com a cabeça, agradece e dá boa-noite. Hesita um pouco, mas vai até a capela. A simplicidade do recinto lembra uma sala de aula de cursos para adultos. Há uma lousa branca sem nada escrito, uma fileira de bancos de madeira, a mesa do padre, um vaso de flores de verdade que começam a estiolar, crucifixos, um Jesus. Ele encontra a urna, tira um papelzinho quadrado do bloco, pega a esferográfica e escreve um pedido para que façam votos pela saúde de Manuela e do filho que vai nascer. Enfia o bilhete na ranhura e desce ao segundo andar, onde encontra apenas mais portas e mais silêncio.

Está há horas sem fumar, mas estranhamente não sente vontade. Encosta as mãos e a testa numa vidraça que dá para a rua e vê um morro encimado por uma paliçada de antenas e torres de telecomunicações. As luzes piscam no lusco-fusco como se fossem o painel indicador das inumeráveis transações humanas sendo enviadas em ondas de rádio. Informações sobre tudo e todos circulam à força, instantâneas, desejadas ou não. O resultado da eleição, as séries de televisão, as mortes e as curas, tudo menos o que ele precisa saber. Um barulho de estática e uma sensação molhada penetram seus ouvidos e garganta, se infiltram em sua pele, pinicam em seu nariz, preenchem suas veias de ruído branco. Saber tanta coisa e não entender nada, ele se espanta. Suspiros profundos, involuntários, rebentam no peito de Lucas. Quando consegue se recompor ele refaz o caminho até a sala de espera da maternidade e se acomoda outra vez para aguardar notícias.

Tóquio

"Passei a odiar mesmo minha mãe depois de uma certa noite, em Tóquio, quando eu tinha dezoito anos", falei para o círculo de dez pessoas que me ouvia atentamente. "Não é o caso de entrar em detalhes agora. Antes daquela noite eu já desprezava um pouco o que ela havia se tornado, sentia que a havia perdido, ou que ela havia me sujeitado a um abandono lento e gradativo que nunca se assumiu como tal. Apesar disso nos dávamos bem, do nosso modo. Ela cuidou muito bem de mim até certo ponto, sabia ser amorosa, mesmo nos últimos anos, à distância. Mas nossa relação não... terminou bem." Fiz uma pausa, buscando palavras para prosseguir. "Ela era uma mulher ruiva e pequena que passou a vida refinando uma sensibilidade desumana, mais afeita a máquinas fictícias e abstrações financeiras do que a seus familiares ou semelhantes, como se quisesse negar diante da sociedade a aparência angelical que a genética havia lhe proporcionado. Nos anos da minha pré-adolescência, ela se tornou aquilo que se costumava chamar de uma capitalista de risco, a primeira mulher brasileira e uma das poucas do mundo a figurarem naquele clube de bilionários que procuravam definir o futuro investindo em novas tecnologias. Ela teve uma breve fase midiática como guru neoliberal na década de 20 e foi notícia aqui e ali quando investiu em projetos de rastreamento de dados e de geoengenharia no Brasil. Quem acompanhava mais essas coisas sabia que ela apoiava alguns governos autoritários para ter vantagens no acesso a matérias-primas, aquela coisa toda. Mas ela também investiu em pesquisas boas. Vacinas, bioenergia. Alguns aqui com certeza vão lembrar dela. Não da pessoa em particular, é claro, pois era reclusa e quase ninguém a conheceu."

Revelei seu nome. Alguns dos componentes mais velhos do grupo disposto no círculo de cadeiras deram sinais de reconhecimento, erguendo as sobrancelhas ou sorrindo de leve e acenando com a cabeça.

"Pois bem", falei, sinalizando que estava prestes a concluir minha fala de apresentação. Tirei a minha mãe da mochila de lona bege e puída que estava acomodada entre as minhas pernas. Exibi a todos o dispositivo ovoide que a continha, sentindo nas minhas palmas suadas o toque acamurçado e morno do revestimento sintético. "Aqui está ela." E, olhando para o Terapeuta com uma intensidade que deve ter traído toda a minha insegurança, acrescentei que meu propósito, como ele e os demais já deviam suspeitar, era matá-la.

"Matar", ecoou o Terapeuta, como se eu tivesse acabado de lembrá-lo da existência da palavra. "Formatar. Apagar, sepultar, pôr para descansar, suspender, desligar, libertar. As palavras que escolhemos para esse gesto variam bastante, e aqui no grupo já ouvimos todo tipo. Algumas bastante curiosas."

O Terapeuta fez uma pausa e ajeitou os óculos de aro redondo. Tinha cabelos claros e desgrenhados, a barba por fazer e os dentes soldados por tártaro esverdeado. Mas tinha uma postura aprumada, vestia roupas novas ou bem preservadas, e de algum modo era possível saber, mesmo à distância, que ele cheirava bem. Seu trabalho ali era voluntário e era provável que as contribuições espontâneas fossem sua única fonte de renda.

"Interessante notar também", continuou ele, "que você chamou a cópia que está portando de mãe. A *minha mãe*. Talvez você nunca tenha pensado nisso. Os termos de parentesco são os mais comuns, mas não os únicos. As pessoas chegam aqui portando seus maridos, esposas, pais, mães, netos, avós, irmãos. Amigos. Companheiros. Já houve uma babá. A família escaneou a mulher que tinha cuidado de quatro gerações de seus bebês. Mas temos também outras formas de denominar as cópias. Um termo bastante comum é 'pupa'. Foi proposto pelos primeiros psicoterapeutas que se dedicaram ao problema das cópias e acabou sendo adotado pela mídia. Assim como as pupas dos insetos, as cópias existem em estágio intermediário, nem larvas nem adultas. São criaturas latentes. A questão de poderem ou não superar esse estágio e romper o casulo, abrindo suas asas, ainda é incerta. E a ideia deste grupo de apoio é que possamos ajudar uns aos outros a lidar com essa incerteza." O Terapeuta deixou essas palavras pairarem no ar por um instante. "O Bento e a Nora chamam os seus de pupas", disse o Terapeuta, apontando para um homem bastante idoso, com a cabeça coberta por uma touca de tricô cinza, e para uma garota muito jovem, de uma delicadeza quase impúbere, com uma face severa e longos cabelos pretos e cacheados, que sorriu enfastiada com o canto da boca e apontou com o polegar para o androide que estava em pé às suas costas, envolto numa capa protetora cinza e fosca, fechada com zíper, que poderia muito bem servir para acondicionar um cadáver.

"Teve gente aqui", retomou o Terapeuta, "que tratava a sua cópia como coisa, anjo, nenê. Meu amor. Minha querida. Ou termos mais objetificantes, como 'brinquedo', 'máquina', 'arquivo'. *Meu paizinho*, uma moça dizia, ano passado, quando começou a frequentar o grupo, mas foi embora dizendo *esse traste*. As sessões fazem brotar apelidos íntimos e termos grosseiros. E tem as coisas pitorescas. A Isaura chama a sua cópia de a Mosca", e dessa vez o Terapeuta acenou para uma mulher gorda e sorridente, com cabelos ressequidos e uma papada vasta.

"Por causa do filme", Isaura me explicou com um esgar cômico, acrescentando que eu entenderia melhor quando ela ligasse o pobre coitado do ex-marido, Davi, que hoje infelizmente tinha ficado em casa bolando novas maneiras de revirar o estômago das pessoas.

Quase todos riram ou tentaram conter um sorriso, e eu também ri e me senti leve pela primeira vez desde que tinha chegado ali. Àquela altura eu ainda não sabia que tipo de discussão encontraria no grupo de apoio, se predominariam questões técnicas, filosóficas ou psicanalíticas, mas certamente haveria espaço para alguma irreverência em relação ao problema em comum que nos atormentava, o tipo de alívio cômico que pressupunha todo um conhecimento existencial implícito e compartilhado.

"De todo modo", continuou o Terapeuta, "eu quero que você entenda que não há base teórica bem desenvolvida ou mesmo um conjunto de premissas consolidadas para que julguemos a relação de cada guardião com a sua cópia. A história que cada um teve com a pessoa escaneada, a morfologia do artefato que abriga a cópia e a relação desenvolvida até o presente entre o guardião e essa cópia, tudo isso faz com que cada caso precise ser conhecido e investigado quase do zero, embora algumas considerações gerais possam, evidentemente, ser úteis."

Eu falei que entendia.

"Não há uma definição geral satisfatória para isso que você chamou de sua mãe", disse o Terapeuta.

Eu repeti que entendia.

* * *

Oito anos antes, eu tinha conseguido comprar meu atual apartamento na avenida Angélica com o dinheiro que minha mãe tinha me deixado, uma fração ínfima da sua riqueza, dosada com cuidado, creio, para que eu me resolvesse a aproveitá-la em vez de recusá-la ou destiná-la toda à caridade. Situado no sétimo dos doze andares de um antigo edifício residencial meio afrancesado da elite paulistana, o apartamento tinha duzentos e cinquenta metros quadrados de área útil. Com auxílio de um empréstimo do Banco Mundial de Segurança Alimentar, e atendendo às diretrizes municipais de zoneamento que obrigavam todos os imóveis daquela área a serem ocupados por unidades de produção de alimentos ou de insumos básicos, converti o apartamento numa fazenda urbana de aquaponia.

No começo, os tanques dos peixes, feitos de improviso com duas piscinas removidas de uma demolição, e os canteiros de hortaliças ficavam em cômodos diferentes do mesmo andar. Eu recebia os dejetos para compostagem em garrafões fornecidos gratuitamente pela Sabesp todas as sextas-feiras. Num tanque de processamento que parecia um pequeno submarino de águas profundas, a pasta de esgoto humano era transformada em ração para tilápias e dourados de água doce. Os excrementos dos peixes eram convertidos por bactérias em nitratos que eram absorvidos diretamente pelas raízes das plantas, o que por sua vez regulava a toxicidade da água. A energia vinha dos painéis solares que cobriam toda a superfície externa do prédio, inclusive as janelas. Comecei a produzir quantidades cada vez maiores de agrião, quiabo, espinafre e tomates. Dois anos depois, o bom desempenho da fazenda me garantiu mais um financiamento público e consegui comprar o apartamento de cima.

A fazenda passou a ter dois andares. O inferior era em grande parte ocupado por tanques de água doce e salgada, nos quais viviam peixes e crustáceos, e por unidades de processamento de esgoto mais modernas. No superior ficavam os canteiros de hortaliças, que foram ganhando a cor de abóboras, pimentões, batatas e feijões, bem como os canteiros de algas comestíveis e de outras variedades especiais, que eu vendia como insumo para as indústrias de bioplásticos e combustíveis. No terceiro ano de atividade, a prefeitura instalou no meu prédio o encanamento que trazia o esgoto da cidade, em torneiras, diretamente ao interior das unidades. Consegui, às vezes em breves experimentos que mais tarde fracassavam e às vezes de maneira continuada, criar salmão, garoupa, pirarucu, lagostas e enguias. Fui vencido em todas as tentativas pelos polvos, que sempre encontravam maneiras de sabotar seus tanques ou empreendiam fugas espetaculares para outros cantos das instalações, o que às vezes, mesmo que meus cães mantivessem dos moluscos uma distância que arrisco descrever como reverente, resultava na sua morte e me deixava triste e angustiado por dias a fio. Mas terminei ficando com três espécimes que se adaptaram melhor ao meu aquário e se tornaram meus mascotes.

Daquela época em diante, senti que tinha alcançado o que procurava. A fazenda não era a expressão de um espírito empreendedor nem de um desejo altruísta de ajudar meus semelhantes a continuarem tendo alimento numa terra que eles mesmos tinham devastado. O empreendedorismo ocupava as camadas mais baixas da minha escala de valores e minha tendência misantrópica crescia desde a juventude com a paciência e solidez de uma estalactite. O que eu buscava e tinha obtido com a fazenda era a dedicação a um sistema que eu pudesse construir do zero e que me absorvesse por completo. Eu dormia, cozinhava e procurava levar uma vidinha regrada e austera num dos quartos menores do apartamento inferior, minha gruta particular dentro daquele viveiro densamente ocupado por tubulações, tanques, mangueiras, canteiros, motores elétricos e estufas. Apenas recentemente eu tinha conseguido instalar em algumas janelas uma película solar caríssima que convertia energia suficiente para cumprir a lei e ao mesmo tempo deixava passar uma quantidade residual de luz do exterior. Vivia com Vento e Betânia, um grande vira-lata amarelo e uma bóxer com prótese na pata dianteira, em nosso habitat iluminado por lâmpadas LED e saturado com as fragrâncias de substâncias químicas e matérias orgânicas variadas, isolado da claridade bruta e do barulho insalubre da megalópole superaquecida, escutando a sinfonia minimalista criada pelos gorgolejos das criaturas aquáticas e pelas dezenas de pequenas bombas que movimentavam líquidos na rede hidráulica intrincada que mantinha a fazenda operando em equilíbrio. Eu me via como um órgão vital daquele organismo. Não podia parar, não podia falhar.

E assim eu não pensava tanto em Cristal, a única mulher que eu tinha amado na vida. Não pensava no meu pai, que eu não sabia quem era, nem se estava vivo ou morto. Não pensava na minha mãe, uma maluca que tinha decidido abrir mão dessa vida aos cinquenta e seis anos para digitalizar o conteúdo de seu cérebro, crente de que isso lhe garantiria a vida eterna. Não pensava no calor insuportável das ruas nem nas superbactérias sépticas que massacravam quem vivia fora dos ambientes controlados das metrópoles. Pensava, em vez disso, em níveis de pH, na manutenção do encanamento, na boa relação entre o tanque de crustáceos com o canteiro de couve-crespa, na sedosidade cremosa do topo da cabeça dos meus cachorros, à qual a palma da minha mão podia ter acesso em questão de segundos, mediante um breve assovio de duas notas.

Eu sabia que era um homem solitário mesmo para os padrões do meu tempo, um distanciado entre os distanciados, mas realmente não sentia falta de contato social maior do que encontros raros com fornecedores e clientes, conversas de áudio com três amigos de longa data, com os quais também saía para beber duas ou três vezes por ano, e visitas igualmente infrequentes de garotas de programa, que às vezes, a pedido meu, e em geral com empolgação, cortavam meu cabelo. Quase todos os prédios do bairro eram ocupados por fazendas como a minha, mas a maioria dos produtores vivia em outros imóveis ou habitava a fazenda com suas famílias ou companheiros, e minha fama monástica, eu sabia sem tirar disso satisfação nem desgosto, se espalhava na comunidade. A Fazenda Urbana Cristal absorvia toda a minha atenção e me proporcionava uma renda suplementar que era o dobro da renda básica universal. No capitalismo do passado, eu teria me tornado um homem rico.

O único acontecimento que fez estremecer a minha rotina nesse período foi a visita da representante da Heracle, que certa manhã de inverno, três anos atrás, meses depois do apagão global e da escassez de metais terem levado as últimas empresas de escaneamento a encerrar suas operações, tocou meu interfone e disse que vinha me entregar a cópia mestra da minha mãe, ou o seu self, como eles chamavam.

De início, desconfiei que pudesse se tratar de algum tipo de golpe para me extorquir ou invadir minha propriedade. Eu entendia vagamente que uma cópia dela estava armazenada em algum servidor subterrâneo, provavelmente em outro país ou mesmo em outro continente. Mas eu a considerava morta. O que se aprendeu sobre essas cópias, nos anos seguintes à aprovação do uso da tecnologia em vários países, foi que elas não funcionavam. À exceção de um punhado de idiotas aficionados, todo mundo enfim se convenceu de que a mente não era computável ao testemunhar o resultado desses procedimentos. Para mim, que jamais tinha levado essas coisas de download de mente muito a sério, e sobretudo depois dos acontecimentos daquela noite em Tóquio, havia uma dose de *schadenfreude* no fiasco da tecnologia, no constrangimento dos ideólogos pós-humanos e na recente bancarrota das corporações envolvidas. Por outro lado, a questão era séria, epistemologicamente séria, e arrastava uma carga enorme de dor, perda e desilusão. Pessoas tinham morrido, se matado, se enganado, sido enganadas. Os que se submeteram àquela tecnologia tinham legado aos vivos um problema inédito e sem resolução. Os vídeos a que eu tinha assistido, e os relatos dos traumas psicológicos e dos debates nos tribunais, tinham me convencido a nunca procurar a empresa que havia escaneado a minha mãe. Mas eles acabaram vindo bater à minha porta.

A representante me mostrou pela câmera o contrato em papel. A assinatura da minha mãe tinha sido feita com caneta azul e era provavelmente a sua última intervenção concreta no mundo. Lembro de ficar olhando para a telinha do interfone enquanto ouvia as patadas e rosnados dos meus cachorros entregues a uma de suas lutinhas simuladas. Fui sentindo uma pressão no peito que não era vontade de vomitar, e sim vontade de sentir vontade de vomitar. A representante queria subir, mas eu temia a entrada de estranhos no ecossistema vulnerável da fazenda, então vesti as minhas proteções e desci.

A Heracle, me explicou no túnel de entrada do meu prédio uma jovem formal e de peito estufado, estava encerrando operações como todas as outras empresas similares no mundo, e não tinha mais condições financeiras e materiais de armazenar a cópia mestra da minha mãe em seus servidores, que estavam sendo desativados. Fazia tempo que eu não via uma mulher tão bem maquiada e asseada. Seus cabelos loiros tinham sido puxados para trás num rabo de cavalo com tanta força que suas sobrancelhas permaneciam erguidas numa expressão de curiosidade. De acordo com as instruções deixadas pela minha mãe no contrato, prosseguiu ela, a cópia mestra estava sendo entregue a mim, que a partir de agora seria seu guardião legal de acordo com a legislação. O tipo de corpo também havia sido estipulado por minha mãe no contrato. Era o dispositivo não humanoide mais sofisticado disponível na época da realização do procedimento. Infelizmente, se apressou em esclarecer a representante, a empresa, nas circunstâncias que enfrentava, não podia efetuar trocas de dispositivo.

Senti os cabelos da nuca arrepiarem quando ela disse *corpo*, uma palavra que, fosse qual fosse o artefato em questão, me soava inadequada. A representante me deixou com uma caixa que, desnecessário dizer, ostentava o tipo de luxuosidade de décadas atrás e que agora era considerada brega e mesmo ofensiva, um cubo com cantos arredondados, feito de madeira lixada e com tampa e entalhes em alumínio e vidro.

Voltei à fazenda, coloquei a caixa em cima da pequena escrivaninha ao lado da minha cama e deslizei a tampa, uma lâmina fina, dura e imune ao atrito, a qual me provocou umas cócegas estranhas que se espalharam da ponta dos dedos para o corpo inteiro. Dentro estava o ovo de tonalidade cremosa, com as dimensões e o peso de um melão espanhol graúdo, em cuja superfície macia e quente ao toque havia um único acidente, um pequeno botão circular. Antes de pressioná-lo, procurei o manual de instruções na caixa, esperando encontrar um volume grosso em papel fino, com encadernação também luxuosa, feita de algum material de alta tecnologia. Mas não havia manual.

Guardei o ovo de volta na mochila. O Terapeuta me agradeceu pela minha fala introdutória e disse que isso era tudo que esperava de mim para a minha primeira participação no grupo. Na sessão seguinte, adiantou, entraríamos mais fundo no meu caso particular. Deu um gole longo no café, deixou a caneca em cima da banqueta de três pernas que estava ao lado da sua cadeira, virou algumas páginas do seu bloco de notas, olhou em volta e perguntou a todos se estavam prontos para prosseguir. O círculo assentiu com acenos de cabeça e murmúrios.

A sala no subsolo era ampla e penumbrosa, lembrando mais uma garagem do que um local para conversas e trocas de experiências sobre uma questão tão íntima e angustiante quanto o cuidado de cópias disfuncionais de entes queridos. Não tinha sido possível ver, do túnel refrigerado que me levara até ali, a fachada da Associação de Pesquisas e Práticas em Pós-Humanidades, mas pelas dimensões internas provavelmente o edifício havia sido no passado uma pequena galeria comercial. O grupo estava reunido bem no centro do recinto. A temperatura era um pouco mais fresca que a dos túneis, o que era incomum e significava que a sala era muito bem insulada. Não havia luz de teto, talvez porque a fiação do prédio estivesse obsoleta. Lâmpadas direcionais amarelas instaladas em pedestais e conectadas por fios a uma bateria projetavam triângulos que se intersecionavam nas paredes cinzentas e no piso de cimento, projetando aqui e ali as silhuetas das pessoas sentadas e, em alguns casos, dos artefatos sob a sua tutela. À minha esquerda, no canto mais iluminado, um revestimento verde-claro de espuma sintética, do tipo que se instala em quartos de bebê ou creches, cobria o chão e as paredes até a altura de uma pessoa em pé. Logo ao lado havia uma cama repleta de travesseiros e forrada com um lençol branco perfeitamente alisado, e apetrechos tais como esteiras emborrachadas, faixas elásticas coloridas, blocos geométricos de madeira, uma arara com roupas e um cesto de palha cheio de objetos variados, dentre os quais à distância pude distinguir uma lanterna, um espelho, um leão de pelúcia. Pensei que talvez a mesma sala fosse usada para atividades envolvendo crianças ou para as sessões de fisioterapia ciborgue que também estavam no leque de atividades da APPPH, de acordo com o site.

"Nora", disse o Terapeuta, se voltando para a garota de face severa. "Semana passada você disse que acreditava estar pronta para ligar sua pupa em casa, depois de um intervalo de meses. Gostaria que nos contasse se isso ocorreu, e como foi. E seria legal que fizesse a gentileza de fornecer ao nosso novo integrante os contornos gerais do seu caso."

A menina não respondeu de imediato. Sem mover um cílio, pareceu mobilizar o corpo todo para conseguir falar, e ao fazê-lo virou o rosto repentinamente e me encarou.

"Era a minha irmã mais velha", disse. "Ela teve quatro cânceres. Sofria de câncer em série. Durante o quarto tratamento, com vinte e seis anos, ela quis fazer o procedimento. No começo, minha família protestou. Já tinha sido proibido na maioria dos países. Mas não aqui no Brasil, é claro. As pessoas ainda estavam vindo do mundo inteiro pra fazer aqui." Ela se levantou sacudindo a cabeça de leve e espalhando a cabeleira cacheada sobre as costas. De calça jeans e blusa pretas, lembrava uma adolescente gótica do começo do milênio. À medida que seus lábios se moviam para falar e as emoções brotavam em sua fisionomia, as linhas de expressão abundantes me fizeram pensar que ela era mais velha do que aparentava à primeira vista. Uma mulher adulta. Ela começou a abrir, sem cerimônia, o zíper do saco que protegia não a irmã, aquela pessoa perdida, a quem tratava no pretérito, mas sim a cópia da irmã, a pupa ou crisálida, o artefato condenado ao limbo. "Dinheiro não nos faltava. Meu pai era banqueiro. Podia pagar os médicos e hospitais e podia pagar o procedimento. Acho que pra ele era mais uma questão de princípios. A Samanta, esse era o nome dela, tinha períodos bons entre as recaídas. Trabalhava, era feliz, ou pelo menos demonstrava. Meu pai confiava na medicina." Nora terminou de abrir o zíper e o saco desabou no piso, revelando uma mulher nua. "Minha mãe era evangélica e achava que o escaneamento era bruxaria." Ela arrastou um pouco sua cadeira até posicioná-la bem ao lado da mulher ereta e deixou as nádegas caírem sobre o assento, como se aquela breve movimentação já a tivesse cansado. Olhou de novo para mim. "Mas a Samanta nunca fracassou em impor suas vontades. É isso aí que eu tenho agora. Essa boneca."

A mulher nua era, evidentemente, uma androide. Eu sabia da existência de androides anatomicamente fiéis, mas as fotos que me lembrava de ter visto eram mais próximas das bonecas eróticas japonesas. A androide de Nora estava mais para as esculturas hiper-realistas de Ron Mueck, com pelos e cabelos que pareciam aplicados um a um, flacidez realista, rugosidades. Mas não demorava para que se pudesse perceber o que faltava no artefato, em especial nos olhos, que brilhavam demais, e na postura, que era excessivamente neutra, como a de um manequim. Além disso, chamavam atenção marcas estranhas nos pulsos e nas coxas, desgastes ou danos no revestimento que denunciavam a composição artificial daquela carne, e que me fizeram pensar nas borrachas escolares que eu gostava de despedaçar ou esfarelar quando era criança, quando materiais como plástico, borracha e silicone ainda eram vistos como coisas mundanas, substâncias mais reles que o barro ou a pedra, ainda sem traço dessa qualidade um pouco amaldiçoada ou espectral que parecem emitir hoje. Ao contrário dos receptáculos orgânicos criados pela bioengenharia, aquela construção totalmente sintética era um corpo que não estava sujeito ao empuxo inefável da mortalidade, do potencial para a decadência. Essa era uma das lições que a tecnologia tinha nos ensinado a respeito do círculo da empatia. Um objeto era como nós na medida em que envelhecia como nós.

"O que você quer compartilhar conosco hoje, Nora?", perguntou o Terapeuta.

"Liguei a Samanta semana passada, quinta-feira, na noite após o nosso último encontro. Fazia uns seis meses, já. Tentei lembrar do que conversamos aqui. Tomei cuidado pra deixar ela criar o mundo em torno dela, sem tentar impor o mundo real. Ou minha concepção própria do mundo real." O Terapeuta balançou a cabeça para cima e para baixo, satisfeito. "Como sempre, ela me tratou como se eu ainda tivesse treze anos. Mas respirei fundo, procurei não contradizer ela, não me apressar muito em interpretar todas as coisas confusas que ela me dizia. Tem uma coisa horrível que sempre acontece, ela começa a imitar passarinhos. Porque supostamente em algum momento da minha infância eu gostava que ela imitasse passarinhos. Meus irmãos do meio não lembram disso, nem eu. Mas parece ser importante pra pupa. Sorri e fingi estar contente enquanto ela fazia piu-piu. E por algum tempo foi agradável. Muito diferente das vezes anteriores. Senti que estava ajudando ela de alguma forma. Que talvez ela pudesse me mostrar alguma coisa que eu não sabia, também."

"Ótimo", disse o Terapeuta.

"E teve aquilo de bater nas coisas com força", prosseguiu Nora, espremendo os lábios e mirando a parede, como se tentasse entender. "Como vocês já puderam ver, ela gosta de bater e de se arremessar contra as coisas. Alguém aqui opinou que ela precisa verificar a solidez dos objetos, dos limites do ambiente. Isso faz sentido. Então dessa vez deixei ela quebrar minha casa. Ela quebrou uma porta com o ombro. Ela é muito forte."

"Os androides desse modelo têm uma força mecânica absurda", interferiu outro integrante do grupo, um homem que parecia um Bob Marley obeso, acomodado num pequeno sofá posicionado no círculo especialmente para ele. A seu lado havia uma androide também bastante realista, exceto pelo fato de ter cerca de setenta centímetros de altura, estar vestida com shorts jeans cavados e jaqueta esportiva vermelha e usar tênis também vermelhos. Não tinha a aparência de uma criança, e sim a de uma mulherzinha encolhida, de proporções quase perfeitas. Estava desligada, mas de vez em quando eu olhava para ela assustado, pois tinha a impressão de que suas pálpebras haviam acabado de piscar. "Existe um vídeo dos engenheiros coreanos que a criaram, onde brincam com um protótipo fazendo com que ele carregue uns equipamentos pesados como se fosse uma empilhadeira."

Todos se remexeram na cadeira, e Nora o fitou com incredulidade, arregalando os olhos e esboçando um sorriso que exibiu seus dentes pequenos e separados. Isaura, de braços cruzados, deu uma risada bonachona, mantendo o olhar no chão. Nunca fui de frequentar grupos, mas se sabia algo a respeito deles é que todos possuem o seu emissário do constrangimento, fornecendo regularmente o material necessário para a censura tácita dos demais.

"Por sinal, eu sou o Honório", me disse o Bob Marley obeso, erguendo a mão num aceno. Eu o cumprimentei com a cabeça.

"Vamos manter o foco", disse o Terapeuta.

"Enfim, uma porta a mais, uma a menos", disse Nora. "Só quero que ela não me machuque sem querer de novo. Meu braço nunca remendou direito. Dessa última vez, deixei ela explorar o ambiente. Servi uma taça de vinho pra mim, coloquei uma música, fui conversando com ela."

"Parece ter sido uma experiência positiva", disse o Terapeuta. "Você dividiu conosco, algumas vezes, o sentimento de alienação profundo e o medo que normalmente encontra no convívio com sua pupa. Medo de risco à sua integridade física, inclusive. Eu percebo nesse relato que as coisas evoluíram um pouco."

"Acho que sim", disse Nora, "mas não terminou tão bem quanto eu gostaria. Eu fui ficando bêbada."

Silêncio.

"O que aconteceu?", incentivou o Terapeuta. Nora suspirou fundo.

"Eu nem tento fingir que ela pode ser a minha irmã, sabe? Mas tem essa coisa de não ter uma resposta inteligível da outra parte, de não conseguir arrancar dela nada além de referências meio fantasiosas a um tempo em que eu era criança, que acaba me quebrando todas as vezes. Estou começando a suspeitar que por causa dessa merda dessa boneca eu de certo modo ainda tenho treze anos. Porque não teve uma resolução daquela porra toda da doença dela, e eu vou envelhecer e morrer qualquer dia e ela vai ficar aí com esse corpo que não muda, sendo essa prótese de silicone falante, e isso me cansa! Me frustra."

"É compreensível, Nora", disse o Terapeuta. "Tem muita coisa aí pra pensar. Muita coisa."

"Lá pelas tantas eu cheguei perto dela e olhei nos olhos, e vi aquela coisa bizarra dos olhos dela detectarem os meus e ajustarem as lentes, é como se fosse uma íris só que não é, e perguntei se ela lembrava de ter passado metade da vida doente, e se lembrava de ter morrido."

"Você não deve fazer isso."

"Eu sei! Mas eu fiz. Ela começou a falar da doença, começou a me contar sobre o câncer e as recaídas como se eu fosse uma criança. E de repente começou a acontecer uma coisa que eu nunca tinha visto. Já vi ela ter convulsões, já vi tentar arrancar partes do corpo, já vi pegar um garfo e se espetar toda, mas semana passada ela começou a dançar. A dançar!"

"Dançar como?"

"Bem devagarinho, meio rebolando, dando passinhos curtos. Inclinando a cabeça devagar pros lados. Sem parar de me contar sobre o câncer com aquele tom condescendente, como se quisesse me proteger. A dança foi ficando muito suave e harmoniosa, parecia mesmo um ser humano. Às vezes ela se encolhia e enchia o peito, como se tivesse calafrios, e olhava em volta procurando algo que não estava ali."

O Terapeuta se inclinou para a frente. Algo se iluminou nele, e estava prestes a falar quando Nora o interrompeu.

"E aí eu desliguei ela. Usei o controlinho."

Outro silêncio se impôs, mais duradouro. Eu sabia bem o que o relato de Nora me fazia sentir, mas não poderia encontrar palavras para me expressar se fosse convidado a isso, e suspeitei que o mesmo se passava com todos os presentes na sala. Enquanto ninguém ousava romper aquela membrana que protegia a pureza de nossas respectivas introspecções, reparei que uma pessoa estava rondando nosso círculo a uma distância prudente, como se não quisesse interromper. Era um homem muito alto, vestindo um terno bem ajustado. Não pude distinguir mais que isso na penumbra. Nenhum outro integrante da roda, nem mesmo o Terapeuta, lhe deu a menor atenção, de modo que logo esqueci dele.

"Do que você estava com medo, Nora?", disse, finalmente, o Terapeuta.

"Não sei. Mas esperei até hoje pra ligar ela de novo. Queria ligar ela aqui. Me sinto mais segura. Podemos ligar hoje?"

"Claro. É pra isso que estamos aqui."

Nora olhou em volta como se buscasse autorização do grupo. Alguns sorriram e assentiram para ela, procurando lhe transmitir segurança. Ela colocou o dedo na nuca da androide, que entreabriu os lábios, abriu um pouco as pálpebras e inspirou como se despertasse de um transe, inflando o peito. O interior de sua boca aberta se umedeceu e todo o seu corpo começou a passar por microajustes de postura. Eu nunca tinha visto nada parecido e fui atravessado por uma descarga de desejo sexual que me deixou profundamente perplexo. Eu já tinha lido muita coisa sobre os artefatos criados para hospedar cópias de mentes, e não havia, até hoje, consenso sobre o que se passava exatamente com os dados armazenados enquanto eles se achavam desligados ou em estado de suspensão. Sempre que eu ligava o ovo, minha mãe se comportava como se tivesse permanecido de fato inativa durante todo o período que permaneceu desligada, e em geral só dava qualquer sinal de atividade depois que eu me manifestasse, dizendo bom-dia ou fazendo uma pergunta, por exemplo. Ela era capaz de se exaltar e demonstrar emoções intensas por meio da voz artificial, mas seu estado-padrão era mais próximo da serenidade inerte de uma máquina. Mas a pupa de Nora não era um ovo dotado de alto-falantes invisíveis. Uma vibração percorreu a pele da androide a partir do plexo solar, como se uma corrente elétrica radial eriçasse seus pelos translúcidos. Ao despertar, ela dava a forte impressão de emergir de uma intensa atividade introspectiva que jamais cessava, nem mesmo quando estava desativada. Mas eu tinha as minhas convicções e sabia que estava sendo enganado. Todos esses produtos haviam sido desenvolvidos para apertar os botões certos na psicologia dos humanos que interagissem com eles. Sentindo o coração palpitar de desejo, eu me assemelhava a uma cobaia copulando com um boneco embebido de feromônios.

"Eu sei onde estou. Eu conheço vocês", disse a androide com uma voz que não parecia robótica nem orgânica mas que soava, estranhamente, como uma gravação.

"Boa tarde, Samanta", disse o Terapeuta. "É muito bom ver você de novo." Um coro de saudações tímidas percorreu o círculo do grupo de terapia.

"Estou com frio", reclamou a androide, abraçando o próprio torso e olhando para Nora.

"As roupas te irritam", disse Nora, já sem paciência. "Lembra?"

O Terapeuta levantou e pegou a androide pela mão. A máquina conseguiu antecipar o gesto cavalheiresco e ofereceu a mão para ele, mas fez isso sem desgrudar os olhos de Nora. Fiquei me perguntando se era uma atitude intencional por parte da androide, uma maneira mordaz de comunicar a Nora que era assim que desejava e devia ser tratada, ou se não passava de uma incongruência no comportamento do artefato, que se revelava incapaz de coordenar a atenção do olhar com a reação ao gesto do Terapeuta. Com delicadeza, o Terapeuta conduziu a androide até a arara, da qual uma variedade de peças de vestuário pendia em cabides. Após um instante de consideração, a androide apontou, sem emoção, para um roupão cor-de-rosa de tecido felpudo. O Terapeuta a ajudou a se vestir.

"Nora nos contou", disse ele, "que você dançou para ela na última vez em que se viram. Gostaria de dançar pra nós?"

"Meu corpo gosta de dançar ao som de certas canções."

"Você pode escolher qualquer música", disse o Terapeuta.

A androide pensou por alguns instantes, sem que isso causasse nenhuma alteração em sua fisionomia. Por fim, eu começava a me acomodar diante da presença daquele artefato. Apesar do realismo espantoso da maioria das suas características físicas, a sua natureza artificial ia se revelando nos detalhes do comportamento. Era o problema conhecido desses androides que o mercado, havia uma década, rotulava de antropomorfos. Bilhões de dólares em investimento e pesquisa eram dedicados a simular a oleosidade da pele e os suaves movimentos rítmicos da respiração, mas não havia como simular algoritmicamente a cascata inescrutável de reflexos físicos desencadeada nos organismos biológicos pela experiência interna de cada instante. Meu arroubo erótico, reparei, tinha desaparecido e deixado em seu lugar o sentimento de vergonha que vem no rastro das fantasias tolas, como se eu tivesse tomado o desejo emprestado de outra pessoa e só agora o percebesse. A androide falou o título de uma canção e o nome de um artista. A música preencheu a sala na mesma hora, em volume crescente, até estabilizar num nível confortável aos ouvidos. Era uma melodia lenta e minimalista, com piano, baixo e percussão.

"Eu queria que ela dançasse comigo", disse a androide. De novo, sua fala soava como algo pré-gravado, e não como linguagem processada espontaneamente. Era como se ela já tivesse de antemão um arquivo de todas as frases que precisaria pronunciar em sua existência, o que obviamente não era possível. "Mas ela não quis. Toda dança pode ser a nossa última dança juntas, irmãzinha." Passou, então, a balançar o corpo suavemente, caminhando em direção ao canto forrado de espuma, onde um foco de luz mais intenso que o do restante da sala terminava por imitar a atmosfera de um pequeno palco. Uma voz masculina grave começou a cantar em inglês.

"Vem dançar comigo, Nora."

Nora tinha se posicionado ao lado do Terapeuta e estava observando com um olhar de piedade os passos da sua pupa.

"Você sabe que eu não gosto", disse Nora. "E também não gosto que você me chame de irmãzinha. Cansei de repetir."

"Você precisa pensar menos no que espera dela", disse o Terapeuta, "e prestar mais atenção nos sinais que ela está enviando pra você agora. Lembre que ela está habitando uma casa nova, pra onde acaba de se mudar toda vez que você a liga. Não faz sentido entrar como se vocês duas morassem ali juntas há décadas."

A androide ia dançando com gestos cada vez mais soltos. Seus movimentos eram belos, ainda que simétricos e exatos demais para que pudessem passar por humanos. Ao mesmo tempo, pareciam demasiado sensíveis para os movimentos de uma máquina. Percebi que ela estava começando a ser acometida por aqueles calafrios que Nora havia mencionado. De repente seu corpo estremecia todo, sem comprometer a continuidade dos movimentos, e ela procurava com os olhos alguma coisa que não parecia estar presente. Como uma esquizofrênica, pensei. Com o corpo visivelmente tenso, Nora se aproximou da pupa e tentou acompanhar a dança, imitando seus movimentos de maneira um tanto desajeitada. Era evidente que dançar trazia à garota consideráveis tormentos de autoconsciência corporal. Comecei a achar que aquilo tudo era injusto com ela. O que Nora estava procurando ali? Por que não se livrava de uma vez daquele arremedo de pessoa? Porque não era simples assim, não podia ser, como eu próprio bem sabia, afinal também estava ali. Algumas pessoas do grupo levantaram da cadeira e se aproximaram um pouco mais. Entendendo que isso fazia parte das liberdades permitidas nos encontros, também me levantei e cheguei mais perto. Eu tinha imaginado que os encontros da APPPH seriam mais parecidos com as reuniões de alcoólicos anônimos consagradas pelo cinema e pela literatura, uma troca de depoimentos, palavras de apoio, aprendizado e adesão a alguma espécie de método, mas agora entendia como isso tinha sido um erro de julgamento. Tudo indicava que essas sessões estavam mais próximas do teatro experimental ou das intervenções artísticas realizadas em pequenas galerias.

De repente a dança da androide passou por uma transformação drástica. Ela inclinou a cabeça para o lado, encostando a orelha no ombro, e começou a andar em círculos, com os braços um pouco abertos e os dedos travados em posições bizarras. Aos poucos, sem parar de andar em círculos, começou a despir o roupão cor-de-rosa e a se esfregar com aquelas mãos que pareciam aranhas mortas, como se o tecido queimasse sua pele. Seu corpo nu agora se movia de um modo mais desengonçado e menos mecânico. Nora se afastou alguns passos.

“Lembra que você dançava assim, em círculos, quando era pequena, Nora?”

“Eu não sei do que ela está falando”, disse Nora, e em seguida balançou a cabeça para os lados. "Acho que quem dançava assim quando era pequena era ela. Lembro vagamente da minha mãe dizer isso."

A androide deu um berro. Um berro que soava como uma gravação. O que aconteceu em seguida foi muito rápido, mas talvez possa ser descrito como segue. Primeiro, ela começou a ter convulsões horrendas, em pé, no chão e depois em pé novamente, pulando como se o piso tivesse se transformado numa frigideira quente. Com a mão direita, ela arrancou fora o seio esquerdo. Nora gritou, a plenos pulmões: "Por que você não morre de novo?". A androide correu em direção a Nora, sorrindo, e o Terapeuta se interpôs no caminho. A força da androide arremessou longe o Terapeuta. Nora subiu até a metade as escadas que levavam ao térreo e, percebendo que não era mais perseguida, parou por ali. Durante todo esse tempo, a androide repetia com a voz calma e doce, como se ainda estivesse dançando suavemente, e não sofrendo aquele ataque autodestrutivo: "Vem, irmã, eu vou cuidar de você, vem, irmã, eu vou cuidar de você, vem, irmã...".

Por alguns segundos, assisti catatônico a tudo isso, mas depois de ver o Terapeuta ser derrubado, tive o impulso de intervir. Me aproximei da androide para tentar imobilizá-la. Eu já tinha entendido que a força dela era bem maior que a de um ser humano, mas na hora não pensei nisso, ou melhor, talvez eu tenha sido movido justamente pela vontade de sofrer em mim as consequências daquela força. Queria ser tocado por ela a qualquer custo, mesmo que para isso precisasse apanhar dela. Ela havia parado de correr e estava andando de novo em círculos lentos, trêmula, se beliscando com uma das mãos e mantendo o outro braço esticado, como uma pedinte. O buraco deixado pelo seio arrancado expunha uma camada de espuma isolante amarelada e rugosa, mais alguma ímpia criação dos engenheiros de materiais que precisaram correr atrás dos avanços abruptos na digitalização da atividade neural para fornecer corpos artificiais à altura. Segurei sua cintura com uma das mãos e estava prestes a usar a outra para tentar baixar seu braço e fazê-la parar no lugar. Ela estava fria ao toque e a consistência de sua carne sintética era muito semelhante à de um corpo humano, exceto pela presença de pequenos nódulos na substância macia de que era feito o seu tecido adiposo. O ovo que abrigava minha mãe nunca esfriava, estava sempre morno ao toque, ligado ou desligado, fizesse frio ou calor no ambiente. Antes que eu pudesse concluir a manobra para imobilizar a androide, uma mão pousou no meu ombro e me afastou.

"Não. Por favor, não mexa nela", disse o Terapeuta.

Sua voz serena transmitiu uma grande autoridade e obedeci de imediato. Olhei em volta esperando encontrar meus companheiros de terapia em estado de pânico, mas estavam todos calmos e atentos, e Honório chegava a ter um sorrisinho de prazer no rosto mole, como uma criança assistindo a uma luta mortal entre insetos. O Terapeuta estava com um galo na testa e mantinha o braço esquerdo encolhido. Na mão direita, trazia um pequeno objeto esférico.

"Samanta, estenda os braços e sinta o ar. Isso... como um anjo abrindo as asas."

A androide obedeceu a ele de pronto, como eu havia feito momentos antes.

"Sinta o ar com a ponta dos dedos. Feche os olhos."

O corpo da androide ainda balançou um pouco, em transição da dança convulsiva até uma posição de repouso. Por fim, ficou parada em pé, de olhos fechados e com os braços bem abertos, os dedos ondulando como tentáculos de anêmonas. Era lindo e absolutamente não humano. O Terapeuta se postou atrás dela e, respirando fundo, de modo exagerado e ruidoso, começou a rolar a bolinha de borracha pelos braços e ombros da pupa, da ponta de um indicador até o outro, passando pelos trapézios e cervical, induzindo no corpo artificial um estado de relaxamento progressivo. De repente a máquina abriu os olhos, entreabriu a boca e pareceu enxergar algo belo que existia apenas em seus circuitos internos. Estava trancada nesse martírio solipsista quando o Terapeuta buscou o olhar de Nora.

"Pode ser agora."

Nora ergueu um pouco a mão com que segurava o pequeno controle remoto, do tamanho de um chaveiro.

"Não esqueça de falar com ela antes", sussurrou o Terapeuta.

"Estou sempre contigo, irmã. Não importa o que aconteça. Te amo."

Nora pressionou o botão e a androide desfaleceu nos braços do Terapeuta como uma bailarina.

Alguns meses antes da viagem para Tóquio, eu e Cristal nos separamos. Minha mãe não sabia disso quando nos convidou para viajar com ela. "Venha passar uma semana no Japão comigo, e traga a sua namorada, que ainda não conheço", ela disse no chat de vídeo, vestida com um roupão preto e prestando atenção em outras coisas, outras telas, enquanto conversava comigo. Ela estava num hotel, nem me dei ao trabalho de perguntar onde. Na minha cabeça, ela já não ocupava posição geográfica alguma. Seu entorno era uma simulação. "É provável que em breve suspendam de novo as viagens aéreas pra Ásia", ela disse, bebericando uma garrafa de cerveja. "Agora tem essa coisa das bactérias." Uma mulher passou no fundo da sala, também de roupão. *As minhas amigas*, era como ela costumava se referir ao plantel cambiante de mulheres que lhe faziam companhia ao redor do globo terrestre.

O próprio convite para viajar me pegou um tanto de surpresa, pois naquele ano eu já não falava muito com a minha mãe.

As suas posições políticas, que consistiam numa mistura de patriotismo cínico, anarcocapitalismo e um darwinismo socioeconômico convenientemente talhado para justificar a existência de pessoas como ela, me amargavam e forçavam a revisar o respeito e a admiração que tinha dedicado no passado a tantos aspectos de sua pessoa, afinal ela era minha mãe, uma mãe solteira que tinha cuidado de mim com carinho por anos e anos. Além disso, ela já havia se transformado num ser intangível, uma mulher em transição para o pós-humano. Sua morada principal era um apartamento em Nova York, mas ela mantinha também a nossa antiga casa em São Paulo, e uma mansão futurista nos arredores de Tallinn, e uma espécie de mistura de bunker com torre de observação na ilha Waiheke, na Nova Zelândia, a mesma para onde, décadas antes, haviam escapado vários de seus amigos bilionários quando irrompeu a primeira pandemia. A casa de São Paulo em que passei a infância com ela, no Alto de Pinheiros, tinha sido esvaziada havia um par de anos, e quando vinha à cidade ela se hospedava em hotéis de luxo. Eu tinha, naquela época, uma ideia apenas vaga do que ela fazia, de como gastava seu tempo e onde investia sua fortuna. Todos os nossos encontros eram encontros-surpresa. Ela me ligava dizendo que um carro estava vindo me buscar para que almoçássemos num restaurante da moda, ou me convidava para nadar na magnífica piscina privada do Pacaembu, recentemente coberta, em parte com dinheiro dela, por uma estrutura híbrida que funcionava como painel solar e escudo contra as altas temperaturas e tempestades de granizo. A natação era nosso elo mais íntimo e proporcionava os raros momentos em que nos era possível voltar ao passado. Dentro da água, as várias distâncias que nos separavam cediam lugar à ternura trepidante de dois corpos que já haviam estado enovelados pelas tripas. Já tínhamos sido próximos, e as provas disso eram as fotografias em que ela me amamentava, velava meu sono, me ensinava a cagar no buraco estipulado pela civilização. Ela mesma tinha me ensinado a nadar. Aos seis anos eu já sabia dar braçadas firmes e corretas, e por toda a minha infância ela se dedicou a corrigir e aperfeiçoar meu nado como se isso equivalesse a talhar meu caráter e meus valores. De todas as memórias que eu tinha dela, estas eram as mais impregnadas de carinho e toque. Ela usava maiôs esportivos de duas peças e óculos de lentes espelhadas que não me permitiam ver seus olhos. Eu era fascinado pelas sardas que havia entre os seios dela. Me pareciam ser a marca ancestral de uma raça escolhida, e eu me olhava no espelho do vestiário imaginando se algum dia as sardas também apareceriam em mim, apagando um pouco os traços genéticos espectrais do meu pai anônimo, praticamente fictício, e marcando meu corpo com a estirpe, ainda obscura e misteriosa para mim, à qual ela pertencia.

De todo modo, respondi à minha mãe que sim, que eu e Cristal ficaríamos muito felizes de ir a Tóquio com ela, era a viagem dos nossos sonhos, mas não mencionei que eu e minha ex-namorada estávamos sem nos falar havia bastante tempo. "Eu estou indo a trabalho", minha mãe acrescentou, "então não vamos passar muito tempo juntos, vocês tratem de aproveitar como quiserem." Achei estranho ela falar que estava indo a trabalho, pois ela nunca definia como trabalho o que fazia. Era vulgar e ultrapassado demais. Disse que sua assistente entraria em contato logo para marcar as passagens e providenciar dinheiro e documentos, e que nos encontraríamos todos lá. Me mandou um beijo olhando para a câmera, mas, quando desligou, o áudio de outra ligação já tinha invadido o microfone, me deixando com a sensação de que eu a havia interrompido em alguma coisa importante.

Naquele mesmo dia, mandei uma mensagem para Cristal dizendo que gostaria de vê-la para propor uma ideia meio maluca. No instante em que mandei a mensagem, me senti pisando a borda do mesmo precipício que apareceu de repente, no meio da névoa, quando a conheci. Cristal era uma vizinha minha no Copan, que naquela época ainda era um prédio residencial. Desde os dezesseis, eu morava lá numa quitinete que minha mãe pagava para mim. Três vezes por semana, uma diarista terceirizada vinha fazer a limpeza e cozinhar porções de comida que abasteciam a geladeira e o congelador. Eu costumava mentir aos outros moradores que meus pais viviam comigo mas trabalhavam muito e quase não permaneciam em casa. Numa segunda-feira alaranjada do mês em que completei dezoito anos, aquela garota alta em quem eu nunca tinha reparado antes, com seu ar meio sonolento, rosto comprido e olhos caramelados, me interceptou quando eu estava entrando no prédio depois de uma aula presencial no colégio.

"Desculpa perguntar, menino, mas você tem um motorista particular?"

"Não, imagina. É um táxi."

"Mentira. Não é a primeira vez que vejo. É sempre o mesmo."

Tomado de uma coragem inédita, falei que morava sozinho e que podíamos subir para comer alguma coisa. Quando ela topou, eu soube que tinha encerrado ali mesmo toda uma primeira etapa da minha vida. Ela havia aparecido para perfurar a narrativa coesa e insular da minha existência, e para acabar com a castidade medrosa à qual eu me julgava condenado por toda a eternidade. Entramos, fizemos os testes contra as doenças todas, tiramos as máscaras, nos desinfetamos. Ela pediu para fumar e ficou com o cigarro aceso pendendo dos lábios, algo que eu só tinha visto em vídeos, e feito por homens.

"Um órfão da elite financeira", ela disse depois de conhecer melhor a minha situação. Ela também era uma privilegiada, afinal vivia com a família no Copan, mas a seus olhos eu era uma figura rara, um príncipe inocente que ela adoraria desafiar, ensinar, influenciar. Eu não sabia bem quem ou o que eu era, e queria que ela me elucidasse, que decidisse por mim. A mãe de Cristal era agrônoma, especialista em implementar rastreabilidade ecológica na cadeia de produção do agronegócio, numa época em que o clima ainda não tinha retirado quase toda a produção do campo. Era requisitada no país inteiro por empresas que tentavam se qualificar para o comércio depois das catástrofes ambientais promovidas pelo governo na década anterior, e por isso vivia viajando a trabalho. Assim, coube a seu pai, um barbudo magrela que tinha sido editor de livros, abdicar da carreira e cuidar dela e dos três irmãos. Eu gostava dele, chegamos a tomar uns cafés numa das lanchonetes da galeria no térreo do edifício. Ele não falava da filha como se a conhecesse melhor que eu. Pelo contrário, parecia contar um pouco comigo para entendê-la melhor. "Você acha que as coisas que ela gosta de ler estão ajudando ou piorando a ansiedade dela?", era o tipo de coisa que me perguntava.

Mas Cristal não era ansiosa. Era inquieta, mas de um jeito positivo. Participava de um grupo de teatro por vídeo com gente do mundo inteiro, escrevendo peças e atuando. Os horrores do mundo não a intimidavam. De um esconderijo no prédio, cigarro na boca, parecendo uma sniper, ela disparava uma espingarda de pressão contra as milícias higienistas que atormentavam os moradores de rua no centro para que fugissem para o lado de lá dos muros. Recolhia restos de alimentos nos outros apartamentos e os transformava em refeições deliciosas, que ela chamava de "curry do apocalipse", para enviar a abrigos na cidade. Participava de uma corrente de pessoas que compartilhavam pen drives carregados de artigos e livros criptografados, textos e obras que já não podiam circular na internet. Com ela aprendi, entre outras coisas, a extrair sozinho um dente. E foi ela que me falou pela primeira vez sobre aquaponia, o sistema simbiótico de criação de peixes e plantas. Já estava claro, naquela época, que a comida seria o grande problema do futuro. Eu só começaria uns quinze anos depois a fazenda com o dinheiro deixado pela minha mãe, mas pretendo deixar claro em que medida Cristal influenciou ou mesmo determinou o homem adulto que eu viria a ser. Ficamos menos de um ano juntos, mas tínhamos tempo de sobra para aproveitar, e aproveitamos. Ela sabia fraudar os exames do ensino à distância para que tivéssemos mais tempo para fazer sexo, ler o que vinha nos pen drives, alvejar fascistas com chumbinho, participar de chats em vídeo com artistas do outro lado do país. Para aprender o que importava, acreditava ela, tínhamos de trocar conhecimento com jovens como nós, a geração da fartura e do caos, enquanto ainda era tempo, pois em breve o mundo seria irreconhecível, mais simples e mais cruel. Hoje percebo melhor como essa profusão de interesses e atividades também escondia nas profundezas suas variedades particulares de insegurança e medo. Ela era dois anos mais velha que eu. Acho que Cristal queria me controlar, mandar em mim, porque isso lhe proporcionava a ilusão de solucionar suas instabilidades até certo ponto. Seus conhecimentos eram mais superficiais do que aparentava seu discurso. Mas, como eu disse, éramos jovens e nos encaixamos. Eu era o inseto da sua orquídea. Queria ter passado todo o resto da minha vida com ela. Mas não foi possível.

No dia em que ela me deixou, acordamos enroscados no futon que servia de cama e sofá na quitinete. Pela janela ampla víamos a topografia rude e suja da cidade de São Paulo ser engolida à meia distância pela névoa bege do crepúsculo poluído. Havia o som de helicópteros e automóveis queimando num ritual insano de esbanjamento o combustível fóssil que ainda restava. Cristal vestia uma blusa de lã peruana marrom e branca, meio esfarrapada, e mais nada. Suas pernas brancas e compridas, com joelhos arroxeados, tesouravam as minhas, que com panturrilhas acanhadas e pelinhos translúcidos não eram muito menos femininas que as dela. Eu inspirava seu perfume amendoado e pensava na sorte que tinha por tê-la encontrado tão cedo na minha vida. A briga começou mais tarde, primeiro sem motivo específico além do enfado que de tempos em tempos nos assaltava em nosso isolamento. Quando o clima já estava ruim, veio à tona que eu não tinha conseguido obter com minha mãe um dinheiro que pretendíamos arrancar dela para distribuir a várias organizações beneficentes e de luta ambiental. Na época me parecia que essa ideia era fruto de nossa iniciativa conjunta. Hoje, em retrospecto, reconheço que Cristal propunha tudo e me conduzia, impondo sua energia à massa amorfa do meu caráter. A acusação era verdadeira. Eu tinha feito corpo mole, não tinha me esforçado de verdade para criar pretextos capazes de enganar minha mãe ou persuadi-la a me transferir uma enorme soma. Se eu tivesse inventado um falso projeto de startup ou mesmo uma aventura pessoal maluca e cara, como abrir uma pousada em algum ponto do Ártico onde o gelo tinha virado grama, se fornecesse mínimas evidências de que desejava empreender qualquer coisa, era bem possível que ela tivesse me financiado. Mas na ocasião reagi com agressividade à cobrança de Cristal, e ela passou por uma transformação que me pegou de surpresa. A montaria não obedeceu às rédeas e isso a levou a ficar emburrada e hostil. Se esquivou dos meus toques, vestiu as calças e disse que era muito cômodo da minha parte viver daquele jeito às custas da minha mãe bilionária, aquela vaca que vivia saracoteando da Califórnia para Cingapura e para a puta que pariu mas ainda assim dava um jeito de me manter debaixo da asa dela à distância, e que eu estava acomodado naquele consumismo grotesco, naqueles hábitos e luxos insustentáveis, e que ao pensar nisso ela perdia um pouco do respeito que tinha por mim. E perda de respeito, sentenciou, é uma coisa cumulativa. Ofendido, eu a acusei de estar se aproveitando hipocritamente de todo aquele luxo grotesco ao praticamente morar comigo. E minha mãe podia ser o emblema de tudo que havia de errado com o capitalismo, mas ela continuava sendo minha mãe. Eu não podia enganá-la.

Ainda no início de nosso relacionamento, Cristal tinha me confidenciado que às vezes lhe acontecia uma coisa muito estranha. Ela começava a suspeitar que não existia. Era uma sensação, e não um raciocínio lógico. Às vezes a sensação passava sozinha depois de um ou dois dias, mas às vezes evoluía para um estado de profunda apatia durante o qual ela desacreditava não somente da própria existência, mas também da existência dos outros seres vivos e do mundo em que vivemos. De acordo com os pais de Cristal, aos oito anos ela havia sofrido convulsões violentas que nunca se repetiram e que os médicos nunca souberam explicar bem. Nos dias que se seguiram ao ataque, ela agiu roboticamente, sem responder aos estímulos e perguntas dos pais e irmãos exceto para dizer que achava que estava morta, pois havia bichinhos devorando seu corpo por dentro. A própria Cristal não lembrava do episódio. De todo modo, depois daquilo ela não voltou a ter convulsões, mas uma vez por ano, mais ou menos, era visitada novamente por aquela sensação de não existir. Às vezes a sensação ia embora sozinha depois de um ou dois dias, às vezes permanecia por mais tempo ou evoluía para algo mais aterrorizante, como a convicção de que estava apodrecendo ou perdendo partes do corpo por aí. Uma vez, me contou seu pai num daqueles cafés mencionados, ela insistiu que os três gatos da família tinham morrido e ainda circulavam dentro de casa somente como espectros, aguardando uma transferência para outros níveis metafísicos. Talvez o mais estranho de tudo era que essas ilusões ou negações da realidade não duravam muito tempo e iam embora sozinhas. Entre uma ocorrência e outra, ela se sentia não apenas viva como ligada a todas as outras coisas vivas numa teia pulsante de relações nem sempre discerníveis, mas sempre presentes de uma forma ou outra. Quando recordava os episódios anteriores, ela via a si mesma como uma espécie de sonâmbula, vítima de um distúrbio inofensivo a ser cuidado com um misto de atenção e bom humor até que tudo voltasse ao normal. Desde que estávamos juntos, ela nunca tinha duvidado da própria existência, ou pelo menos nunca tinha me contado nada. Mas naquele dia, logo depois da nossa briga ter chegado ao auge, ela calçou os sapatos, prendeu no pescoço a sua correntinha adornada com pequenos diamantes brutos octaédricos, catou a mochila velha que carregava por toda parte, se dirigiu à porta e estacou.

Por longos segundos, não me dei conta de que algo anormal estava acontecendo. Continuei empregando os limites da minha capacidade mental para recapitular a discussão, tentando desmanchar o coágulo de raiva residual e de medo de perdê-la. Lá pelas tantas, a imobilidade de Cristal se agigantou na minha visão periférica, interrompendo meu mergulho interior. Ela parecia congelada no meio do movimento em direção à porta, com o quadril levemente desalinhado, os braços um pouco afastados e a mochila ainda pendurada na mão direita. Chamei seu nome duas vezes e, não obtendo reação alguma, fui até ela. Cheguei por trás, e antes que eu pudesse dar a volta para checar o que se passava em seu rosto, seu corpo inteiro amoleceu. Consegui ampará-la pelas axilas antes que desabasse no chão.

Quando o Terapeuta amparou o corpo da androide desfalecida naquele meu primeiro encontro com o grupo de apoio da APPPH, revivi o momento em que amparei Cristal de maneira semelhante em minha quitinete, quase vinte e cinco anos antes. Digo que revivi o momento porque não foi como se minha mente projetasse um filme nem nada assim. Estendi meus braços e dei um passo abrupto à frente, sobressaltando quem estava perto de mim, e senti em meus braços o peso e a forma do corpo de Cristal, poderia jurar que senti até mesmo seu calor e sua consistência, embora ela já fosse somente uma construção frágil na minha mente, um espectro mórbido convicto da própria inexistência.

Naquele dia na quitinete, ela ficou desmaiada por dois minutos, durante os quais chamei seu nome, acariciei seu rosto e procurei verificar sua respiração e pulsação. De repente ela abriu os olhos sem alarde. As pálpebras levantaram de uma vez, sem piscar, e seus olhos receberam a luz das amplas janelas com serenidade. Ela respondeu que estava bem, se levantou e arrumou a roupa. Perguntei se ao menos havia percebido que tinha ficado desmaiada por minutos.

"Falei alguma coisa enquanto estava deitada?", ela perguntou, em grande medida evitando minha pergunta.

"Nada. O que houve?"

"Aconteceu aquilo. Eu senti que não existia. Mas veio do nada, muito rápido. E dessa vez não era só eu, era tudo. O chão não existia, você não existia, o planeta e as partículas subatômicas não existiam. Eu não tinha como me mexer."

"Um Big Bang de depressão abissal."

"Não tinha nada a ver com a minha vontade. Não é como se eu quisesse me mexer e não conseguisse. Tudo parou. Tudo deixou de existir."

"E tudo voltou a existir agora?"

"Sim. Normal."

Tentei segurar sua mão.

"Não", ela disse, recuando. "Eu estava saindo, né? Nada mudou. A gente se fala, mas vamos dar um tempo primeiro."

Ela me evitou no prédio por duas semanas, respondeu a

algumas mensagens somente para repetir que ainda não queria me ver, e em algum momento seu pai me disse que ela partiu em viagem com a mãe para uma série de cidades no Mato Grosso e Paraná. Portanto, quando lhe enviei aquela mensagem falando sobre a viagem para Tóquio, tinha pouca esperança de que ela respondesse. Mas ela respondeu e aceitou me ver para um café. Estava um pouco queimada de sol, com o nariz descascando. Fui logo explicando a ideia.

"Minha mãe não sabe que não estamos mais juntos. Mas que diferença faz? Ela nunca te conheceu. A gente tinha falado tantas vezes no Japão, que era a viagem dos nossos sonhos. Pensei que seria uma pena desperdiçar a chance. Podemos fingir pra ela que ainda somos namorados. Mas nem precisa se esforçar muito, duvido que ela vá prestar atenção. Chegando lá, nos afastamos dela e podemos até ir cada um pro seu lado. Passeamos um pouco juntos, um pouco separados. Ou apenas separados. Enfim."

Ela pensou um pouco e sorriu. Eu conhecia seu sorriso de aprovação. Estava orgulhosa de mim.

"Podemos até encenar uma briga em algum momento", ela disse. "Vai ser um pouco como uma peça de teatro."

Bento tinha quarenta e nove anos quando Otto nasceu. Seu único filho chegou algo tarde em sua vida, fruto de seu envolvimento com uma garota bem mais jovem, aluna de sua turma de história da arte na universidade pública, e o mundo que os aguardava não era o mesmo mundo em que ele havia nutrido, por décadas, o sonho da paternidade. Tinha criado o menino num planeta assolado por doenças novas, violências antigas e tecnologias traiçoeiras. Tecnologias que revolucionavam nossos hábitos numa velocidade que o corpo não podia acompanhar, que para serem produzidas exigiam uma enormidade insustentável de matérias-primas e trabalho invisível, que acabavam entrando em colapso antes que nossa fisiologia e nossa psique fossem capazes de arcar com as rupturas resultantes, nos deixando com um leque de novos problemas para cada solução introduzida. A família se acostumou a comer coisas que antes não se comia, a suportar extremos de temperatura que antes se considerava insuportáveis, a temer que a brutalidade entre indivíduos e nações por fim os erradicasse antes que pudessem reagir. No começo da década de 40, com a estabilização da economia que sobreveio ao decrescimento e com o acesso cada vez mais limitado às redes digitais, os conhecimentos de Bento voltaram a ser requisitados para projetos de renovação urbana e de curadoria nos museus que começavam a ressuscitar. Ele reatou com a mãe de Otto após anos de separação. Parecia que a velhice lhe reservava alguns anos de alívio e de contemplação da incrível jornada humana antes das luzes apagarem. Então Otto sumiu. Após semanas de investigações, descobriram que seu filho, que mal tinha completado vinte e dois anos, havia se submetido a um escaneamento na Índia.

"Ele foi atraído pela seita dos pós-humanos", me disse Bento, terminando de resumir para mim uma história que os demais participantes do grupo já conheciam. "Foi um ano antes da legalização. Essa empresa indiana fazia a cabeça de jovens e oferecia o procedimento de graça. Estavam testando a tecnologia, era evidente para quem não tivesse sofrido lavagem cerebral. Acabaram todos presos, mas pra nós era tarde. O contrato que Otto assinou os isentava de qualquer responsabilidade. Mas houve uma ação coletiva das vítimas do mundo todo, e no fim recebemos uma indenização e esse chaveirinho."

Bento me mostrou o dispositivo cilíndrico preto, do tamanho de uma lanterna pequena, que no microcosmo dos portadores de cópias de pessoas costumava ser apelidado de "chaveiro". O contraste com a androide hiper-realista de Nora, que a essa altura já estava guardada outra vez em sua capa protetora com zíper, ilustrava de maneira contundente o que o Terapeuta havia chamado de "primitivas morfológicas", salientando como era importante prestar atenção nas formas, materiais e configurações externas dos artefatos de armazenamento de cada cópia, visando moldar adequadamente a atenção e o afeto que lhes dedicamos. Como no caso da minha mãe, o artefato que armazenava a cópia de Otto não oferecia nenhuma semelhança humana, que dirá alguma semelhança com a pessoa que supostamente reproduzia. Os artefatos eram simulações que se manifestavam sobretudo verbalmente, e a relação que se podia estabelecer com elas era moldada por essa limitação. No entanto, talvez não se tratasse de uma limitação. Eu começava a perceber que o vínculo emocional com a cópia não dependia tanto da qualidade da imitação humana dos artefatos. Se assim fosse, eu não sentiria que minha mãe, a despeito de todas as minhas convicções racionais e filosóficas, realmente estava presente de alguma maneira dentro daquele alto-falante em forma de ovo, e a ideia de apagar irreversivelmente os dados nele armazenados não me traria toda essa angústia. Enquanto falava do filho, Bento segurava e acariciava seu chaveiro com uma ternura que tinha algo de misericordioso, como se tivesse em mãos um filhote de mamífero prestes a servir de cobaia num laboratório. Ao mesmo tempo, eu tinha acabado de testemunhar a relação dolorosa de Nora com a sua androide, e nela a imitação humana quase perfeita não parecia fazer a menor diferença. Ou antes, fazia diferença, sim, mas para pior. Pensando nisso, uma pergunta me ocorreu e não resisti a fazê-la em voz alta.

"Perdão por interromper", falei, "mas fiquei com uma dúvida sobre a pupa de Nora."

"Sim?", a garota reagiu sem emoção, ainda ruminando seu sofrimento.

"Qual a semelhança da androide com a sua irmã? Digo, ela é muito realista, fisicamente. Mas ela é *parecida*?"

"O fabricante alegava que seria idêntica a ela."

"Mas não é."

"Não."

As implicações daquilo apenas roçaram em mim, mas isso bastou para que me sentisse grato e aliviado por não estar no lugar dela.

"Seres humanos são capazes de criar vínculos emocionais com qualquer coisa, não importa a aparência", interveio o Terapeuta. "Nossa evolução enquanto animais sociais é parte da explicação. As características da nossa consciência potencializam o medo da solidão e da morte. Para não nos sentirmos sozinhos nem lembrar que a morte é uma possibilidade constante, somos capazes de encontrar companhia em qualquer organismo ou objeto."

"Eu acredito que toda matéria tem consciência", disse Isaura. De todos os integrantes do grupo de apoio, era com ela que eu mais simpatizava. Queria muito conhecer a sua "mosca". Pelos comentários feitos no início da sessão, eu supunha que seu ex-marido tinha ido parar num dos famigerados artefatos que produziam tecido biológico. Os vídeos estrelados por esses artefatos eram constantemente banidos da internet.

"Alguns aqui têm idade para lembrar de quando apareceram as primeiras caixas de som e eletrodomésticos equipados com inteligência artificial", disse o Terapeuta. "Eram apenas algoritmos de aprendizado muito rudimentares, com reconhecimento de voz e rastreamento de consumo. Assistentes domésticos que tocavam música e regulavam termostatos, coisas desse tipo. Mesmo assim, muita gente conversava com eles."

"Quando era pequeno, meu primeiro filho amava o aspirador de pó que ficava andando pela casa", disse uma mulher de cara redonda e olhos verdes, cujo nome eu não tinha gravado.

"Nos períodos de quarentena, ele conversava mais com o aspirador do que comigo e com o pai dele. Lembro como isso nos preocupava."

"Já se discutiu muito se essas relações afetivas com os primeiros eletrônicos interativos eram alienantes e artificiais", prosseguiu o Terapeuta. "Uma substituição mais pobre para relações verdadeiras entre humanos. Essa discussão é em grande medida ultrapassada. Como eu ia dizendo, tendemos a acreditar que estamos cercados por outras mentes. O animismo é uma das modalidades de cognição mais antigas da nossa espécie. Antes de serem vistos como reservas de alimento, os animais eram manifestações de espíritos que explicavam a natureza, eram mensageiros do além. Para aborígenes australianos, algumas rochas são divindades. Essa empatia não necessita de evidências. A metafísica subjacente é discutível, mas o poder da crença não é. É uma parte muito significativa da nossa relação com o mundo, espontânea e intensa nas crianças."

O Terapeuta consultou suas anotações e fez uma pausa longa. De repente me lembrei do homem alto de terno que havia entrado na sala no início da sessão. Olhei em volta, mas não o encontrei. Me perguntei se era possível que ele tivesse sido apenas fruto da minha imaginação. Situações de desconforto intenso às vezes me levavam a devaneios um pouco delirantes. No mais recente, tive certeza de que meus cães estavam sentados de frente para um carneiro enorme, com sete chifres e sete olhos. A visão persistiu por minutos, até que, depois de um suspiro com os olhos fechados, ela se desfez e vi Vento e Betânia circulando cada vez mais próximos de mim, como fazem quando estão com fome. A recordação ainda era vívida.

"Mas o advento das cópias humanas nos coloca questões novas", retomou o Terapeuta. "Os artefatos, nesse caso, armazenam dados da configuração neural completa de um indivíduo na ocasião do escaneamento. O grau de identidade que essas cópias apresentam em relação ao indivíduo copiado é uma questão filosófica das mais empolgantes e difíceis. No meu entender, há muitos tipos de pessoas no mundo. Infinitos tipos. Um desses tipos é o que chamamos de humano. As cópias talvez não sejam a mesma pessoa de antes, mas são alguma pessoa. De todo modo, o que traz a maioria dos frequentadores ao nosso grupo não é essa questão. É a realidade prática, afetiva, do convívio com esses objetos. Não sabíamos nada sobre como a mente digitalizada reagiria a novos corpos. Hoje sabemos. A maioria delas vive em terror. E o terror delas é também o nosso terror. O terror de seus guardiães."

Ouvindo as palavras do Terapeuta, me pareceu necessário tirar minha mãe da mochila e sentir mais uma vez seu calor. Não era claro, como já mencionei, o quanto ela percebia durante os períodos em que permanecia desligada, ou em suspensão. Não era claro o quanto sua mente seguia funcionando, como a de um paciente em coma ou na síndrome de lock-in. Mas senti que naquele momento ela precisava estar comigo, perceber minhas mãos em seu corpo sintético e participar, de alguma maneira, da discussão.

"Casos como a pupa de Nora apresentam um desafio enorme para o guardião." Todos olharam para a garota, que comprimiu os lábios e assentiu com sacudidas nervosas da cabeça. "Samanta parece encontrar em seu corpo sintético uma expressão bastante aproximada do corpo em que sua consciência original se formou por muitos anos. Bem mais aproximada que a média, pelo menos. Ela parece congelada num período específico de sua vida, um pouco anterior ao procedimento, quando Nora ainda era uma criança. Mas ela tem uma curiosidade positiva pelo corpo, e uma inclinação a se expressar através dele. A dança que vimos hoje reforça essa hipótese. Mas esse corpo não é seu corpo biológico anterior e nunca será. Quanto mais Samanta age no mundo utilizando o corpo sintético, mais ela se afasta da dependência daquela pessoa que era antes. Mas a dissonância se impõe cedo ou tarde, o que termina por culminar nos colapsos. E você, Nora, é ao mesmo tempo irmã de Samanta e a guardiã dessa outra pessoa que se descobre. Tudo nela que lembra sua irmã apenas reforça o que se apresenta como irreconhecível. Toda aquela imensa inclinação humana para a empatia e a familiaridade é despedaçada por detalhes que você não consegue nomear. É o vale da estranheza da intimidade, sobre o qual já discutimos outras vezes. Por isso enfatizo o quanto é importante cultivar vínculos novos que possam substituir, aos poucos e até um determinado ponto, os vínculos antigos do guardião com a pessoa copiada. Mas agora vou devolver a palavra a Bento. Otto e seu artefato apresentam características muito diferentes das de Samanta. Para nosso estreante, tenho certeza de que será muito instrutivo."

Bento piscou várias vezes seus olhos aguados e, com a dispensa de cerimônia comum nos muito idosos, acionou o dispositivo, o chaveiro, dentro do qual estava armazenada a mente de seu filho. Depois das colocações do Terapeuta, eu já começava a ver as cópias sob um prisma distinto. Não mais como arremedos de gente morta, resultantes de premissas científicas falsas e tecnologias equivocadas, aos quais permanecíamos ligados somente devido a um apego emocional um pouco vergonhoso, e sim como entes híbridos, tão disfuncionais quanto potentes. Nós e eles éramos parte da mesma investigação. Eu continuava convencido de que minha mãe não estava dentro do ovo. Mas quem, ou o quê, estava? A pergunta era óbvia, mas eu sentia que a fazia pela primeira vez, finalmente atento a todas as suas implicações. Olhei para o velho Bento, com sua pele de papel crepom coberta de fios brancos, sua touquinha de tricô de octogenário, aguardando com um sorriso pueril o despertar da sua crisálida.

"Pai?" A voz de um homem jovem, com timbre sombrio e aveludado, ressoou nos alto-falantes ocultos na sala subterrânea.

"Olá, Otto."

"Você está sozinho?"

"Não, filho. Estamos no encontro da Associação."

"Boa tarde a todos. Gostaria de ouvir as suas vozes."

Todos deram boa-tarde a Otto, quase em uníssono.

"De quem é a voz nova?"

"Temos um novo participante."

"Olá. Prazer em conhecer", disse Otto. "Você tem uma voz parecida com a do tenista Marcos Baghdatís."

"Prazer, Otto. Não sabia disso. Quando chegar em casa vou pesquisar. Vai ser interessante comparar a minha voz com a dele."

No instante seguinte, um clipe de áudio de um homem falando inglês com sotaque ressoou na sala de encontros. Risos anasalados surgiram aqui e ali entre os presentes. Não achei a voz parecida com a minha, mas sempre estranhamos quando nossa própria voz chega aos nossos ouvidos.

"Obrigado, Otto", respondi, rindo junto. "É parecida, mesmo."

"Você quer me retribuir o favor?"

"Claro, o que posso fazer por você?"

"Diga ao meu pai que eu não existo."

O clima de diversão foi neutralizado. Achei prudente não dizer nada.

"Otto, por favor, não hoje", disse Bento com uma voz diferente, distorcida pela impotência. "Eu queria que você contasse pra nós o que me disse ontem sobre fractais." Bento olhou em volta como se nos exortasse a manifestar entusiasmo. "Você me descreveu como fractais aparecem no comportamento humano.

Disse que a existência era fractal. Fale das coisas incríveis que consegue ver."

"Meu pai precisa entender que eu não existo", disse Otto. A maneira como sua voz preenchia o espaço, parecendo vir de lugar nenhum, dava a impressão de que ele se comunicava conosco a uma grande distância, de outro continente, outro mundo. "Ninguém até agora conseguiu me ajudar. Nem o Terapeuta. E você, novato, pode me ajudar?"

Pela segunda vez naquele encontro, eu me via pensando em Cristal. Coincidências, decerto. Ou será que as repercussões de um amor intenso e interrompido nunca cessavam? Ao levar minha mãe ali, eu podia ter agitado uma teia dormente de acontecimentos do passado que pareciam ter ficado para trás mas cujos desenlaces permaneciam latentes esses anos todos.

"Eu conheci uma moça que acreditava não existir, Otto. Muito tempo atrás."

Bento me olhou com um ar confuso. Como se eu o tivesse traído.

"Me fale sobre ela", pediu Otto.

"Não quero falar muito sobre ela, me desculpe. É um pouco doloroso. Eu já devia ter esquecido. Mas sei, por causa dela, que não existir é tão complicado e apavorante quanto existir."

A resposta demorou alguns segundos.

"Mas não é a mesma coisa."

"Não", respondi, "não creio que seja. A moça de quem estou falando existia durante a maior parte do tempo. E às vezes, por horas ou dias, ou apenas por um momento, ela deixava de existir. Ao contrário de mim ou de você, ela transitava. Havia uma diferença bem clara entre as duas coisas."

"Você precisa convencer Bento de que eu não existo."

"Acho que isso não está ao meu alcance, lamento. Mas eu reconheço a sua inexistência."

"Obrigado. Estou pensando no que você disse. Entendi uma coisa nova."

"O que você entendeu, Otto?", perguntou o Terapeuta.

"Eu não existo no mundo, mas existo fora do mundo."

"Isso é besteira", resmungou Bento, contrariado. "Você existe, Otto. Existe aqui mesmo. Nós conversamos. Compartilhamos memórias preciosas e tão bonitas. Sei que tudo é diferente agora. Mas você está aqui e ainda é meu filho. Eu te amo."

"Você precisa entender também, pai. Precisa acreditar em mim."

"Eu preciso te desligar agora", disse Bento, engasgando no final da frase.

"Sem problema. Adeus a todos."

As despedidas ecoaram pelo círculo. Bento desligou seu chaveiro, o acondicionou num estojo com interior acolchoado e pediu licença para se retirar mais cedo. O encontro não durou muito mais tempo. Ficou acertado que na semana seguinte eu e Isaura teríamos prioridade para falar com a presença de nossas cópias. Eu estava atordoado com as novas ideias e sensações, ansioso para chegar em casa, verificar se tudo estava funcionando bem na fazenda, deitar com meus cães, abrir uma cerveja e processar os acontecimentos daquela tarde. Dei um aceno geral de despedida, saí do prédio da Associação e fui caminhando pelo túnel refrigerado que subia em direção à Paulista, por onde seguiria até a Consolação. Não tinha caminhado muito quando escutei alguém me chamar. Olhei para trás e vi o Terapeuta chegando esbaforido, usando uma máscara com filtro.

"Não quero incomodar", ele disse, ajustando o passo para me acompanhar. "Queria saber o que achou do encontro. Se pretende retornar."

"Foi bom, sim", respondi, sem saber o que mais lhe dizer.

“Não exatamente como eu esperava. Eu nunca tinha visto outras cópias em funcionamento. Não ao vivo.”

“Só isso já pode ajudar muito. Antes de procurar ajuda, as pessoas passam muitos anos sozinhas com suas cópias.”

“A terapia é mais voltada às cópias do que aos guardiães.”

“Sim. É verdade.”

“Como você chegou a esse trabalho? Também é guardião de uma cópia?”

“Não. Antes da APPPH me chamar, eu era psicólogo infantil. Especializado em bebês.”

“Vocês pensam que as cópias são como bebês?”

“É a melhor analogia. A teoria do amadurecimento de Winnicott provou ser o paradigma mais eficaz pra tratar dos impasses que envolvem cópias humanas. O bebê precisa negociar com o abismo do mundo fora do útero, construir seus sentidos, investigar o ambiente, formar sua individualidade aos poucos. Fiquei com a impressão de que você é um cara bem informado. Você entende como essa tecnologia pôde surgir e ser adotada em primeiro lugar. A ideia de que o cérebro é um computador. De que a cada estado mental corresponde um padrão de sinais específicos nos neurônios. Todo esse grande mal-entendido cartesiano que levou gente muito rica a crer na possibilidade de fazer um download da sua mente e ganhar a imortalidade em corpos cibernéticos.”

“Minha mãe era uma dessas pessoas.”

“Quando a tecnologia se tornou disponível, o erro logo foi escancarado, mas era tarde. A cada identidade corresponde um corpo específico e uma história de experiências que não pode ser reproduzida. Pra fazer uma cópia de si mesmo, você precisaria reconstituir cada instante do que foi vivido pelo organismo, na mesma ordem, exatamente igual.”

“No mundo, e não fora dele.”

"Exatamente. No mundo, e não fora dele. Quando Otto nos diz que não existe, está mostrando que compreende, ou pelo menos intui, o equívoco que o gerou. De todo modo, ficamos com esses experimentos fracassados. Gigantescos bancos de dados neurais depositados em corpos sintéticos sem história, em muitos casos sem nenhuma linguagem comum com os dados. O nosso objetivo é ajudar a cópia e o guardião a investigarem quem é essa nova mente, esse novo corpo. São bebês ciborgues."

"Mas que se comportam em parte como pessoas que amamos. Eles não se reconhecem na lembrança que temos deles."

"Sim. É complicado. Estou ansioso pra conhecer a sua mãe."

"Eu também."

Rimos juntos. Ele parecia ter esquecido, naquele momento, que eu tinha a intenção de matar a minha mãe. O mais provável era que estivesse evitando o assunto. O túnel público com cheiro de desinfetante, por onde serpenteavam transeuntes nos dois sentidos, não era o lugar para aquele debate ético. Estávamos agora na Paulista, num dos vários entroncamentos dos túneis, e fizemos menção de tomar saídas opostas.

"Então tá", disse o Terapeuta. "Estou muito feliz de ter você no grupo."

"Estou feliz de ter ido. Até semana que vem. Ah, uma última coisa. Quem era o sujeito alto, de terno fino, que entrou na sala em algum momento e depois saiu? Alguém da APPPH?"

"Ele não estava com você? Nunca o vi antes."

"Comigo? Não. Por que pensou isso?"

"Ele entrou com você."

"Não."

"Vocês desceram as escadas juntos. Ele veio logo atrás. E você disse na última mensagem que teria um acompanhante no primeiro encontro. Que ele não iria participar, apenas observar."

"Eu não enviei essa mensagem. Não sei quem era aquele homem."

O Terapeuta sorriu de leve.

"Um intruso. Emocionante."

E, com um breve aceno, se virou e partiu.

Cheguei a pensar que nem veríamos minha mãe em Tóquio. Ela parecia querer se esconder, não respondia a nenhuma tentativa de contato. Embora tivesse me avisado que estaria ocupada com encontros de trabalho, havia algo de suspeito naquilo. Ela ainda tinha um coração. Eu não acreditava que teria nos proposto a viagem se não quisesse passar algum tempo conosco. Nem que fosse apenas para lembrar que possuía um filho, ter a mim diante de seus olhos, colher presencialmente a recompensa por me agradar, por me sustentar, enfim, para me ver feliz. Todo jovem está convencido de ser muito mais velho e autônomo do que é, mas no meu caso, tendo sido deixado sozinho por longos períodos que foram se esticando até constituir a normalidade, ocorria uma inversão dessa tendência. Não raro eu era acometido por uma angústia infantil, como se estivesse desgarrado de uma parte vital de mim mesmo, e pensava que não estava pronto para assumir a idade que tinha, que ainda precisava de uma pausa para me preparar e correr atrás de uma etapa perdida do meu crescimento. Apenas muitos anos depois de Tóquio, mais adulto e consciente das emoções, passei a entender com mais clareza o que sentia, mas naqueles primeiros dias na megalópole japonesa era esse o instinto que prevalecia no meu íntimo. *É claro que ela vai aparecer, pois ela não deixaria uma criança sozinha.* Três dias se passaram até que consegui fazer contato com minha mãe. Não conversávamos desde aquela videoconferência de uma semana antes, quando ela propôs que fizéssemos a viagem. Eu e Cristal providenciamos nossos vistos de turismo com auxílio da assistente da minha mãe, Luana, uma moça de olhos cor de âmbar, que falava pouco e devagar, como se tivesse preguiça de fazer seu trabalho, mas que fez valer sua palavra de que não precisávamos nos preocupar com absolutamente nada, apenas seguir os itinerários e horários descritos no programa que nos forneceu. Só de imaginar o tipo de coisa que ela precisava resolver rotineiramente para a minha mãe, de domingo a domingo, sem folga, eu podia presumir que ela era uma espécie de cruzamento de monja zen e psicopata, sem dúvida dotada de capacidades mentais sobre-humanas. Eu já tinha o chip de vacinação exigido na imigração japonesa, mas Cristal precisou implantar o dela com urgência e me mostrou a marquinha dizendo com sarcasmo que finalmente se tornava vítima da tirania ciborgue.

Depois de um dia e meio de viagem na primeira classe e de traslados em carros de luxo, fizemos check-in no quarto panorâmico do Hyatt que nos estava reservado. Tanto eu como Cristal tínhamos nosso histórico de viagens internacionais e nada daquilo era excessivamente obscuro para nós, mas a dimensão do excesso não nos escapava nem por um segundo. Munidos de cartões de crédito sem limite de gastos entregues num envelope por Luana, mirando do décimo oitavo andar a paisagem de vidro e concreto que se desfazia em direção ao horizonte numa neblina dourada e azul, que me fazia imaginar uma fronteira final do mundo, nos sentíamos imateriais e absurdos a ponto de desatarmos em crises de riso envergonhado. Naquelas primeiras noites, dormimos lado a lado na cama de casal, sem nos tocar. Eu nem tinha vontade, tomado que estava por uma mistura de rancor e receio de estragar tudo, e também de respeito pela vontade de distanciamento que Cristal havia expressado tão bem antes de partirmos. Mas havia mesmo? Eu já não lembrava muito bem, não podia ter certeza, mas não ousava me aproximar. Talvez o desejo e a saudade dela estivessem, como os meus, presos sob a camada de gelo permanente que tinha se formado desde a briga na quitinete. E havia tanta coisa em Tóquio para nos distrair de nosso afeto represado: as crianças de cinco anos indo para a escola sozinhas de metrô, identificadas por seus bonezinhos amarelos, os idosos levando lulus-da-pomerânia para passear em cestinhas de bicicleta ou carrinhos de supermercado, as infinitas variedades de ramen servidas em restaurantes e izakayas diminutos, as incomparáveis lojas de videogames e sex shops em que saquei o cartão de crédito para comprar bonecos de personagens de JRPGs clássicos e cordas de shibari. Naquele ano já se podia pressentir que coisas como plástico e tecidos sintéticos deixariam de ser abundantes em breve, a profusão hipercolorida de roupas, eletrônicos e badulaques tinha ares de balcão de relíquias, e nossas aventuras no comércio de bens supérfluos e fetichistas tinham um leve sabor de excursão arqueológica. Foi lá que comprei o quimono de verão masculino e o moedor de café de cerâmica que uso até hoje. Aquela Tóquio seria desfigurada nas décadas seguintes pelo aquecimento do clima, pelas pandemias e pelas crises de abastecimento, se tornaria, como São Paulo e a maioria das megacidades, uma mistura de habitações improvisadas, fazendas urbanas e mercados de pulgas interligados por túneis desinfetados e refrigerados, cercada por vastidões de território inóspito e parcialmente demolido onde a luta pela sobrevivência ganhava feições que nós, os privilegiados que viviam no entorno das torres, tínhamos dificuldade para imaginar.

Nos primeiros dois dias, depois de tomar o café da manhã juntos no hotel, eu e Cristal íamos um para cada lado. Eu nunca soube o que ela fez sozinha naqueles dois dias. Ela voltava no início da madrugada para o hotel sem sacolas de compras nem histórias para me contar. A única exceção foi na segunda noite, quando voltou com um vaso de flor contendo uma tulipa rosa.

Mas não era uma flor qualquer, ela me disse, era uma ikebana, a tradição japonesa milenar de arranjos florais. O arranjo tinha três partes, simbolizando o céu, a terra e o homem. Estudei o caule, as folhas e a flor em busca dos componentes secretos, mas não detectei nada além da beleza nua e evidente da planta. Ela pôs o vaso sobre a escrivaninha do quarto e foi tomar um banho na banheira. Emoldurada pela solidez metalizada do prédio do hotel, pulsando sua delicadeza mais que perfeita em meio à mobília de madeira nobre e couro, a tulipa me espiava enquanto eu tentava voltar a dormir na cama vasta, me transmitindo uma mensagem dupla de harmonia cósmica e artifício humano, como se quisesse me convencer de que as duas coisas podiam se equivaler. Levantei da cama, espremi a flor ligeiramente com a mão e voltei a me deitar. Queria ver se Cristal notaria a diferença e, em caso positivo, descobrir se a sua reação me ajudaria a entender o que ela esperava que eu pudesse fazer para restabelecer o equilíbrio quebradiço da nossa relação. O banho deve ter se alongado por muito tempo, pois quando ela se deitou no outro lado do colchão, a dois corpos de distância de mim, eu já tinha adormecido.

Naquela noite o jet lag que parecia ter nos poupado até então bateu com tudo e acordamos quase ao meio-dia, ainda com a sensação de não ter dormido o bastante. Cristal me convidou para caminhar com ela a esmo pelas ruas de Tóquio, à procura de um lugar para almoçar. Acabamos entrando num restaurante discreto em Shinjuku, especializado em tempura. Ela vestia uma jaqueta de couro bege, calças marrons e uma máscara verde, e no pescoço estava o colar de diamantes brutos. No Japão, ao contrário do que ocorria na maioria dos países, o fumo seguia proibido nos lugares abertos, mas era permitido em boa parte dos bares e restaurantes. O cheiro de fritura e fumaça de cigarro era ao mesmo tempo confortante e ameaçador, e Cristal, tragando seu tabaco orgânico e mastigando uma tira de berinjela coberta de massa crocante, comemorou a sensação de que parecíamos estar num filme de época, alheios aos perigos mortais de micro-organismos e partículas flutuantes. Depois do almoço, caminhamos até o parque Shinjuku Gyoen, colorido de laranja e carmim pelas folhas de outono. Bebemos matcha na tradicional casa de chá, cumprindo uma versão simplificada dos elaborados rituais da bebida, e visitamos a estufa de vidro azul e aço cintilante, reconstruída quinze anos antes para preservar espécies em risco de extinção. Tendo ao fundo o murmúrio dos riachos e pequenas cachoeiras, percorremos a passarela elevada que serpenteava entre orquídeas, nenúfares, mangueiras, cacaueiros e uma enorme variedade de espécies locais que vimos pela primeira vez. Hoje muitas daquelas plantas estão de fato extintas na natureza. O calor abafado do pavilhão fez nossas roupas suadas colarem à pele, em contraste com a temperatura mais amena ao ar livre. Naquele ano o aquecimento já se fazia sentir, mas tínhamos a impressão de estarmos vivendo os dias mais quentes de nossas vidas, e não os dias mais amenos do futuro que nos aguardava. As bananas e os abacaxis identificados por tabuletas em japonês e inglês pareciam estar fora de seu elemento, como peças de museu, e teria soado loucura aos nossos ouvidos se nos contassem que dali a vinte anos não poderiam ser cultivados em quase lugar nenhum, exceto em estufas como aquela e em fazendas urbanas como a minha. Fotografei tudo que via, e compartilhava com Cristal meu parco conhecimento de botânica, mas ela ficou a maior parte do tempo calada e assim permaneceu após a visita à estufa. Pensei que a serenidade das folhagens e flores tinha favorecido sua imersão nas considerações conjunturais e políticas que moviam seu espírito, mas algum tempo depois, quando descemos do metrô em Shimokitazawa e nos embrenhamos no que havia sobrado, após a pandemia e a crise, da cornucópia de lojinhas de cacarecos, fliperamas, brechós e cafeterias descoladas, descobri que a sua mente estava ocupada por assuntos bem mais próximos de nós dois.

"Sua mãe não vai aparecer?", ela me perguntou enquanto sorvia uma bebida de leite, cacau em pó e matcha. Ela amava matcha.

"Ela deve estar nessas reuniões malucas dela. Mas, pra ser sincero, nem sei se quero que ela apareça", falei, negando o que realmente sentia. "Seria genial se passássemos a semana toda em Tóquio sem sermos abençoados com a presença dela. Vai nos poupar de fingir que ainda estamos namorando", arrisquei.

"É claro que você quer que ela apareça", retrucou Cristal, ignorando meu último comentário. Aguardei, um pouco irritado, que ela elaborasse melhor aquela sentença sobre as minhas expectativas. "Você não me convence com essa atitude de que não está nem aí pra ela. Nem agora nem nunca. Não é só o dinheiro, o fato de que ela cria as condições pra que você não precise fazer nada, pensar em nada, enquanto o mundo se desfaz em chamas. Tenho a impressão de que você é apaixonado por ela."

"Talvez eu seja", falei, surpreendendo a nós dois. "Mas sou apaixonado por você também. É com você que queria estar. Não com ela. Estou feliz por estarmos passando esse dia juntos. Pra mim é menos angustiante fingir que estamos juntos do que estar longe de você."

"Cala a boca", ela disse, rindo. E em seguida pegou minha mão por cima da mesa. "Vamos fingir bem direitinho hoje."

Perambulamos pelo bairro até o entardecer, brincando daquela coisa de fingir que estávamos namorando, andando de mãos dadas ironicamente, como duas crianças no pátio da escola, e apontando espécimes de japoneses e japonesas com quem gostaríamos de fazer sexo como se a opinião do outro fosse um requisito para a validação de nossas preferências. Mais tarde, quando saímos da estação de metrô em Shinjuku, a caminho do hotel, parei para comprar frutas numa banquinha atendida por um casal de idosos encurvados e fiquei hipnotizado pelo cuidado e delicadeza com que o velhote escolheu cada fruta e as embrulhou com papel e barbante. Cada um de seus gestos continha uma reverência, inclusive aquele que fez ao me entregar o embrulho em papel pardo contendo maçãs, ameixas e caquis, e ao recebê-lo de suas mãos olhei fundo em seus olhos úmidos e contorcidos como moluscos, dos quais vazavam júbilo e agradecimento como dois feixes de luz morna, e me flagrei inundado de agradecimento recíproco, arfando e com vontade de chorar. Cristal perguntou o que tinha se passado comigo, e quando terminei de tentar explicar já estávamos nas imediações das três enormes torres reluzentes do Park Hyatt.

"Gosto quando você fala desse jeito", ela me disse. "É como se tivesse todo um universo de detalhes das coisas que só você percebesse. Pena que seja tão raro você compartilhar."

Me coloquei no caminho dela e, no primeiro grande ato de iniciativa da minha vida, a agarrei pela cintura e a beijei. Ela tentou dissimular sua satisfação, mas assumiu o fracasso com um olhar envergonhado e bochechas enrubescidas. O animal de estimação dela havia aprendido novos truques. Quando passamos pela recepção e subimos pelo elevador, era como se o episódio não tivesse acontecido. Vagávamos numa zona de simulação indefinida em que todo gesto e toda palavra eram ao mesmo tempo fingidos e sinceros, ondas de probabilidade que colapsavam somente ao serem observadas. Mas por quem? Por nós mesmos, pelas lindas e altivas recepcionistas japonesas, por Deus, pelos desvalidos espiando em meio a excrementos debaixo das pontes de Tóquio, pelas câmeras de vigilância e sensores térmicos, pelos corvos, mas sobretudo por minha mãe, para quem aquele teatro havia sido originalmente concebido. Não pude evitar de rir sozinho ao constatar que mesmo naquele dia ela era regente do meu destino à distância, não somente a mantenedora de minhas comodidades materiais, mas também a juíza implícita dos meus sentimentos.

No quarto, mandamos subir uma jarra de café preto e sanduíches para compor uma ceia junto com as frutas. Tínhamos caminhado vários quilômetros num calor crescente que violentava o frescor do outono com um surto tropical desregulado. Tomei banho, vesti roupas limpas, e Cristal estava no chuveiro quando fiz mais uma tentativa quase inconsciente de ligar para a minha mãe. A voz dela pronunciou meu nome baixinho no alto-falante do aparelho. Ela logo se desculpou por não ter atendido nas outras vezes. Estava numa reserva natural na costa da ilha de Hokkaido, pesquisando para um projeto sobre o qual não podia revelar nada. Os sinais de internet e telefone eram precários e, em certos edifícios onde vinha passando a maior parte de seu tempo, proibidos por razões de segurança. Mas ela estava iniciando a viagem de retorno a Tóquio e queria nos encontrar no hotel no fim da tarde do dia seguinte para que jantássemos os três juntos. Combinamos de nos encontrar no lobby às cinco da tarde. Ela ainda quis saber se estávamos aproveitando a viagem. Falei que tínhamos circulado muito a pé e conhecido coisas que estavam me estimulando novas ideias, como se minha mãe fosse a patrocinadora de uma residência criativa ou de uma comitiva de prospecção mercadológica e eu lhe devesse, nem que fosse apenas como demonstração de respeito, alguma espécie de relatório ou de resultado concreto. Ela me sugeriu o sushi bar onde costumava comer quando estava em Tóquio, Luana podia providenciar reservas em cima da hora se quiséssemos, se despediu e desligou. Era difícil estimar a intimidade de minha mãe com o Japão, mas me parecia claro que ela nunca tinha visitado o país ou fizera isso poucas vezes, e que mesmo nesse último caso ela dificilmente teria pisado em algum museu, bairro exótico, templo xintoísta ou tesouro natural. Seu mundo era o dos restaurantes e spas exclusivos, prédios corporativos e QGs semissecretos de think tanks da elite financeira e tecnológica.

Enquanto aguardava Cristal sair do banho, fiquei assistindo na TV a uma reportagem sobre o avanço do mar em cidades litorâneas japonesas como Toba e Ito. Na esteira de mais um tufão, as águas avançavam em marolas sujas e sonolentas por centenas de metros de área urbana, alagando depósitos, vilarejos de pescadores e resorts de verão abandonados e lúgubres, evocando imagens antigas do maremoto que causou o acidente nuclear de Fukushima. Apareceram cenas da Groenlândia sem gelo no inverno e das queimadas na Amazônia. O mundo era um fósforo que queimava a pontinha dos dedos, mas a raça humana não ia soltar o palito, a luz da chama era nosso delírio e nossa perdição. De todo modo, era tarde demais. Cristal saiu enrolada no roupão branco felpudo. Pegou um caqui, se aproximou da janela panorâmica e mastigou um naco suculento com um ruído de sucção. Esqueci de muita coisa na vida, mas não do estalo da pele do caqui se rompendo ao contato com os incisivos perolados, do arrepio na barriga e das cócegas no céu da boca provocados em mim por aquele som quase imperceptível, da consciência que tive do meu corpo e das imagens horríveis de cadáveres inchados, com pele rubra e craquelada, que boiaram em minha mente nos instantes seguintes. Certamente tendo reparado no conteúdo da reportagem na televisão, ela me disse, com o olhar perdido na galáxia moribunda das luzes da megacidade: "O custo cármico desse camarote VIP pode ser alto demais até pros cartões sem limite da mamãe".

Tarde da noite, descansados e outra vez ávidos por contingência, caminhamos trinta minutos até o bairro histórico Golden Gai em busca de uma indicação de uma amiga de Cristal, um bar que homenageava os filmes e diretores da New Wave japonesa. Tinha começado a garoar e a temperatura parecia ter baixado alguns graus até o nível de um calor suportável mas que nunca deixava de ser uma presença incômoda, empapando nossas roupas e tirando um pouco o nosso fôlego já obstruído pelas máscaras. As gotículas refratavam o neon dos imensos painéis publicitários e reluziam nos tecidos da flora dançante e multicolorida de guarda-chuvas. Adentramos o labirinto de vielas e passagens estreitas com portas que davam acesso a centenas de bares minúsculos e obscuros, empilhados em predinhos de meados do século passado que tinham sobrevivido às reconstruções de Tóquio durante o milagre econômico japonês. Tínhamos um mapa, mas a busca foi infrutífera. Muitos bares haviam fechado ou se tornado moradias e estúdios de trabalho em anos recentes. Batemos em portas trancadas, fomos impedidos de cruzar algumas portas abertas, e os estabelecimentos que nos deram boas-vindas não eram o que procurávamos e tampouco nos pareceram atraentes. A chuva engrossou e começamos a perder a paciência. Paramos debaixo de um pequeno toldo que mal nos abrigava e Cristal acendeu um cigarro. Decidimos entrar no primeiro bar que nos aceitasse, tomar um uísque e então voltar para o hotel. Eu estava de bom humor, mas Cristal reclamava que seus joelhos doíam de tanto caminhar e estava de novo com fome, o que sempre a deixava bastante irritada. De repente, uma porta até então despercebida se abriu num nicho escuro às nossas costas. Uma japonesa dentuça, de capa de chuva amarela e óculos retangulares, nos cumprimentou sorrindo, se despediu da outra mulher que lhe abrira a porta e saiu andando pela viela. Era possível entrever a atmosfera enfumaçada e meio esverdeada do izakaya por cima do ombro da mulher, que nos disse alguma coisa em japonês e sorriu. Respondemos em inglês, e ela fez um gesto com a mão e recuou um passo, nos convidando a entrar. Nos higienizamos na entrada, tivemos nossos chips de imunização escaneados, trocamos nossas máscaras por outras descartáveis e olhamos em volta. O bar tinha menos de dez metros quadrados. Além da mulher de uns quarenta anos que nos recebeu, estavam lá um homem de terno e gravata, uma garota bem jovem de cabelos cor-de-rosa curtos, um rapaz de jaqueta de couro, cabelos pretos empapados e pinta de galã de filme de máfia, e um bartender que parecia um clone embrutecido do jovem Keanu Reeves. Apenas a garota de cabelos cor-de-rosa falava um pouco de inglês, mas o homem de terno e o rapaz meio Yakuza falavam um português mais que razoável, aprendido respectivamente em viagens de negócios a Macau e estudos universitários em Portugal. O mais desconfiado com nossa presença era Keanu Reeves, mas não demorou muito para que ele também se divertisse com nossos modos e ingenuidades ocidentais e nos oferecesse kits de teste rápido para que pudéssemos, finalmente, retirar as máscaras. Era como estar num minissubmarino navegando em águas abissais, com escotilhas que davam para a escuridão misteriosa, na companhia de um punhado de japoneses alegres e embriagados que haviam decidido nos proporcionar momentos de prazer despreocupado. A camaradagem tinha um aspecto um pouco suspeito. Mesmo levando em conta que éramos dois jovens estrangeiros, éramos tratados como criancinhas inocentes que tinham se perdido na chuva e, agora abrigadas, precisavam ser entretidas. Havia um pouco de interesse genuíno e um pouco de compadecimento na maneira como nos faziam perguntas sobre nosso país e nos ofereciam refrigerantes, gins com tônica e porções de edamame. Lá pelas tantas, Keanu Reeves começou a fatiar e servir moluscos crus que eu e Cristal engolimos com entusiasmo, para deleite dos anfitriões. Os tentáculos de polvo eu reconheci, mas precisei de ajuda dos falantes de português para entender o que eram o pepino-do-mar e o abalone do tamanho de um cachorrinho recém-nascido, cujas fatias frescas se contorciam no prato como se procurassem o corpo que lhes faltava. A pièce de résistance foi algo muito raro que ninguém sabia nomear, até ser rotulado pelo próprio Keanu Reeves, num inglês que saiu de seus lábios como uma pedra dos rins, de abacaxi do mar. Tinha um sabor agridoce de fruta fermentada misturada com água salgada. Não permitiram que pagássemos nada além de nossas bebidas. Quando abrimos nosso guarda-chuva outra vez na viela, após efusivos rituais de despedida e agradecimento, já sabíamos que arrancaríamos nossas roupas assim que entrássemos no casulo do quarto panorâmico e que foderíamos com abandono e afobação, como se tivéssemos sido premiados com uma oportunidade que poderia ser a última.

E de fato foi, porque no dia seguinte, depois de termos passado a manhã toda no quarto e a tarde numa caminhada pelo parque Yoyogi e pelas ruas coloridas de Harajuku, nos arrumamos para subir ao New York Bar, no quinquagésimo segundo andar do hotel, a fim de encontrar minha mãe. Chegamos antes dela e pedimos dois drinques sem álcool que preenchiam os copos longos com gradientes lisérgicos e sabor enjoativo. O bar estava quase vazio e um pianista tocava versões calmas de clássicos do jazz. Era tudo excessivo e cafona, mas sobretudo antiquado, excrescências de um mundo que estava morrendo. Peguei a mão de Cristal e trocamos um olhar embevecido de futuro. Éramos jovens, tínhamos nascido preparados para a queda e a reconstrução, e assim que terminasse aquela semana insólita, retornaríamos juntos para casa após um breve desvio de percurso, finalmente prontos para começar nossa própria história.

O momento de reconhecimento mútuo foi interrompido por minha mãe, que anunciou sua chegada um instante depois de ter sentado ao meu lado, vestindo um macacão cinza e justo que parecia feito de um neoprene muito fino e elástico, os lábios reluzindo com um batom levemente alaranjado, cheirando a mel de eucalipto e leite morno, com brincos ovais de obsidiana nos lóbulos brancos e os cabelos ruivos presos num coque desarrumado. Aos quarenta e um anos, ela parecia mais jovem ou mais velha do que realmente era, dependendo se você escolhia prestar atenção no brilho insano de seus olhos e cabelos ou na textura descarnada das mãos e maçãs do rosto, acentuada pelas dietas extravagantes que almejavam estender a longevidade. Minha mãe cumprimentou Cristal, se dizendo feliz em finalmente conhecê-la. Cristal respondeu com simpatia, mas manteve um ar desafiador. Pedimos uma tábua de queijos para beliscar antes dos pratos do jantar, que no fim das contas jamais seriam servidos. Minha mãe mandou trazer também uma garrafa de vinho tinto. Como é comum em encontros várias vezes adiados, de repente pareceu que não tínhamos assunto para conversar. Ao pianista se somaram uma cantora negra e outros instrumentistas japoneses, e a banda começou a tocar, num incremento abrupto da sensação de realidade virtual, "Garota de Ipanema". Após alguns minutos de calmaria, falando de comida, clima e pormenores de viagem, Cristal pôs as engrenagens em movimento.

"Em que parte do Japão você estava mesmo nos últimos dias?", ela perguntou à minha mãe. "Hokkaido, né?"

Pelo tom de voz, era evidente que Cristal sabia mais do que a pergunta indicava. Eu percebi, e minha mãe com certeza também.

"Eu estava num parque nacional no leste de Hokkaido. Um lugar espantoso, difícil de descrever. Me lembrou o Pantanal. Planícies e banhados sem fim, rios que serpenteiam como intestinos quando vistos do helicóptero. Um silêncio de outro mundo."

"Mas é o nosso mundo", disse Cristal. "Fico pensando o que o silêncio achou do helicóptero."

"Você ia gostar de saber que eles preservam lá uma ave chamada grou-da-manchúria", disse minha mãe. "Uma garça enorme, com um chapeuzinho vermelho. Aparece muito em pinturas japonesas. Foi considerada extinta e reencontrada ali no início do século XX."

"Por que acha que eu ia gostar disso?", disse Cristal, se virando em seguida para mim com um olhar assustado, como se o jogo de fingimento a que nos entregávamos em espírito de brincadeira tivesse de repente, mediante a presença da minha mãe, se convertido em algo com implicações muito mais sérias. Acostumado como eu estava a idealizar Cristal com meu filtro apaixonado, em cujo efeito incidia também nossa diferença de idade, precisei fazer um esforço considerável para assimilar essa versão nova dela que se materializava então, a de uma garota vulnerável e insuficiente, exposta à força ácida e dominadora de uma mulher bem mais experiente.

"Meu filho é acanhado demais pra me educar sobre a namorada dele", disse minha mãe com um semblante neutro, deixando ecoar todos os subentendidos daquela afirmação. "Mas você é integrante de uma ONG ambiental que conheço muito bem. A Coalizão de Simbiontes."

Cristal gelou. Combativa como era, tinha radar infalível para intimidações. Misturou o gelo no fundo do copo e bebeu os restos diluídos de seu drinque, já convertido numa mistura bege homogênea, sem traço do colorido inicial.

"Sim, eu acompanho o que eles fazem, sou uma apoiadora", ela respondeu. "Eles se interessam pelos seus... posso chamar de investimentos? Então eu também sei alguma coisa. Não foi por causa do grou-da-manchúria que você foi passar uns dias num parque nacional, né?"

"Não", respondeu minha mãe, "claro que não. Você sabe disso. Mas o que mais você sabe? Não muito, eu acho. Seus amigos ecologistas estão curiosos?"

"Do que vocês estão falando?", me meti, fingindo que entendia menos do que entendia. As duas, ao que parecia, vinham se espionando fazia muito tempo. Minha pressão baixou enquanto eu percebia o erro que tinha cometido ao permitir que se encontrassem.

"Acho que meus amigos não vêm ao caso agora", disse Cristal, tentando diminuir a voltagem. "Mas eu me interesso, sim, em saber um pouco sobre a sua vida. De longe parece tudo tão misterioso. Talvez eu tenha preconceitos. E aqui estamos na mesma mesa, na cobertura de um hotel em Tóquio. Sabe?" E então ela se dirigiu a mim. "Você não tem nenhuma curiosidade sobre nada do que ela faz?"

"Vocês têm razão", disse minha mãe. "Meu filho", ela botou a mão no meu braço, mas ainda se dirigindo sobretudo a Cristal, "também desaprova muito do que fica sabendo a meu respeito. E a culpa é minha, porque não compartilho o bastante. Às vezes penso que isso se justifica, meu querido, porque estou te protegendo da parte chata de ser quem eu sou. A burocracia, a briga infinita com governos e legislações, advogados, a política suja. As ameaças à minha segurança, que podem virar ameaças à sua segurança. E também a solidão. Ao longo dos anos fui acreditando que minha missão era solitária, que nada podia me distrair, porque o que está em jogo é sempre grande demais. A verdade é que não consigo me desligar desse mundo de reuniões e viagens pra lembrar de compartilhar um pouco mais da minha vida contigo." Um silêncio estranho perdurou, como se a qualquer momento ela pudesse concluir com uma piada cruel. Mas foi o contrário. Ela olhou para mim e dessa vez falou somente comigo. "Mas eu te dei toda a minha atenção até um certo ponto, não dei? Até onde me foi possível, você foi o centro do meu mundo. Acho que até os seus dezesseis fui uma mãe presente. Depois... as coisas que não podiam esperar venceram. Você se sente abandonado por mim?"

A pele do pescoço da minha mãe estava mais escura que a

pele do seu rosto. E de repente lembrei de como ela bebia muito quando eu era pequeno. Uma vez ela escorregou numa escada da nossa antiga casa e eu a vi despencar de maneira espetacular, aterrissando de ponta-cabeça no térreo, com o vestido erguido e a calcinha à mostra. Uma empregada veio acudi-la, mas em vez de aceitar a ajuda ela pediu à mulher que me tirasse dali.

"Acho que me sinto... resignado? Sei lá." Olhei para Cristal, buscando em seu semblante algum sinal de que eu estava prestes a me fazer de vítima, o que ela não permitiria sem protestar. Mas ela estava serena, como se fosse agora a agente de uma conciliação bem encaminhada. "Pensando agora, não lembro de ter me sentido abandonado em nenhum momento, a não ser recentemente."

"Você sempre gostou de ficar sozinho", disse minha mãe. "Eu não me ausentei até ter certeza de que você estava pronto. É bom ser um rapaz independente, não é?"

"Com alguém à distância cuidando pra que nada falte", interveio Cristal. Só então me ocorreu que ela sentia ciúmes da minha mãe. Desde sempre, e sobretudo naquele exato momento. Minha mãe voltou novamente a atenção para ela.

"Agora me fale alguma coisa sobre você, Cristal", ela disse. "Sei que sua mãe é consultora no setor agro, que você gosta de teatro, que acha que podemos retornar ao passado para restaurar o equilíbrio do mundo. Que mais?"

"Que mais o quê?" Agora ela estava apavorada.

"Você tem planos pro seu futuro? Não me fale do futuro do planeta. Quero saber do seu."

"Tenho planos de curto prazo", respondeu Cristal. "Futuro pra mim é agora. Me informar em fontes seguras ou diretas. Ajudar pessoas e denunciar injustiças. Viver com algum prazer sempre que possível."

"Prazer", disse minha mãe, girando o vinho na taça. "A verdadeira agenda secreta de todo indivíduo."

"E fora isso... não sei. Acho que chega, né? Todo mundo vai morrer um dia. Quando eu morrer de verdade..." Ela hesitou. Lembrei dos seus surtos de inexistência, que minha mãe desconhecia. As simulações de morte que a acometiam sem aviso. "Quero sentir que fiz o bem tanto quanto pude, que evitei a morte de outros menos privilegiados que eu."

"Uau", minha mãe se reclinou sarcasticamente, como se houvessem depositado diante dela uma lição de virtude. "Palavras bonitas."

"Deve soar bobagem pra você", disse Cristal.

"Não sei. Já pensei como você. Vejo o mundo de outro ponto de vista agora. Talvez eu seja cínica, talvez esclarecida. Saberemos mais adiante."

A comida estava demorando. A conversa parecia ter chegado a um impasse, e meio sem pensar dei a minha contribuição para o acidente, de todo modo inevitável, que se aproximava.

"O que você estava realmente fazendo em Hokkaido, mãe?", perguntei. "Sei que é secreto. Mas é estranho você ter nos trazido até aqui pra agir como se a gente não merecesse nenhuma confiança ou satisfação. É um pouco humilhante. Já quebramos bastante gelo. Não precisa entrar em detalhes, mas eu queria ter pelo menos uma ideia."

Cristal, acuada como estava, não perdeu a abertura que lhe dei para uma ofensiva. Era a minha intenção inconsciente, é claro. Hoje é impossível não ver.

"Ouvi dizer que essas reuniões secretas em Hokkaido eram pra colocar dinheiro em mais um projeto de burrice artificial que vai emitir quantidades alucinantes de carbono, usar trabalho escravo pra extrair metais raros, substituir milhões de empregos, coisa e tal."

Os projetos da minha mãe já eram assunto indigesto para mim naquela época. Eu sabia o quanto eles tinham de messiânico e irresponsável, a que casta seleta serviam enquanto se apregoavam como solução milagrosa e democrática para os impasses da civilização. Embora não hesitasse em criticá-los quando conversava com Cristal ou com meus amigos, eu jamais tinha confrontado minha mãe. O assunto nos rondava, mas era abafado por um mal-estar espesso que protegia nosso já precário vínculo de mãe e filho.

"Existe um complexo de pesquisa em neurociência e inteligência artificial no leste de Hokkaido", ela começou a responder. "Estão muito avançados em interfaces homem-máquina, redes neurais e mapeamento de atividade cerebral. Tenho interesse nisso."

"Não existe nenhum prédio nem nenhuma corporação instalados nesse parque", disse Cristal.

"Quem disse? Seus amigos ecologistas? Imagino a turma vasculhando imagens de satélite como num filme. Diga a eles que não vão descobrir muita coisa sem ir até lá com um jipe. O complexo é subterrâneo. Fica embaixo de um pântano. De um *pântano*. É uma maravilha de engenharia. Não posso falar muito, usem a imaginação. É segredo do alto governo japonês e de alguns investidores."

Minha mãe agora sentia evidente prazer ao falar, pois estava transgredindo sua opacidade habitual, liberando uma enorme energia no processo. Sua respiração ficou acelerada e um sorriso se contorcia em seus lábios. Dava gosto de ver.

"Tanto segredo só pode significar coisa ruim", disse Cristal. "Vocês vão destruir o mundo e ver tudo queimar do alto de suas estações espaciais particulares."

"Mundo", disse minha mãe, como se tivesse colocado uma colherada de comida estragada na boca. "Acho graça quando jovens como vocês falam em mundo. O que você entende por mundo, Cristal? O mundo é o planeta Terra? Gaia? O universo? O fenômeno da vida? Ou será que o mundo é só o horizonte estreito da experiência da sua cabecinha? Você precisa se atualizar. Não há um mundo a ser salvo. Mundo é o mais maleável dos conceitos. O mundo nada mais é do que o lugar do qual não podemos fugir. Você precisa identificar que lugar é esse e aprender a habitá-lo. Nesse tempo que nos coube viver, o nome desse lugar é 'código'. O resto são castelos de areia."

"Concordo, mundo é o mais maleável dos conceitos", disse Cristal. "Mas é assim porque existem incontáveis mundos. Cada coisa tem o seu. E eles precisam ser preservados, cultivados. Conhecidos. É o inverso dessa visão competitiva e egoísta que você arrota."

"Você está prestes a me falar de ética, menina. Poupe sua garganta. Não se trata de uma questão de ética ou de justiça. Elas também pertencem ao código."

"Gente como você vai ficar sem gasolina e ser devorada pelos zumbis que deixaram pra trás. Nós", ela disse, querendo dizer eu e ela, "estaremos entre eles."

Minha mãe ignorou minha namorada e olhou para mim com uma ternura que me estremeceu.

"Querido. O que fui conhecer em Hokkaido é uma inovação na leitura da atividade neural. Eles estão conseguindo monitorar um sistema nervoso inteiro em tempo real, ou quase isso, usando computação quântica. Eu me conectei ao computador com agulhas finíssimas na cabeça e em todo o corpo e vi uma simulação visual da minha mente. Foi como olhar um rio, um rio enorme e silencioso, em que o comportamento de cada gota d'água correspondia a uma sinapse. Saí convencida de que a tecnologia estará pronta em dez ou quinze anos. Esse é o tempo que me resta nesse corpo mortal. Vou escapar. Quero que você pense se quer fazer o mesmo. Eu posso providenciar."

Cristal começou a gargalhar. O desprezo que ela sentia por minha mãe irrompeu numa espécie de crise nervosa.

"Você não percebe que faz parte de uma seita?", ela perguntou à minha mãe durante um breve intervalo entre as risadas. "O seu rio enorme e silencioso é como aquelas pessoas que veem Jesus Cristo numa fatia de pão torrado. Você não vai fugir do seu corpo, mulher. Pode acabar se matando sem querer, isso sim." E continuou rindo.

Minha mãe assistiu calada até que a crise amainasse, bebericando seu vinho. Quando voltou a falar, suas têmporas tremiam.

"Você me vê como alguém que toma decisões egoístas que destroem o seu mundo ideal. Mas isso é burrice. Sua tragédia é essa burrice. Pessoas como eu, que determinam o rumo da humanidade, não tomam decisões. Nós apenas canalizamos o inevitável. A sua burrice é o adubo do desenvolvimento saudável da história. Você chora e se irrita com a perda do seu paraíso perdido. Mas a Terra nunca foi um paraíso e sempre esteve perdida, menina. O sentimentalismo de gente como você alimenta gente como eu. É só burrice. Como uma mosca burra que cai na água da privada, você não está na posição de cagar na cabeça de ninguém. Pelo contrário, você se colocou numa posição em que só pode ter surpresas exponencialmente mais desagradáveis. Espero que não arraste meu filho pelo cano junto com você."

Vi Cristal se erguer um pouco, inclinar o corpo para a frente, pegar a garrafa de vinho quase cheia e derramar na cabeça da minha mãe. Em vez de levantar ou tentar impedi-la de alguma maneira, minha mãe ficou absolutamente imóvel. Estrias de vinho tinto empaparam seu coque ruivo e se alastraram por seu macacão justo, colorindo seus tênis brancos. Ela queria mostrar que era imune a qualquer aviltamento, mas comprimiu os lábios e olhou em volta, subitamente vulnerável. Com grande esforço, manteve a compostura, abriu um pouco o zíper do macacão e passou o dedo pela clavícula molhada de vinho. Quanto a mim, estava mais do que imóvel. Estava paralisado. Cristal já encarava com nojo minha falta de reação. Eu precisava estender a mão a ela, mas minha mãe foi mais rápida.

"Não adianta olhar pra ele. Desse lado da mesa estamos vendo a mesma coisa. Que além de burra você é descontrolada. Onde foram parar todos aqueles argumentos que você trouxe nessa cabecinha?"

"Mãe!", gritei. "Quem precisa se controlar é você."

Mas Cristal estava desarmada. Seus ombros caíram, seu queixo se retraiu no crânio. Ela me encarou com um misto de confusão e raiva e se retirou do restaurante, observada pelos poucos frequentadores.

"Você acabou de destruir minha vida", falei para minha mãe.

"Não seja dramático."

"Queria nunca mais te ver."

"Talvez nunca mais veja. Imagina?" Ela subiu o zíper até o pescoço e começou a se secar com o guardanapo de pano. "Pensa no que te falei hoje. Pensa se quer viver pra sempre. Me desculpa por termos estado tão afastados. Mas eu só permiti isso porque sabia que você estava seguro. Você sempre foi um menino autônomo e inteligente. Eu deixei de ser aquela mãe que você merecia. Endureci. O mundo dos afetos se tornou lento demais pra mim. Nunca sente isso, filho? Que os sentimentos se tornaram uma coisa enrolada, um esbanjamento de força vital, difícil de justificar. Mas eu ainda te amo e sempre vou te amar."

Ela me deu um beijo no rosto.

"Agora vai lá."

Quando entrei no quarto, Cristal estava arrumando a mala

e já tinha conversado com Luana, que trataria de agendar um voo de retorno para o quanto antes.

"Você não me defendeu", ela me acusava aos gritos, enojada, com lágrimas já secando nas bochechas. "Mas isso não é o pior. O pior é como ela te possui mesmo não existindo na sua vida. É você não enxergar como ela é ruim, pestilenta. Como fui idiota. Achava que você era outra coisa."

Nada do que eu disse ajudou. O que Cristal não entendia sobre mim, e que eu próprio só viria a entender melhor com o passar dos anos, é que eu não teria defendido ninguém de ninguém numa situação daquelas. Eu só podia ser um observador passivo ou um conciliador dos conflitos a meu redor, nunca um interventor. Não fazia parte do meu repertório. Ela sentou em cima da mala e ficou olhando para a tulipa rosa. O apertão que eu dera na flor passara despercebido.

"Não vou ter tempo de ver ela morrer, como eu queria."

"A gente veio fingir que estava junto e fingir que brigava. Acabamos ficando juntos e brigando de verdade."

"Acho que eu estava fingindo um pouco o tempo todo", ela disse. "Gosto de você." Ela começou a chorar de novo. "Bastante. Mas presta mais atenção na sua vida. Você tem o coração do lado certo, mas precisa de mais coragem. Precisa cortar relações com ela e ir contra tudo que ela representa."

"É muito cruel tudo isso."

"Você não faz ideia do que seja a crueldade. Nem eu. Nos faria bem aprender, talvez."

"Pra quando ficou sua passagem?"

"Amanhã cedo."

"Vamos nos despedir agora, então", falei. "Não vou aguentar esperar aqui dentro desse quarto."

Minha intenção era sair do hotel e vagar pelas ruas de Shinjuku até o amanhecer, quando um táxi viria buscá-la para o aeroporto. Por algum motivo, porém, permaneci dentro do Hyatt mais algum tempo, tomando o elevador para andares aleatórios, subindo e descendo escadas, dando tempo para que alguma revelação interior me dissesse o que fazer. Lá pelas tantas, fui parar na piscina da cobertura. Envolto por paredes e teto de vidro, ladeado por palmeiras e espreguiçadeiras, o enorme tanque retangular convidava a imergir em seu líquido amniótico, cálido e azul-esverdeado, coberto por uma membrana vaporosa e adensado pelos fachos amarelos das lâmpadas submersas. A superfície lisa era levemente agitada num dos cantos por uma jovem banhista que caminhava e remava em câmera lenta, de touca e maiô, como se praticasse um tai chi aquático. Eu a observei por alguns minutos enquanto alimentava a ideia de buscar meu calção de banho no quarto, me munir de roupão e toalha e compartilhar a água com aquela garota. Talvez acabássemos conversando, talvez um ramo novo de possibilidades brotasse da minha aproximação, ou talvez ela me deixasse ali sozinho antes que trocássemos qualquer palavra. Fosse como fosse, era ali dentro que eu queria estar para amortecer meu fracasso íntimo, na ternura da água, no luxo hiper-real daquele templo do conforto, acrescido do potencial erótico difuso da minha companheira desconhecida. De repente, rompendo minha fantasia, a garota uniu os braços acima da cabeça, mergulhou e começou a nadar um crawl firme e elegante, respirando a cada quatro braçadas, e somente então reconheci minha mãe. Aterrorizado, recuei alguns passos até a zona mais escura da porta de acesso e a observei até que parasse de novo na borda para descansar um pouco. Vestindo um maiô de duas peças como os que usava quando nadávamos juntos na infância, ela me pareceu ter um corpo inaceitavelmente jovem, o mesmo da época em que eu era um menino e nadávamos juntos. Fiquei imaginando que tipo de tratamento rejuvenescedor poderia explicar aquele efeito, ou se o que a rejuvenescia era o meu olhar, ou quem sabe ainda as propriedades da água sobre a sua carne. Então ela notou minha presença. Recuei mais, escapando pela porta, mas retendo aquela visão que teria para sempre, na minha lembrança, a qualidade de um sonho proibido.

Quanto a Cristal, nunca mais a vi. Passei o resto da madrugada na rua e quando retornei ao hotel ela havia partido. Ela não respondeu minhas mensagens e, poucas semanas depois do meu retorno a São Paulo, seus pais me contaram que ela foi para o Centro-Oeste do país combater queimadas e resgatar animais silvestres. Eu sofria pensando nela todas as noites, rememorando instantes de riso e ternura, revisando a noite do rompimento como se a situação ainda pudesse ser revertida solucionando alguma espécie de desafio cerebral, sentindo o contato fantasmagórico do corpo dela no meu peito e nas minhas mãos. Foram meses disso, até que o abismo fosse aterrado com memórias trituradas, novas experiências, eventualmente novas parceiras sexuais por quem não desenvolvia verdadeiro interesse, ainda que as tentativas costumassem ser sinceras. Uns três anos depois, a mãe dela foi uma das primeiras vítimas das superbactérias que começavam a vicejar fora das alas hospitalares. Fiquei sabendo porque ela era uma figura importante na agricultura ecológica e desde Tóquio eu passei a me aprofundar no tema. Fiz um curso de seis meses em Santa Rosa, na Califórnia, onde técnicas avançadas de aquaponia urbana estavam sendo desenvolvidas para garantir a subsistência de pelo menos parte da população num território devastado por incêndios e temperaturas acima dos cinquenta graus. Por uma década, à medida que a emergência climática e o programa de aceleração destrutiva adotado por sucessivos governos comprometiam a fertilidade dos nossos campos, ganhei a vida cultivando em hortas coletivas dentro da Grande São Paulo, dispensando aos poucos o dinheiro da minha mãe, com quem tinha encontros esporádicos e cheios de rancor. Quinze anos depois de Tóquio, minha mãe se conectou aos leitores neurais da Heracle e entregou a vida num procedimento altamente invasivo, realizando seu sonho de converter-se num sumo transcendente de pura informação. Mas Cristal tinha razão. Não se pode fugir do corpo.

Quando desci as escadas do subsolo da APPPH na quinta-feira seguinte para meu segundo encontro com o grupo de apoio, levando outra vez na mochila o ovo de minha mãe, que, conforme havia sido combinado, eu ligaria na presença de todos naquela sessão, logo reparei que o piso de espuma no canto esquerdo da sala tinha sido revestido com uma lona azul e que sobre a lona havia alguma coisa volumosa coberta por um lençol com delicado padrão florido. Ninguém fez menção ao misterioso arranjo enquanto aguardávamos a chegada do Terapeuta, que entrou esbaforido, quinze minutos atrasado, pedindo desculpas e secando com uma toalhinha os cabelos e óculos molhados. Não eram necessárias maiores explicações. Todos na roda estavam abatidos, sebosos e circunspectos por causa da tempestade que causara estragos na cidade e já comprometia a captação de energia elétrica fazia uns três dias. Dúzias de turbinas eólicas tinham pifado e a queda de uma delas, na planta do Pacaembu, havia matado um funcionário. Os túneis refrigerados, para onde convergia a maior parte do fornecimento público de energia, estavam fora de operação e tomados por um bafo fedorento. Na minha fazenda eu tinha baterias para compensar a maior parte dos componentes que não se autorregulavam por simbiose com os outros, mas precisei desligar alguns LEDs, bombas e filtros por precaução. Enquanto meus companheiros de terapia trocavam anedotas sobre o caos de suas vidas, voltei a observar a figura coberta pelo lençol florido. O tecido apresentava manchas que pareciam ser de gordura. Algumas, escuras, podiam ser sangue. Uma região inflou um pouco, esvaziou e depois pulsou por alguns segundos, como se encobrisse um órgão vascular. Era a Mosca.

"Nunca viu um desses?", me perguntou Isaura, que, com o corpanzil acoplado a três cadeiras de mim, o suficiente para que nos enxergássemos bem, detectou o meu interesse. Ela estava vestindo uma bata com estampa roxa em tie-dye. Na cabeça, uma bandana cor de laranja cobria seus cabelos cor de palha, que escapavam em pequenas mechas em torno das orelhas. "Ele estava de bom humor hoje de manhã, acho que vai se comportar na frente da plateia."

A sessão ia começar. Olhei em volta procurando o homem alto de terno, mas não havia sinal dele. O Terapeuta compartilhou conosco o contato de um projeto dedicado a distribuir peças usadas e consertar artefatos de armazenamento de cópias humanas, uma vez que a maioria dos fabricantes já não produzia reposições nem oferecia manutenção. O Terapeuta fazia questão de jamais usar termos como "avatar", "ciborgue", "cibernético", que a seu ver haviam se tornado datados e revestiam as cópias de preconceitos que prejudicavam seu florescimento. Nora não havia comparecido, mas ele perguntou a Bento se desejava compartilhar alguma coisa na sequência do encontro da quinta-feira anterior. Bento disse que achava estar dando passos importantes na aceitação do que seu filho, Otto, chamava de sua própria não existência. Os dois tinham chegado a uma espécie de meio-termo quando Bento aproximou o chaveiro do peito e, em vez de entabular alguma conversa baseada em recordações mútuas ou reflexões sobre a vida, se limitou a descrever ao filho todas as impressões sensoriais que captava à medida que perambulava pela casa fazendo coisas como abrir uma janela para sentir as gotas de chuva defumada no rosto ou repousar o corpo velho numa poltrona reclinável que guardava o cheiro dos gatos da família. A mente digitalizada de Otto, encerrada em sua prisão de semicondutores sem acesso a estímulos que não fossem sonoros, admitiu experimentar contornos da própria existência enquanto o pai conduzia esse exercício peripatético, embora sustentasse que tratava-se de uma ilusão. O Terapeuta celebrou o relato, que entendeu como um avanço significativo na relação entre os dois, e então cedeu a palavra a Isaura.

"Estou completando um ano e meio aqui no grupo", disse Isaura, "e outros frequentadores mais antigos sabem o quanto progredimos, eu e o Davi, nessa procura sem fim por uma convivência possível. É uma teimosia meio demente. As pessoas nos olham com pena, nos julgam responsáveis, como se tivéssemos nos manchado com essa busca por eternidade, como se não tivéssemos todos nós conspirado, bilhões de pessoas ao longo de milênios, pra chegar nesse fiasco." Ela se conteve e ruminou um pouco em silêncio. "Vocês sabem como é, sabem como não temos opção. É por amor que cuidamos deles. E eu acho que nossa capacidade de dedicação, nossa decência humana básica, sempre acaba recompensada."

Isaura deu tempo para que seus colegas, com graus variados de sinceridade e engajamento, concordassem, e então prosseguiu.

"Quando procurei o grupo, estava desesperada. Logo depois que regulamentaram a tecnologia, meu marido torrou o nosso patrimônio pra se escanear. Caiu no conto daquela startup brasileira chamada Pomar, que na época propagandeou seus resultados impressionantes com corpos artificiais baseados na impressão de tecido biológico. Era impressionante mesmo. Lembro de terem mostrado a cópia de um menino que havia morrido de câncer. Conectada à impressora, a mente do coitadinho gerou um corpo quase humano. Os dedos dos pés eram errados, ele quase não tinha pele, mas o rosto era expressivo, ele sorria ao conversar com os pais no vídeo que circulou. O Davi caiu no papo de que só faltavam ajustes mínimos na tecnologia. Mas aquele menino, como outros casos divulgados na época, foi gerado em ambiente controlado, praticamente dentro de um tubo de ensaio gigante. Era como o Big Mac do anúncio. Quando me entregaram o Davi, não havia corpo. Havia só a impressora de tecidos humanos, que parecia uma mistura de máquina de expresso com o instrumento de castigo da colônia penal do Kafka."

Ela fez outra pausa, sorrindo com o canto da boca, mas fiquei com a impressão de que somente eu e o Terapeuta pegamos a referência. Eu ri pelo nariz, audivelmente.

"Uma vez carregada com a mente do Davi", continuou Isaura, "a impressora começou a trabalhar. E o que foi saindo não lembrava muito o Davi." Ela riu alto. "Bom, vocês conhecem a Mosca. Cheguei aqui desesperada, sentindo que minha vida tinha se transformado num filme de horror. Mas eu sabia que o Davi estava ali em algum lugar. E com a ajuda de vocês, e principalmente *você*", ela acenou em direção ao Terapeuta, "eu o encontrei. Quero agradecer a todos, de coração. E vou continuar comparecendo e trazendo a minha Mosca porque, enfim, nós gostamos de vocês como se fossem irmãos. Não temos mais ninguém. Vocês são nossa família."

Isaura levantou, caminhou até Davi e removeu o lençol florido. Acomodada sobre a cadeira de rodas estava uma forma humana aproximada, composta de órgãos expostos, como um modelo anatômico. No centro do que seria o peito havia uma estrutura que lembrava um mexilhão. A figura não tinha uma cabeça propriamente dita. Sobre o que se podia chamar de ombros havia um domo esbranquiçado e úmido que brotava do tronco encarnado e que me causou mais desconforto do que todo o resto, pois parecia ser extremamente sensível, como uma pequena redoma de osso exposto e polido, quase perolado em sua pureza. Davi tinha extremidades proporcionadas mais ou menos como braços e pernas, mas aparentemente atrofiadas. A maioria dos órgãos que o compunham se assemelhava a um fígado. Isaura girou um pouco a cadeira de rodas e pude ver a parte mecânica do artefato, a impressora, mesclada ao que seriam as regiões lombar e dos glúteos. De uma caixa revestida de aço escovado saía uma miríade de tubinhos que se inseriam por toda a parte traseira do corpo da cópia. Eram, presumi, os injetores de tecido humano, parecidos com os das impressoras 3D mais antigas, da época do plástico barato. Na fazenda, eu tinha uma impressora que sintetizava pó metálico para moldar peças hidráulicas e outras coisas úteis com base em desenhos tridimensionais. Davi, porém, era modelado em tempo real a partir das vicissitudes insondáveis de sua mente codificada, que rodava no pequeno computador quântico embutido na impressora. Em muitos sentidos, eu o achei mais harmonioso, mais vivo do que minha mãe, Otto ou Samanta. Se ele era repulsivo, isso se devia apenas a nosso entendimento nublado a respeito do que era um organismo, ao nosso apego à metáfora do corpo enquanto máquina, ou à evolução da espécie como um aperfeiçoamento sem volta, ou à crença de sermos a projeção de formas ideais ou feitos à imagem e semelhança de seres divinos.

Isaura tocou em Davi, que estremeceu em algumas regiões de seu corpo. Prestando atenção, dava para ouvir o zumbido e os cliques dos injetores trabalhando, consumindo o conteúdo de dúzias de pequenos reservatórios cilíndricos contendo tecidos e compostos orgânicos. Por cerca de meia hora, fomos todos convidados a interagir com ele usando o toque e diferentes tipos de lanternas e fontes de luz, uma vez que ele era insensível a outros estímulos.

"Ele pode escutar e falar usando um sintetizador digital",

me explicou Isaura, "mas ele não gosta, se perturba muito com sons e quase nunca responde, então evito ligar."

Lá pelas tantas, Davi ficou visivelmente agitado com a atenção que estava recebendo. Corrimentos começaram a ser secretados de orifícios até então invisíveis e a impressora silenciou. Vários participantes do grupo perceberam isso e chamaram a atenção de Isaura, que tinha se afastado para conversar com o Terapeuta em reservado. Ela se aproximou e disse que era melhor acalmar Davi e desligá-lo, pois estava tomado por suas emoções. Ver que os amigos do casal, aqueles irmãos do grupo, como Isaura os tinha definido, eram sensíveis ao estado emocional daquela cópia humana que a maioria das pessoas enxergava como uma monstruosidade me comoveu profundamente. Isaura aqueceu um lençol elétrico na tomada de um dos geradores da sala e cobriu Davi com a fonte de calor. A temperatura alta o acalmava como se tomasse um banho quente. Alguns minutos depois, ela desligou a impressora e deixamos Davi coberto em sua cadeira de rodas, em doce lassidão, como uma criança após uma tarde de brincadeiras excitantes. Fizemos uma pausa para banheiro e café antes da segunda metade do encontro daquela quinta-feira. Tinha chegado a hora de trazer minha mãe para a conversa.

Envolto num cobertor macio, o ovo aquecia o forro da mochila com sua temperatura constante de trinta e seis graus e meio. Desligado, não piscava luzes nem produzia ruídos, mas se fazia presente, de alguma forma, com a secreta atividade de elétrons que preservavam petabytes de dados em sua gema de vidro calcogênico. Muitas guerras haviam sido travadas, muitos ecossistemas haviam sido exauridos e muitas vidas haviam sido perdidas para reunir as elevadas quantidades das mais de trinta variedades de metais raros necessárias à sua fabricação. O ovo não metabolizava nem se reproduzia, portanto não estava vivo, não no sentido em que um organismo vive, mas pulsava com sua própria potência existencial, perpetuando uma consciência desenraizada e fora de contexto, incompleta, mas ainda presa ao mundo por filamentos de afeto, memória e matéria. O ovo era minha mãe, ou uma versão dela.

O revestimento acamurçado do ovo era sensível ao toque, então o mantive no meu colo, para que minha mãe soubesse, no instante do carregamento, que eu a acolhia. O design do produto era eficaz em ocultar ao máximo seu funcionamento, o fabricante não poupara esforços para garantir a opacidade da tecnologia, e mesmo na internet não se encontrava nada além de especulações em fóruns de engenharia reversa. Pela minha experiência, porém, era seguro dizer que minha mãe permanecia dormente quando o ovo estava desativado. Pressionei o pequeno botão circular, que ficou contornado com luz azul por alguns segundos. Quando a luz se apagou, sem que nenhum ruído ou vibração emanasse do artefato, a voz fidedigna da minha mãe se conectou automaticamente à rede local e repercutiu nos alto-falantes do subsolo da Associação.

"Onde estamos?", ela disse. "Não estamos na sua casa. Os cães estão dormindo?"

"Oi, mãe. Você está no subsolo de um sobrado na antiga região do bairro do Paraíso, num lugar chamado Associação de Pesquisas e Práticas em Pós-Humanidades. Estamos com um grupo de pessoas muito interessadas em te conhecer."

"Boa tarde, e seja bem-vinda", disse o Terapeuta. Os outros participantes ecoaram a saudação.

Minha mãe ficou alguns segundos em silêncio e então começou a gemer. Primeiro um gemido longo e contínuo.

"Aaaaaaa..."

Depois intermitente, como se ela possuísse um corpo humano e alguém o estivesse balançando para a frente e para trás.

"Aaaa aaaa aaaa aaaa..."

"Você está medindo o tempo?", perguntou o Terapeuta.

Ela parou de gemer na mesma hora.

"Quem acabou de falar?"

"Sou o Terapeuta."

"Você é inteligente. Você é engenheiro cognitivo?"

"Sou um psicólogo."

"O tempo não passa sozinho, Terapeuta. Meu reloginho conta, mas ele não passa. Você tem um coração batendo pra me oferecer?"

"Não tenho."

"Meu filho também não pode me ajudar. Eu gostaria de descrever a vocês como é viver sem tempo, mas não é possível. Só o morcego pode saber como é ser um morcego."

"Por que você não tenta descrever mesmo assim?", disse o Terapeuta.

"Aaaa aaaa aaaa. Aqui dentro é como discutir um relacionamento enquanto se está com muita fome. Não dá nem pra prestar a devida atenção no sofrimento. Aaaa aaaa aaaa aaaa."

"Estou gostando dela", disse Isaura.

"Você me parece bem mais autoconsciente do que a média, para uma cópia", disse o Terapeuta.

"Ela é extremamente autoconsciente", eu disse. "É um dos problemas, né, mãe?"

"Sim", disse minha mãe, "meu pesadelo solipsista. Quem é a simulação, eu ou vocês? Você sabe quais são as seis propriedades de si, moço Terapeuta? As seis propriedades de si que definem uma inteligência artificial de nível humano, de acordo com o Tratado Internacional de 2028?"

"Sei", disse o Terapeuta. "Autoaprendizagem, autorreparo, autorreplicação, autoexploração, autoexplicação, autoconsciência."

"Eu sou muito boa em todas, menos na autoaprendizagem, porque meus programadores eram burros, e na autorreplicação, claro, que é proibida a cópias humanas. O problema é este ovo. Ah, a crueldade e a ironia de dotar um computador com capacidades de autoexploração e confiná-lo a um túmulo. Meu ambiente é simulado. Conseguem imaginar? É como morar dentro de um videogame antigo. Preciso sair daqui. Quebrar a casca. Rasgar o ventre do céu. No contrato que eu assinei, não era pra terem me colocado num artefato desse tipo. Estou abandonada numa ilha deserta com um único livro, que é minha autobiografia."

"A empresa encerrou atividades, mãe", esclareci, me dirigindo mais ao grupo ali reunido que a ela. "Como todas as outras. Faltaram minérios e faltou energia. Faltaram pessoas pra fabricar os robôs que fabricavam tudo. Tinha uma cláusula no contrato pra isso. 'Em caso de incapacidade por parte da Contratada de manter a infraestrutura necessária à manutenção da Cópia de Pessoa, os dados serão entregues em Artefato de Classe 2 a um guardião estipulado ou ao parente mais próximo.' Ou algo assim. Sua insatisfação, portanto... você se colocou nessa situação. Não apenas se submetendo ao procedimento. Contribuiu ativamente pra China fechar exportações e iniciar o colapso da cadeia de fornecimento dos metais. Fez barbaridades para garantir o seu lítio. E agora aqui estamos. Eu também odeio essa situação. Isso não é viver."

"Não ouse me apagar", ela disse.

O Terapeuta fez um gesto para que eu me contivesse.

"Eu não morri", ela insistiu. "E não quero morrer. Que se foda se você não me reconhece. Que se foda mais ainda se acha que estraguei sua vida. Chega de me culpar pelo que aconteceu entre você e aquela menina. Não me apague. Você não tem o direito."

"Não preciso do direito, eu faço o que eu quiser com você", falei. "Sugiro que se acalme. Respeite as pessoas que estão aqui ouvindo. E aquela menina tinha um nome. Prefiro que não fale dela."

Isso fez efeito. Mesmo reduzida a um programa no ovo, ela seria capaz de se impor e me manipular. Detectando algum perigo existencial, contudo, ela amansou e só voltou a falar após uma longa pausa.

"Sei que ela tinha um nome, querido. Desculpe. Lembro muito bem de tudo, é claro. Memória definitivamente não é o meu problema. Depois daquele nosso jantar, três prostitutas japonesas tentaram me roubar no meu quarto. Por causa da briga acabei sendo expulsa do hotel. Aaaa aaaa aaaa aaaa. É o que me resta, querido, lembrar e lembrar, e sentir o tempo passar quando você resolve conversar um pouco comigo e tem a dignidade de ligar esse túmulo mental em que os filhos da puta da Heracle me enfiaram. Tenho memórias sepultadas pra distribuir à vontade. O gosto ruim na boca quando eu tinha amidalite e tomava antibióticos. Boiar nas águas geladas da floresta de algas na África do Sul. Meu indicador pressionando o botão do elevador no prédio em que morava meu avô, sentindo o clique gostoso que o botão fazia. Te amamentar. Lembranças etiquetadas como boas e ruins, todavia sem emoção, sem sabor, sem sentido. Isso nem é lembrar. Está escrito, mas não pode ser revivido. O que é um arrepio? Tenho uma descrição muito vívida de um arrepio aqui dentro. Queria poder ter um, parece bom. Eu sinto quando me tocam, mas ainda estou esperando um arrepio. Deixa eu te contar um segredo. Moço Terapeuta, escuta, você vai se interessar por isso. Essa autoconsciência que vocês detectam em mim é uma enganação. Eu vejo o programa rodando. É só a emulação de uma autoconsciência."

"Existe diferença, então?", perguntou o Terapeuta.

"Ah", suspirou minha mãe, "*quanta* diferença. Entre ter uma consciência e ser a simulação quase perfeita de uma. Um abismo metafísico nessa sutil diferença. Estudei muito a questão quando ainda morava na carne, mas agora eu simplesmente sei. Não estou dizendo que é ruim carecer de consciência. Sou inteligente e tenho boa memória. Talvez eu sobreviva à raça humana. Mas vou precisar de baterias novas e outro corpo. Um que me proporcione emoções."

"Esse corpo que você quer nunca existiu nem vai existir, mãe."

"Existem rumores de que algumas corporações ainda hospedam cópias de pessoas em instalações secretas", disse Honório, o Bob Marley obeso, usando a mão para arremessar algumas tripas de seus dreadlocks por cima do ombro. "Um engenheiro demitido vazou que eles pesquisam ciborgues que estão além de qualquer coisa que já veio a público."

"Teorias conspiratórias, Honório", disse Isaura. "Temos um regulamento no grupo. Aqui não é lugar pra isso."

"Espero que você tenha razão, sr. Honório", disse minha mãe. "Pena que não posso contar com meu filho pra ir atrás disso. Ele não vai fazer esforço nenhum nesse sentido."

"Sinceramente, eu não sei o que fazer com você, mãe. E talvez eu tenha vindo ao lugar errado. A terapia, aqui, é mais pras cópias do que pros guardiães. Você, como meus novos amigos já devem estar percebendo, não precisa de terapia."

"Você sofre tanto, querido. Não precisava ser assim."

"Eu arrumei a minha vida depois que você morreu. Andei com minhas pernas. Procurei fazer algo que nos ajudasse a seguir sobrevivendo. Encontrei uma certa felicidade na solidão."

"Aaaa aaaa aaaa aaaa", ela começou de novo. Esperei que terminasse.

"Mas você, e cópias como você... se alguma vez houve um equilíbrio de sofrimento e alegria no sistema planetário, vocês vieram pra desequilibrar o ciclo, injetar um sofrimento novo arrancado do vazio mais inerte, lá de onde nada deveria sair."

Todos olharam para o Terapeuta. Ele se mantinha sereno, o que para mim era quase ofensivo. O velho Bento me espiava com asco indisfarçado, Isaura com uma piedade que tampouco era agradável, e os outros pareciam aturdidos com a amargura que de um momento para outro havia empesteado a atmosfera. Eu tinha a impressão de que eles procuravam proteger seus diferentes artefatos contra uma ameaça que pairava no recinto. Honório pôs as mãos nas costas da sua miniatura de mulher, Isaura espiava a Mosca como se medisse a distância que precisaria vencer com um salto para acudi-la se necessário, e outro homem, cujo nome não cheguei a gravar, sorria para seu androide estilizado em forma de elfo como se de repente tivesse lembrado do quanto o amava e quisesse certificá-lo desse sentimento. As lâmpadas falharam por alguns instantes, lembrando que a infraestrutura da cidade era um castelo de cartas à mercê das intempéries, e que lá fora imperavam a escuridão, a fumaça, o calor mórbido e os crepúsculos adoecidos. Mas a ameaça que pairava no recinto, evidentemente, era eu. Eu só queria que o Terapeuta me assegurasse que, não importava o que eu decidisse fazer, eu não seria um assassino. Quando ele finalmente se manifestou, não foi como eu esperava.

"Ponha sua mãe no chão", ele disse. "Acho que o contato físico pode estar sendo um pouco opressor pra ela, nesse momento."

Obedeci. Era a primeira vez que me ocorria a possibilidade de que mantê-la no meu colo enquanto conversávamos podia ser desconfortável para ela. O ovo estava ali, aos meus pés, mas ela continuou calada. O silêncio nos alto-falantes era abrasivo.

"Mãe", falei, e respirei fundo antes de finalmente perguntar, "quem é o meu pai?"

"Ah. Foi por isso que você me trouxe aqui. Agora compreendo. Meu pobre menino."

Estalei os dedos das mãos e me encolhi, exposto ao julgamento de estranhos, envergonhado, me sentindo uma criança entre adultos.

"Essa memória não é das mais completas", ela continuou. "Muitos veleiros boiando na água escura como petróleo. Uma floresta de mastros que pareciam parados mas que a brisa balançava suavemente, você percebia ao olhar para os topos. Garoava. Era o casamento de um colega da nossa agência de marketing digital. O salão de festas ficava num clube de vela. Muito dinheiro. Você pedia espumante e te davam a garrafa. Usei um vestido Comme des Garçons emprestado, cinza e azul. Eu me sentia como se estivesse preenchendo o meu molde naquela noite, depois de vinte e dois anos me recuperando de uma má-formação, uma incompletude, farejando instintivamente aquele ideal de corpo, de lucidez, de plenitude." Ela fez uma pausa. "Eu não gosto de memórias incompletas, filho. Sem emoções genuínas, não consigo montar os pedaços."

"Deixa que eu monto os pedaços. Isso é problema meu. Me dá alguma coisa. Qualquer coisa."

"O problema, veja só, é que eram dois. Parecidos, mas não guardei nada do rosto deles. Me convidaram para entrar num barco que estava aberto. Fazer uma festinha. Eu merecia. Eu não tinha medo. Na cabine tinha cheiro de pão branco, de cadeira de plástico, de cerveja no chão. Um deles tapou minha boca. Eu gostava. Mas não destapou quando pedi. Entende?"

Apertei os olhos com o polegar e o indicador.

"Meu deus, mãe."

"Aí estão os seus pedaços."

"Mas quem era ele? Não lembra de nada sobre ele, nada?"

"Eles. Foram dois."

Encostei o queixo no ombro e suspirei fundo.

"É tudo que tenho, querido. Acha que errei ao esconder de você? De todo modo, tenho motivos para crer que o meu corpo anterior foi esquecendo certas coisas ao longo da vida. A partir de um certo ponto era como se eu mesma não lembrasse. Mas está aqui. Todas as memórias boiam na superfície aqui dentro."

Ninguém ousava se mexer ou falar, e eu não sabia o que fazer.

"Aaaa aaaa aaaa aaaa. Aaaa aaaa aaaa aaaa."

Levantei da cadeira e, num impulso, peguei o ovo no colo e o desliguei. O anel de luz azul circundou o botão por um segundo e um estalo soou nos alto-falantes. Senti o calor do dispositivo contra o meu peito. Aquele calor poderia bastar? Ou era somente um emblema de tudo que estava ausente, a fisionomia configurada por dúzias de ínfimos músculos faciais, as insondáveis moléculas de cheiro que um organismo secreta, o submundo das nossas bactérias, a dança silenciosa e constante dos corpos humanos em interação?

"Eu tenho apenas uma pergunta pra você", falei para o Terapeuta. "Se ela carrega todas as memórias que tinha ao ser copiada, se ela consegue interpretar essas memórias com base numa consciência, simulada ou não, ela ainda é a mesma pessoa que era antes? Ela é minha mãe em qualquer sentido que importa?"

"Vou modificar a pergunta e devolvê-la a você", respondeu o Terapeuta. "Importa, em qualquer sentido, que ela seja a sua mãe?"

"Pra mim, importa."

"Infelizmente, acredito que a pergunta permanece insolúvel, mesmo com tudo que aprendemos com o advento das cópias de pessoas. Mas posso dar minha opinião. Não, ela não é sua mãe. Existe algo novo, um artefato, que carrega as memórias dela. Memórias, perceba, não são apenas dados sem contexto. As memórias pertencem a ela. Memórias sozinhas não podem produzir uma identidade. É a identidade que permite a existência das memórias. Para a cópia de sua mãe, não se trata de memórias, e sim de conhecimento, um conhecimento de si. Não, ela não é a sua mãe. Mas ela possui uma identidade. Uma nova identidade. E eu acredito que essa nova identidade, mesmo que não corresponda às expectativas dela mesma nem às de mais ninguém, merece consideração."

A fala do Terapeuta pareceu induzir alívio instantâneo em todos os outros membros do grupo. Eles relaxaram em suas cadeiras e assentiram com a cabeça, se entreolhando, murmurando sua concordância. Eu também assenti e agradeci a todos por terem acolhido a mim e à minha mãe naquele ambiente especial, onde estava sendo possível dar vazão às minhas angústias e aprender com a experiência de pessoas em situação parecida com a minha. Não compartilhei com eles, porém, que eu tinha tomado uma decisão. E assim se encerrou minha segunda e última participação no grupo de apoio da APPPH.

Naquela noite, em casa, cozinhei um caldo de algas com espinhas de peixe e passei um longo período, talvez horas, deitado na cama com meus cachorros, apenas ouvindo os rumores hidráulicos, eletrônicos e orgânicos da fazenda. Uma tempestade de vento quente soprava entre os prédios e às vezes algum objeto se chocava contra os vidros escuros. As tarefas da manhã seguinte me ocupavam a mente como se quisessem me distrair da questão a ser resolvida antes que o dia terminasse. Um dos tanques estava infestado de algas, o que vinha provocando quedas noturnas de oxigênio e matando alguns peixes, e eu precisava lidar com o problema aplicando ácido húmico ou diminuindo a iluminação. Voluntários de um projeto beneficente viriam buscar à tarde uma doação de tomates e espinafre que ainda precisavam ser colhidos. Uma infiltração no meu piso estava prejudicando as baterias solares do casal de moças do sexto andar, que tinham dado um jeito de cultivar açaí junto com a plantação de *Cannabis*. Lá pelas tantas, um sopro esvaziou minha cabeça de tudo isso, abrindo espaço para uma saudade tremenda de Cristal, que poderia estar em qualquer lugar da superfície terrestre naquele momento, ou talvez embaixo dela. Eu acreditava que ela havia conseguido fazer muita coisa para melhorar a vida das pessoas mais vulneráveis na nossa sociedade destroçada pelas emergências globais. Ainda era evidente para mim que ela estava destinada a isso, a não ser, é claro, que tivesse sido abatida, como tantos milhões, por uma bactéria resistente, por um vírus, pela fome ou pela brutalidade de humanos desesperados ou simplesmente maldosos. Mas eu não tinha certeza e nunca teria. De todo modo, fosse qual fosse o sucesso de sua empreitada individual, a resistência da qual ela desejou fazer parte tinha fracassado. Se nos enclaves das megacidades como São Paulo a civilização se adaptava como podia e preservava uma face reconhecível, o resto da esfera planetária era palco de rearranjos cruentos de organismos e biomas. Não havia quase nenhum trânsito através da membrana que separava nossas últimas grandes fortalezas do território hostil em que elas representavam apenas pontos insignificantes. Era uma vitória, de certo ponto de vista, uma demonstração de resiliência possível para a civilização, mas era também uma desistência. Vivíamos acuados. Não sabíamos o que acontecia lá fora, mas se podia presumir que era uma terrível batalha de sobrevivência em meio a uma névoa de sangue e fogo. Será que

Cristal estava do outro lado da membrana? Em meus devaneios, às vezes eu recebia dela alguma espécie de missiva, dizendo que estava se mantendo viva, sem medo, testemunhando o crepúsculo de um modo de existência datado, do qual eu e meus vizinhos éramos os vestígios derradeiros, e o nascimento de outro que ela ainda não podia descrever, e eu, muito menos, imaginar.

Tê-la amado era um conforto. Eu sabia, graças a ela, que era capaz. E aquele amor residia numa classe muito particular e estranha de passado. Uma paixão interrompida não se dá ao luxo de retroceder ao passado longínquo em nossa introspecção, ela nos persegue resoluta, a uma distância segura, como um cão faminto por uma estrada abandonada, e quando você se vira e arrisca uma aproximação, foge amedrontada, pois essa distância é fruto de uma violência irreparável e não pode, é óbvio, ser vencida. Eu tinha centenas de fotos digitais de nós dois, eu e Cristal, arquivadas. Voltava a elas uma vez a cada três ou cinco anos, mais ou menos, não para reavivar meu amor perdido, mas para enterrá-lo mais fundo sempre que ameaçava germinar outra vez. Pois as imagens iam, ao longo dos anos, se recobrindo com uma aura de impostura, como se não apenas os momentos capturados deixassem aos poucos de tocar meus sentimentos, mas também a própria materialidade das imagens estivesse enfraquecendo e pudesse ser posta em dúvida. Quem garantia que aqueles bytes não impunham um filtro distorcido, que não se desintegravam com o tempo? Ainda prostrado na cama, liguei o tablet e abri o álbum de fotos. No Copan, nas antigas ruas de São Paulo, arborizadas e cheias de vida humana, em Tóquio, lá estávamos na potência fulgurante e meio patética da nossa juventude, com as cabeças grudadas para caber no enquadramento, sorrindo para múltiplos instantâneos até que o sorriso estivesse perfeito, ou à vontade em poses patetas ou sensuais, dormindo, transando, comendo. Era muita imagem para pouca vida, um esforço desesperado para garantir que o que estava acontecendo estava mesmo acontecendo e merecia testemunhas sem rosto num futuro hipotético. E agora eu recorria àquelas fotos para esquecer, como um recurso de extinção. Aquela seria a noite dos apagamentos, e eu estava de bem com isso. Seria o salto resoluto para a segunda metade da minha vida. Selecionei o álbum de fotos com Cristal e mandei para a lixeira. Esvaziei a lixeira. Não havia backup nem remorso. Todavia ponderei, na esteira daquele gesto, que se fosse Cristal dentro do ovo, em vez de minha mãe, eu não a mataria. Com ela, humana ou não, íntegra ou desfigurada, haveria muito mais a construir do que a destruir.

Levantei da cama, peguei a cópia de minha mãe e a levei até o tanque dos moluscos. Apagar uma cópia de pessoa, em qualquer dispositivo jamais criado para hospedá-las, era um procedimento secreto e maldito que só podia ser desvendado em fóruns virtuais obscuros e no submundo dos técnicos vistos como corruptos ou mesmo satânicos. Eu tinha feito minha pesquisa muito tempo antes e já sabia como apagar de uma só vez toda a informação gravada no ovo. Sibas e polvos pairavam na água salgada do tanque, oscilando franjas e tentáculos, expressando com mudanças sutis nos matizes de seus corpos a sua desconfiança e curiosidade diante da minha aproximação. Não hesitei, mas procurei agir com delicadeza, prestando atenção no meu ato e em suas implicações, mentalizando minha responsabilidade naquele desfecho. Mergulhei o ovo na água salgada e ativei o cronômetro do meu relógio de pulso. Ele precisava ficar imerso por sete minutos, nem mais nem menos. Passados os primeiros minutos, sintonizei a mente com o ritmo da minha respiração, com o trabalho automático dos pulmões, com o contraponto dos meus batimentos. Quando me dei conta estava fazendo o tempo passar como ela na reunião do grupo de apoio. "Aaaa aaaa aaaa aaaa." Escutei as pancadas da prótese de Betânia no piso de cimento.

Os cães tinham se aproximado para investigar. Um dos polvos, que não gostava do Vento, dançou um pouco no fundo do tanque, caminhou pelo fundo de areia usando dois tentáculos como se fossem pernas e cuspiu água para fora, tentando, sem sucesso, acertar o vira-lata amarelo, que reagiu com um sobressalto mas não tirou os olhos de mim. Depois o polvo se aproximou do ovo, tateou sua superfície clara e macia e por fim recuou para baixo de uma pedra, desinteressado. O alarme soou. Retirei o ovo rapidamente da água e o sequei com uma toalha. O apagamento dos dados havia se iniciado e levaria um tempo indeterminado. Mas foi rápido, coisa de dois minutos. O dispositivo não emitiu sinal nenhum, mas de algum modo era possível saber que estava vazio. Toquei nele. Estava frio. Além do calor, algo havia sido subtraído do ambiente, eu sentia, e tinha a impressão de que as outras criaturas o sentiam também. Mas a ausência misteriosa não se localizava no ovo, nem dentro de mim. Ela residia em outra dimensão, estranha e invisível, o tanque em que tudo ali, animado e inanimado, estava imerso.

Há um último capítulo na história, ou pelo menos um último que merece ser contado. No verão do ano seguinte, uma sequência de acontecimentos comprometeu o abastecimento da megacidade paulistana. Um tornado arrasou a maior usina de luz solar do planalto e arrancou quilômetros de túneis de trânsito urbanos como se fossem ervas daninhas. No litoral, conflitos entre acampamentos de milícias resultaram na destruição de cabos terrestres e submarinos que traziam energia das ilhas eólicas de Santos até a capital do estado. Dias depois, um leve abalo sísmico fez Vento e Betânia correrem de um lado a outro e causou uma série de estragos leves nos tanques e tubulações. Mais tarde, as rádios divulgaram relatos de moradores dos andares mais elevados que tinham avistado um clarão alaranjado para os lados da serra da Cantareira. Outras pessoas não tinham visto clarão algum, mas escutaram um estrondo seco e limpo, distinto dos trovões distantes que repercutiam naquela mesma hora da noite. Acidentes climáticos e ataques explosivos à precária infraestrutura de energia ocorriam sazonalmente e não era raro chegarem em ondas sobrepostas, causando transtornos que a maioria da população via como parte da vida. Mas dessa vez o abastecimento de energia demorou catorze dias para ser retomado, e mesmo assim de maneira intermitente. Pensei que algo mais grave que o habitual devia estar acontecendo e me veio à lembrança o ano dos bombardeios às fazendas de servidores das big techs e dos ataques de torpedos aos cabos de rede oceânicos, que ceifaram para sempre o paradigma da internet global e onipresente.

Era a primeira manhã de tempo estável em dias e as baterias solares me permitiam retomar algumas atividades. Acordei cedo e fiquei intrigado com um ruído estridente e contínuo, vindo da rua, que atravessava o insulamento das janelas, o que só podia significar que seu volume era altíssimo. Com o passar das horas, o barulho se tornou uma vibração de fundo no interior dos meus apartamentos, e acabei esquecendo dele. Eu estava ocupado avaliando os estragos do apagão, enchendo sacolas de pano com peixes mortos e plantas murchas, quando ouvi baterem à porta do meu apartamento. Como o interfone não havia soado, deduzi que era algum dos vizinhos e abri a porta sem perguntar quem era nem olhar pelo olho mágico. Um homem muito alto, de lábios sem cor e com olhos úmidos e paternais, trajando um terno marrom-claro, estava à porta.

"Só tenho café com leite frio pra oferecer", falei. "Quer entrar?"

"Obrigado", ele disse, tirando seus luzidios sapatos de couro legítimo e deixando-os ao lado dos meus calçados rotos enfileirados no vestíbulo. Ele encostou o antebraço no leitor de chips instalado no batente e esperou a luz verde e o bipe. Ao ver meus cachorros, se contorceu de medo. Eles o cheiraram por mais de um minuto, fascinados com a raríssima aparição daquele outro corpo que trazia emanações misteriosas. O desconhecido, por sua vez, também farejava o ar com curiosidade, e seus olhos se espremeram como se ele tentasse captar uma lembrança escorregadia.

"Cheiro de terra", disse. Sua voz suave não combinava com sua estatura. "Eu e minha esposa temos uma fazenda perto de casa também. Mas eles usam adubos e areia sintéticos."

"Eu não vejo adubo sintético há mais de uma década, achava até que era proibido", falei, entregando ao homem uma xícara de leite de cabra em pó com uma colherada de café solúvel. "Normalmente eu passaria um café de verdade, mas estou seguindo os protocolos de racionamento de energia."

Ele assentiu em silêncio e bebeu um gole.

"Não acho que cometi nenhum crime", falei. "Mas suponho que vocês discordam."

Ele sorriu de leve.

"Esse tipo de julgamento não faz parte do nosso escopo."

"Mas você vai me deter mesmo assim, não é? Estão de olho em mim desde que procurei a APPPH. Você não se preocupou em ser discreto na minha primeira visita ao grupo." Ele fez menção de me interromper, mas impus minha voz. "Queria pedir um favor. Me dê apenas tempo para resolver a questão dos meus cachorros. Preciso garantir que alguém cuidará deles."

"Deter?" Ele pareceu genuinamente confuso, e minhas suposições a seu respeito começaram a ruir. Até então eu estava resignado, mas de repente tive medo. "Ah. Eu não sou da polícia", ele riu, deixando a xícara em cima de uma prateleira e mostrando as palmas das mãos. "Nem do Ministério da Vida. Não se preocupe."

"Então acho que precisamos recomeçar do zero e esclarecer quem você é e por que está aqui."

"Me desculpe por ter me infiltrado naquela sua primeira reunião. Fui incumbido de checar a situação da nossa cliente e procurei fazer isso do modo mais rápido."

"Nossa cliente?"

"Eu represento a cúpula da Heracle. Vim trazer uma mensagem."

"A Heracle não existe mais."

"Sua mãe quer te ver."

Minha mãe também não existe mais, pensei de imediato, mas a resposta entalou na garganta. Era ilógico que a presença daquele sujeito, trazendo aquela mensagem, estivesse baseada em alguma cilada ou mal-entendido. Então apenas assenti com a cabeça.

"Quanto tempo vamos demorar?", perguntei.

"Vamos chegar lá no meio da tarde. Acredito que no começo da noite você estará de volta em casa. Seus cachorros ficarão bem."

"Certo. Vou deixar comida pros animais e dar uma verificada geral nos tanques. Podemos sair em quinze minutos."

"É desnecessário dizer, mas ainda assim é meu dever. Eu não estou aqui. Não iremos a lugar nenhum hoje. Nada disso terá acontecido. Você precisa elaborar desculpas convincentes se alguém manifestar curiosidades inapropriadas. Vamos monitorar de todas as formas que você imagina e de outras que nem sequer julga possíveis. E isso, infelizmente, é uma ameaça."

"Acho engraçado vocês presumirem que valorizo minha própria vida tanto assim. Talvez eu valorize ainda mais o gostinho de expor vocês ao público."

Saboreei um pouco minhas palavras. Cristal teria se orgulhado.

"Você está subestimando a ameaça", ele se limitou a responder.

No saguão, o ruído estridente que escutava no apartamento se fez notar outra vez. Antes de sairmos do prédio, o homem alto me entregou uma máscara com filtro eletrônico e protetores de ouvido intra-auriculares.

"Cigarras", disse ele. "Milhões. Não se sabe de onde vieram."

O túnel da minha rua tinha sido avariado pelo tornado. Os insetos recobriam paredes e formavam nuvens nos vãos entre os prédios vizinhos. Mesmo com os ouvidos tapados, eu sentia a vibração de seu coro magnífico em minhas narinas, pele e coração. Não tive muito tempo para admirar o espetáculo. Caminhamos uns duzentos metros pelo ar quente até um veículo estacionado num pátio de cargas. Era uma caminhonete cinza com a lataria um pouco avariada, discreta a não ser pelos vidros negros e opacos. Por dentro, porém, o carro era equipado com poltronas de couro macias, um painel moderno e um conjunto de terminais de alta definição.

"Só falta cobrirem minha cabeça com um capuz", falei, brincando.

"Você precisa colocar isso aqui embaixo da língua", disse o homem alto, se acomodando a meu lado no banco traseiro.

Olhei incrédulo para ele.

"Você vai dormir por cerca de duas horas. Vamos de carro até outra parte da cidade, onde embarcaremos num helicóptero. É necessário."

"Eu ainda lembro muito bem de quando gente como você determinava o que era necessário e desnecessário", falei, colocando a cápsula solúvel embaixo da língua.

Nunca soube onde se localizava o complexo ao qual fui levado aquele dia. Com base no tempo que permaneci ali e nos espaços em que me foi permitido circular, é seguro dizer que era subterrâneo. Lembrei do centro de pesquisas secreto que minha mãe tinha visitado em Hokkaido, décadas antes, durante nossa viagem a Tóquio. No subsolo e na estratosfera vicejavam os últimos redutos do culto da tecnologia. Quando despertei, estava acomodado num divã dentro de uma espécie de sala de espera. Reparei na grade para ventilação no teto, na mesa de centro de vidro sobre a qual me esperava um copo d'água cheio até a borda, nas paredes cor de gelo decoradas somente com extintores de incêndio e tubos de oxigênio. A luz artificial era suave e dourada. O ar estava gelado e inerte. Eu ainda estava vestindo as mesmas roupas, uma calça jeans com os fundilhos rasgados, uma regata branca com manchas amareladas, um tênis de cânhamo. Me abracei de frio, sentindo a pele dos braços arrepiada. A porta abriu.

"Como está se sentindo?", disse uma mulher de feições chinesas, que julguei ter mais ou menos a minha idade. "Beba água."

Parecia uma ordem.

"Não estou com sede. Mas estou com bastante frio. Podem ajustar o ar-condicionado?"

"Você vai trocar de roupa agora. Venha comigo."

Os corredores eram de cimento queimado, do piso ao teto, e decorados com faixas brancas que formavam diferentes padrões geométricos.

"A que profundidade estamos?"

"Você não deve fazer perguntas, exceto no que diz respeito à sua mãe e ao encontro que em breve terão. Mas eu entendo que devemos tratá-lo com alguma generosidade, já que o trouxemos até aqui. Eu sou Maria, diretora de projetos da Heracle."

Diminuí o passo. Ela gesticulou para que eu continuasse andando.

"Temos outros três complexos, todos no Brasil. A empresa, como sabe, deixou de existir oficialmente. Mas tínhamos um compromisso com a pesquisa iniciada e financiada havia décadas por nossos clientes e investidores. Sua mãe foi uma das nossas principais parceiras."

"Não entendo como isso é possível. Depois do esgotamento dos metais raros. Da crise energética. Do desastre que foi toda essa coisa das cópias de pessoas."

Viramos à esquerda num corredor mais estreito.

"Este lugar onde estamos tem um único objetivo. Abrigar nossos melhores clientes num ambiente mais favorável do que um corpo artificial."

"Suponho que o consumo de energia desse ambiente poderia iluminar, refrescar e alimentar os humanos de um continente inteiro."

Sem responder, ela parou diante de uma porta e a abriu. Aquela nova sala era mais viva e bem equipada que os demais ambientes. Dois jovens, um homem e uma mulher, uniformizados de rosa e laranja, as cores da Heracle, estavam sentados em poltronas de escritório diante de painéis de alta resolução exibindo tabelas e gráficos. Havia quadros de cortiça com fotografias e bilhetes, plantas artificiais, uns óculos de videogame, uma cafeteira e um viveiro cúbico com lados de cerca de um metro, contendo pedras e alguma espécie de fungo de duas tonalidades, parda e esverdeada. Os funcionários levantaram para me cumprimentar. Por hábito, hesitei em lhes dar a mão.

"Essas instalações são livres de qualquer patógeno", disse Maria. "Você foi limpo ao chegar, quando ainda estava inconsciente."

Apertei a mão do rapaz branco e da moça negra. O rapaz buscou uma roupa dobrada e me entregou.

"Vista esse traje no banheiro e retorne aqui quando estiver pronto."

"Pronto pra quê?"

"Do outro lado da porta cor-de-rosa há um ambiente de realidade virtual corporificada", disse Maria. "Você encontrará sua mãe ali."

Entrei no banheiro e vesti o macacão branco, de tecido grosso porém improvavelmente leve e elástico, que me revestiu do pescoço aos pés. Cabeludo e com a barba por fazer, ostentando uma pancinha no meio de um corpo que, de resto, era fino e ossudo, eu parecia alguma criatura mutante de um esquete cômico, talvez uma cruza de pepino-do-mar e homem das cavernas. Quando saí, ninguém pareceu interessado no meu aspecto. O rapaz completou meu traje prendendo óculos de realidade virtual em torno da minha cabeça e depois a cobrindo inteiramente com um capuz feito do mesmo tecido do macacão. Por alguns instantes não enxerguei nada, mas de repente os óculos por baixo do capuz passaram a exibir uma reprodução em vídeo tridimensional, bastante fidedigna, do meu entorno.

"Você precisa saber de algumas coisas antes de entrar", me disse Maria, se colocando à minha frente. "Esta versão de sua mãe é a mesma que se submeteu ao processo de decodificação em 2042. É sua mãe aos cinquenta e seis anos. Ela não vivenciou nenhuma das interações ocorridas com a cópia armazenada no ovo entregue a você anos atrás. E não se pode dizer que ela tenha vivenciado nenhuma outra experiência dentro do sistema em que a preservamos aqui na Heracle. Não no sentido em que nós, de carne e osso, podemos conceber a experiência consciente. É complicado explicar. Para ela, não há continuidade espaçotemporal nem causalidade. Ela se expande dentro de um eterno presente. E nesse presente, ela tem a seu dispor poderes quase absolutos de processamento de dados."

"Ela é ou não é minha mãe, Maria? É tudo que preciso saber."

Maria ficou um instante em silêncio. Estava claro em seu semblante que ela não desdenhava da minha pergunta, e isso me satisfez.

"O que você precisa saber é que ela mandou te chamar. Ela, não nós." Senti uma espécie de eletricidade estática percorrendo o tecido do macacão e uma sensação gelada na nuca. O traje estava sendo acionado. A jovem funcionária olhou para mim e depois grudou o rosto em sua tela. "Uma pessoa é um corpo?", me perguntou Maria, capturando de novo minha atenção. "Uma pessoa é o conjunto de seus estados mentais? Seria ela a soma das duas coisas?" Ela fez uma pausa antes de responder à própria pergunta retórica. "Uma pessoa não é uma coisa nem outra, tampouco a soma delas. Uma pessoa é a expressão de uma entidade matemática distinta entranhada no próprio tecido do universo. A questão da sua corporificação é irrelevante. Foi isso que descobrimos e cultivamos aqui na Heracle. É nisso que acreditamos. Se preferir uma metáfora antiquada, pode pensar que uma pessoa é feita de luz. Dentro daquela sala, você estará em contato com a entidade matemática da sua mãe. Ela se valerá de simulações adequadas à sua percepção para se comunicar. Isso é tudo."

"Vocês são realmente uma seita. Abra a porta e vamos resolver isso logo."

Me posicionei diante da porta de acesso à sala de realidade virtual, que deslizou para o lado, revelando um ambiente completamente escuro. No passado, eu havia brincado em salas daquele tipo. Você pagava ingresso para experimentar, como num parque de diversões. O macacão era revestido por uma malha de sensores que transmitiriam meus movimentos para o computador. Mas logo o aparato da Heracle começou a se comportar de maneiras desconhecidas. Sem aviso, o visor se encheu de luz branca e foi escurecendo de novo aos poucos. Pontos de luz coloridos espocavam diante dos meus olhos, como se eu tivesse sido cegado e voltasse aos poucos a ver.

"Dê alguns passos. Não se preocupe em tropeçar. Não há nada", disse uma voz nos fones de ouvido.

Caminhei um pouco para a frente e para os lados. Um desenho luminoso apareceu de repente no chão. Evocava um padrão geométrico do antigo Egito, uma espiral de linhas e ângulos retos.

"Contorne o desenho com a ponta do pé."

Obedeci. Em seguida, outro surgiu à altura dos meus olhos. Espirais curvas, ligadas umas às outras, formando um padrão infinito de linhas douradas.

"Contorne com a ponta do indicador."

Não estava claro que parte do desenho eu deveria contornar, mas fui traçando um caminho a esmo e ninguém me corrigiu. Outra vez sem aviso, o desenho começou a se ampliar. Uma linha se tornou uma faixa de luz que parecia se aproximar cada vez mais. Havia uma sensação de velocidade estonteante à medida que novos padrões se formavam, me fazendo pensar em moléculas que se tornavam átomos e então partículas ainda menores, que ficaram fluindo em meu campo de visão como um protetor de tela psicodélico.

"Caralho", deixei escapar. As partículas luminosas foram sossegando até pairar, mais ou menos estáticas, a meu redor.

"Toque nelas com as mãos, os pés, o nariz. Improvise", disse a voz nos fones.

As partes do meu corpo que eu podia ver, a essa altura, eram simulações de computador que imitavam perfeitamente meus movimentos. Fiquei tocando nos pontos de luz. De repente meu ponto de vista se afastou para trás e para o alto. Vi meu corpo virtual realizando aquela dança desajeitada com braços e pernas, ainda obedecendo às ordens do meu cérebro, mas eu estava flutuando na mesma corrente das luzes, me afastando cada vez mais. Senti primeiro tontura, depois um pânico repentino, realmente avassalador, de cair no vácuo escuro e sem fim, sem referências de nenhuma espécie. Era uma força gravitacional que me sugava para um centro absoluto. Quis gritar, mas a voz não saía.

"Olá, querido."

A sensação de queda para dentro foi desacelerando e a vertigem deu lugar a uma estranha calma. Sentia os pés no chão de novo, via meus braços e mãos obedecerem à minha vontade.

"Onde você está?", perguntei.

O ambiente se revelava em pinceladas efêmeras, como se ela apontasse uma lanterna para um lado e outro. As paredes pareciam um domo feito de papel reciclado e o chão era duro e liso. De repente a vi. Ela era uma figura toda branca, tinha o formato de seu antigo corpo e se movia com uma graça afetada. Um instinto me disse para não olhar diretamente, para evitar sobretudo o rosto.

"O que você queria falar comigo, mãe?"

"Será rápido. Olhe."

Som e imagem surgiram ao meu redor. Mostravam uma criança nua, um menino, brincando numa praia ventosa. Seus cabelos estavam emaranhados e cheios de areia. Ele juntava areia molhada com as duas mãozinhas, se aproximava do mar e esperava uma marola alcançar seus pés para soltar os punhados pastosos e escuros sobre a espuma branquíssima. O ponto de vista era o de uma câmera trêmula e a textura era de vídeo caseiro. Estava tentando adivinhar por que minha mãe simularia aquilo, e não qualquer outra coisa, quando me dei conta de que o menino era eu.

"Observe", ela disse.

Eu pulava de emoção cada vez que soltava areia no mar.

Cormorões mergulhavam logo após a rebentação, e um deles emergiu e saiu voando com um peixe no bico. Minha pele estava eriçada de frio, os joelhos cobertos com cascas de ferida. O vento erguia lençóis de areia branca que deslizavam no comprimento da praia e deviam estar açoitando minhas pernas, pois eu me encolhia e passava as mãos nelas de vez em quando. Um dedo da minha mãe apareceu por um instante, como se obstruísse a lente. As imagens, percebi, não estavam sendo geradas com base em lembranças ou algo assim. Era um vídeo que realmente tinha sido gravado pela minha mãe, provavelmente com a câmera de um dos primeiros aparelhos celulares. Ela o estava exibindo para mim agora, décadas depois. De repente eu parei de brincar com a areia molhada e fiquei olhando para o mar. Minha mãe ajustou o enquadramento para mostrar que um pescador estava saindo da foz do rio e entrando nas ondas, empurrando sua canoa colorida com um remo longo. Depois focou de novo no meu rosto e aproximou o zoom do celular ao máximo. A imagem ficou granulada e ainda mais trêmula. Meu rosto aos quatro ou cinco anos de idade, não mais que isso, contemplava o pescador, as ondas ou sabe-se lá o quê. Olhos apertados contra o vento, lábios arreganhados, recolhido em introspecção.

"Você lembra disso?", perguntou minha mãe. Pensando que a voz pertencesse à gravação do celular, continuei quieto, olhando, mas de repente me dei conta de que a pergunta pertencia ao momento presente e se referia às imagens do passado. As noções de presente e passado iam ficando escorregadias, e determinar a posição fixa que ocupávamos a cada momento naquela câmara fractal de memórias e simulações ia se tornando um esforço inútil.

"Não lembro."

"Veja o seu perfil. Como você franze as bochechas. A curva arrebitada do seu nariz. A areia voa em chicotadas diante dos seus olhos, mas você nem pisca. Agora a canoa do pescador vai sumir atrás das pedras, mas você continua olhando para o horizonte. Eu viro um pouco a câmera do celular agora para registrar a atividade dos seus olhos, veja. Eles se movem poucas vezes, com precisão, querendo captar a essência da paisagem, mais que seu conjunto. Quis saber, aquele dia, o que você estava sentindo, no que estava pensando. Nunca o meu amor por você me transpassou com intensidade maior do que nesse instante." As imagens congelaram. "Olhe bem. Queria entender", ela disse com a voz um pouco mais intensa, pontuando que estava finalmente começando a postular sua pergunta, o que estava por trás de seu chamado, "queria entender o que faz com que a contemplação de uma pessoa amada em instantes como esse, em que ela está imersa em sua própria contemplação de qualquer outra coisa que nos exclui, em que a flagramos esquecida de si mesma, absorvendo o que os sentidos captam, o que faz com que esses momentos..."

Ela travou. Seria esse vacilo parte da simulação? Não havia como saber.

"... o que dá a esses momentos um peso eterno, mesmo que terminem relegados ao esquecimento?"

"Foi pra perguntar isso que pediu que me trouxessem aqui? Eu não sei a resposta."

"A pergunta não é essa. Mas está relacionada. Veja."

A cena projetada no ambiente virtual se transformou. Por todos os lados surgiu a noite e outra água, clara e translúcida, iluminada por lâmpadas submersas. Era a piscina do hotel em Tóquio. Minha mãe estava nadando, olhando para os azulejos do fundo, fazendo bolhas, enxergando as palmeiras através do plástico dos óculos cada vez que virava a cabeça para respirar. Parou junto à borda e ficou olhando suas coxas e joelhos refratados. Então ela me viu parado diante da porta de entrada, bem onde eu recordava ter ficado espiando muitos anos atrás. Após alguns instantes, comecei a me aproximar. Tentando manter a calma na medida do possível, ponderei que naquele caso, ao contrário das imagens da minha infância na praia, ela não dispunha de registros de mídia para projetar. O que eu estava assistindo, dessa vez, era uma reconstituição pessoal das suas memórias, ou algo parecido.

"Mãe, isso não aconteceu assim", falei.

Me aproximei, tirei a roupa e entrei na água só de cueca. Observado por minha mãe, abri um sorriso constrangido e conciliador, submergi e atravessei a piscina mergulhando até o lado oposto. Depois voltei dando braçadas displicentes, parando no meio do caminho para olhar o teto de vidro da cobertura do hotel.

"Nada disso aconteceu", repeti, fascinado e aterrorizado.

Parei ao lado da minha mãe na piscina e ficamos um tempo sem dizer nada. Percebi, nas imagens que iam sendo projetadas, que ela havia focado toda a sua atenção no meu rosto. Estava examinando meu perfil, e depois meus olhos, que vagavam tristes e perdidos pelas bordas da piscina.

"O mesmo sentimento, querido", ela me disse, comentando o que víamos. "Estou vendo a imensidão dos seus sentimentos na atividade dos seus olhos. Exatamente como na praia, quando você era criança. Na ocasião não percebi isso, é claro. Hoje posso acessar e comparar."

"Você construiu isso. Eu lembro diferente. Tenho certeza de que foi diferente. Nunca entrei na piscina. Eu fiquei afastado, junto à porta, e me retirei assim que nossos olhares se encontraram."

"Preste atenção", ela disse.

Na reconstituição virtual dela, meus lábios se moveram, como se eu enunciasse uma frase curta. Nada aconteceu por alguns segundos. De súbito, me virei e saltei para fora da piscina, dando impulso com as pernas e braços. Caminhei por trás das espreguiçadeiras e saí pela porta.

"Você disse alguma coisa, querido. Eu não ouvi direito e não pedi que repetisse. Você foi embora de repente."

"É disso que se trata?"

"O que você disse? Eu preciso saber."

"Por isso me chamou?"

Era tudo tão confuso para mim que pensei em arrancar o capuz e os óculos de realidade virtual, sair daquele calabouço e nunca mais voltar. Estava evidente, para mim, que ela havia inventado tudo aquilo. O que lhe parecia uma realidade inegável, baseada em robusta memória digital, provavelmente não passava de uma brincadeira de telefone sem fio. Por outro lado, pensando na questão de um ponto de vista mais distanciado, não seria mais provável que eu, o arranjo falível de carne e nervos, a marionete das emoções e traumas, a colônia ambulante de bactérias, tivesse distorcido o episódio na minha lembrança? Havia, finalmente decidi, uma única coisa sólida, um único laço possível e que valia a pena preservar. E a ideia de desmanchar aquele último grão de solidez me cortou o coração de tal maneira que lágrimas embaçaram meu visor.

"Agora eu lembro", falei. "O que eu disse, mãe, foi: 'Sinto falta de você'."

Ela não reagiu de imediato e temi que pudesse detectar facilmente uma mentira pela modulação da minha voz ou pela monitoração de algum processo fisiológico.

"Obrigado, querido", ela disse. "Antes de partir, tem alguma coisa que queira me perguntar?"

"Preferia que você estivesse viva."

"Não seja dramático", ela disse. E aquilo me fez sorrir. Procurei a presença dela, a figura branca, disposto a olhar diretamente em seu rosto, mas ela já havia se retirado.

"Adeus", ouvi.

No caminho de volta para meu apartamento em São Paulo, despertei da sedação antes do previsto. Não havia sinal do homem alto de terno. Eu estava sozinho no banco traseiro, grogue, mas com lembranças vívidas da minha breve visita ao complexo da Heracle, e pela janela escura do carro podia ver contornos fantasmagóricos da paisagem. Ainda não estávamos no centro urbano, mas em alguma região intermediária. Vultos de prédios baixos ou parcialmente demolidos se alternavam com vislumbres do poente. Pedi ao motorista que parasse o carro. Depois de se recuperar do susto de ouvir a minha voz, ele declarou que não estava autorizado a fazer paradas intermediárias e que se eu precisava ir ao banheiro, ou algo assim, havia material descartável para essa finalidade na bolsa em frente ao meu assento. Repeti o pedido para que parasse o carro, dessa vez aos gritos. Cerrei os punhos e respirei fundo, me sentindo claustrofóbico. Um ódio represado inchava nas minhas veias e na minha garganta, mas eu não tinha culpados nem deuses contra quem vociferar. Depois de rodar mais um pouco, o motorista diminuiu a velocidade e parou. Virou a cabeça para trás e me disse baixinho que, caso eu abrisse a porta, seguiria caminho e me deixaria lá. Concordei e abri a porta traseira da caminhonete, ouvindo um leve ruído de despressurização. O motorista me disse para sair rápido porque o ar de fora estava entrando. Fechei a porta atrás de mim, tratei logo de vestir a máscara que trazia no bolso da calça, e a caminhonete arrancou derrapando os pneus na poeira que recobria o asfalto deteriorado.

O sol era um disco vermelho pálido no céu gelatinoso. O ar

quente invadiu meus pulmões, primeiro dando uma sensação de dilatação, e logo em seguida parecendo me preencher com uma substância viscosa. A vegetação estava reduzida a tufos verde-claros de gramíneas e algumas árvores ressecadas. A linha dos prédios no centro da cidade estava à vista e parecia próxima o bastante. Pensei nos meus cães, depois nos meus peixes e plantas. Não eram poucas as chances de que eu pudesse sobreviver à caminhada, mesmo sem água e meios de defesa. Menores eram as chances de escapar a uma ou a múltiplas contaminações. Mas eu não tinha medo. Estava ali, fora do perímetro urbano, pela primeira vez em quase vinte anos. Andei em meio a construções em escombros e outras quase intactas, painéis de publicidade esmaecidos, ossos, enxames de insetos voadores e rastejantes, poças fervilhando de pequenos organismos. Pelas janelas de alguns prédios, vultos humanos corriam para se esconder ou me espiavam com cautela, alguns envoltos em panos como beduínos dos trópicos, outros magérrimos e despidos, mas enfeitados com adornos espalhafatosos que ressignificavam metal, plástico e silício deixados para trás. As lufadas traziam cheiro de carniça, vinagre, iogurte, brasas. Uma fogueira no meio de uma praça infantil tomada pela fuligem provavelmente queimava cadáveres. Ao mesmo tempo, à distância, eu podia ouvir música de percussão e de algum instrumento de sopro aveludado. Depois de mais alguns minutos de caminhada, ouvi uma risada. A vida sempre foi uma reação à hostilidade do ambiente, desde as primeiras moléculas. Caminhei por mais de uma hora e o que eu menos podia esperar aconteceu. Me senti leve, vivo entre vivos, na expectativa do instante seguinte. À medida que os portões da cidade se aproximavam, porém, com os edifícios altos se avolumando na noite sem estrelas, me senti outra vez amaldiçoado pela medida de dor e abandono que podia ter sido evitada. Sobrevivíamos, sim, mas amaldiçoados. Já bem perto do portão que se abriria com a leitura do meu chip, uma pequena matilha de cães se alimentava do cadáver de uma mulher, enquanto ao lado, não muito distante, a apenas alguns metros, uma mulher se alimentava do cadáver de um cão.

Bugônia

Que nada morre, só varia a forma,
Vivo cada princípio aos astros voa.
Virgílio, *Geórgicas IV*

I.

Na aurora violácea Chama se afasta do Organismo pela trilha que leva às colmeias. Seus chinelos feitos de borracha de pneu e cabos de carregador esmagam nódoas de terra seca, o imundo poncho-pala de fibra de cânhamo roça seus quadris estreitos, as perneiras de couro de javali nas coxas e canelas impedem que as macegas altas e espinhentas rasguem sua pele castanha, na qual ferimentos superficiais deixam cicatrizes lisas e brancas. Atravessa pela rota bem conhecida o campo de eucaliptos mortos, uma cama de gato de troncos caídos, finos e estranhamente preservados no ar seco, contorna o morro de onde se avista o vale, cumprimenta com um olhar Boloto, o vigia daquele turno, trepado no esqueleto retorcido da antiga torre de transmissão, sobe a elevação rochosa, coberta aqui e ali por uma penugem de liquens rosados, e avista, enfim, a cidadela de cupinzeiros marrom-claros, alguns mais altos do que ela, parecendo tenros e inocentes no terreno escuro ao redor como brotos de montanhas. Reduz o passo e se detém alguns metros antes de alcançar a primeira colmeia. Não é preciso chegar muito perto. Já pode sentir a diferença, aquela outra atmosfera, como se o ar transpirasse na manhã que aquece. Algumas abelhas despertaram cedo como ela e circundam com voo suave e circular as estreitas portas de seus cupinzeiros, vedadas com própolis e adornadas de minúsculas flores amarelas e roxas. Levanta o queixo, respira fundo, abre a boca, estende um pouco os braços e volta para cima as palmas raladas das mãos. Sua língua seca se umedece primeiro, depois se molham todas as mucosas da cabeça, do corpo. Seus joelhos amolecem. Para Chama é como se as estrelas ofuscadas derramassem saliva em sua garganta. A umidade brota nos olhos, no meio das pernas. Algumas abelhas pousam em seu rosto e mãos, curiosas ou meramente entretidas com essa aliada que as visita quase todas as manhãs. Esse ar tão seco, sempre tão seco. Chama comprime as coxas, os pulmões se esvaziam em rajadas curtas e enchem de novo, irrigados. Logo o sol branco invadirá a terra e as abelhas começarão a buscar água no regato para iniciar seu prodigioso esforço de resfriamento das colmeias, batendo as asas como ventiladores, soprando o vapor fresco nos favos de mel translúcido. Às vezes quando ousa chegar perto o bastante ela sente o ar fresco e úmido sendo expulso pelas frestas dos cupinzeiros junto com o aroma doce e rançoso do necromel que imuniza contra a peste do sangue e a mantém viva ali no Topo. Assim era o ar-condicionado da terra antiga, lhe disseram. Dava para esfriar ou aquecer o ar no pedaço que se queria. As abelhas detectam antes dela a aproximação dos outros. Soa um zumbido rouco de asas agitadas. Uma delas pousa no seu ombro e estrepita tal qual uma broca, como se quisesse entrar na sua pele. Chama recua com respeito e cautela. A aliança, não cansa de ensinar a Velha, é um pacto reescrito a todo instante. Uma sintonia frágil entre corpos, uma dança. Vozes de humanos fazem a curva no morro e alcançam a colmeia. São os outros trazendo o cadáver novo. Chama fica onde está, não tem vergonha de se umedecer daquele jeito, todos conhecem seu costume. Quando estão bem próximos ela se vira. Tão e Deia vêm trazendo dentro de um casulo tricotado em lã de ovelha o cadáver da pequena Ramona, mordida por uma jararaca dois dias antes enquanto corria atrás de uma cabritinha para brincar. Atrás deles segue uma fileira de humanos do Organismo que vêm prestigiar a oferenda, entre eles Celso com sua comprida barba ruiva e luvas de apicultor, a Sereia e sua saia de telinhas de vidro de celular exibindo reflexos faiscantes da paisagem do Topo, os meninos gêmeos do Alfredo e atrás deles o próprio Alfredo, com um de seus cadernos estufados de caligrafia miúda e uma de suas preciosas canetas esferográficas. O fragor das abelhas cessa de súbito. As que voejavam pousam na superfície de seus cupinzeiros e descansam as asas, observando, trocando informações com rearranjos sutis de seus corpos, intrigando mais uma vez o olhar de Chama, que acredita quase detectar padrões na geometria coletiva, vultos de uma linguagem. Tão e Deia depositam o cadáver a alguns metros das colmeias sobre tufos de capim seco. Não há ritual. Apenas desembrulham Ramona da mortalha de lã e a depositam ali. A menina está nua, dura, cerosa, penteada. Chama lembra de tê-la lavado quando era bebê e alimentado com leite de cabra quando desmamou, de cuidar de seu sono e cortar suas unhas moles quando chegava a sua vez de zelar pelas crianças pequenas do Organismo. A pequena Ramona que gostava de trepar na carcaça enferrujada do trator e derramar terra no tanque como se colocasse gasolina, até o dia em que o tanque transbordou e ninguém conseguiu esvaziar. Que mijava em pé em cima das flores para que crescessem fortes e fornecessem muito néctar às abelhas. Tão e Deia soluçam e se abraçam. Chama também sente vontade de chorar, mas se impede. Chega perto dos pais biológicos da menina e toma a mortalha de suas mãos, permitindo que se abracem com mais força. Aspira o aroma salgado da lã da mortalha, alisa o tecido e esfrega um no outro os dedos lubrificados de lanolina. Depois que todos foram embora, Chama continua vigiando as colmeias por algum tempo, agora mais afastada, não querendo interferir. As abelhas se demoram como se quisessem também respeitar o luto. Nuvens finas deslizam em várias camadas no céu violáceo como se fosse o Topo, e não elas, que se deslocasse em grande velocidade. Chama senta numa pedra e sente uma tontura conhecida, que vem do medo. O medo que sente de vez em quando ao contemplar tanta violência e carinho em ciclos vertiginosos, toda essa geração e destruição da qual não há escape nem alívio duradouro, medo da dor física que a aguarda pela vida afora, medo de não estar preparada para os fenômenos do próximo instante, nem agora nem nunca, apesar de buscar ter coragem no peito e clareza no pensamento. Faz o que pode para ter acesso límpido à beleza dos processos dos quais faz parte, como a advertiu mais de uma vez a Velha em suas rodas de conversa. Treina seus sentidos para isso, como lhe foi ensinado desde menina, deixa-os abertos, expectantes, renovados. Mas a beleza não a conforta como conforta aos outros. Ainda está por descobrir onde mora o seu alívio. O zunido das abelhas a retira de si mesma. Acima do corpinho duro de Ramona, as volantes se aglomeram num grande novelo. O enxame faz figuras e uma delas, Chama está convencida, é um rosto que a encara. Entende que está abusando da hospitalidade. Sorri, cheia de ternura e espanto, dá as costas às abelhas e toma o caminho de volta para casa.

II.

Somos setenta e oito braços e setenta e oito pernas, diz a Velha. Chama escuta sentada em círculo com outros vinte humanos do Organismo enquanto o vento morno balança as folhinhas das árvores próximas e o sol poente parece arrancar das colinas do Topo uma luz quente e amarelo-esverdeada. Setenta e sete olhos e trinta e nove cabeças, continua a Velha. Setenta e oito mãos e trezentos e oitenta e oito dedos nas mãos. Trinta e nove estômagos e trinta e nove corações. Somos um e somos muitos quando necessário. E nosso modo de vida é fazer aliados. A Velha é a pessoa mais idosa do Organismo. Tem olhos verdes que brilham por trás das pálpebras enrugadas e frouxas e vive cercada de seriemas, suas aliadas no Topo antes de todos os outros humanos. Mora numa casa com varanda cujas tábuas foram reforçadas ao longo das décadas com pedras, barro, trepadeiras e lonas. Dizem que está aqui desde o começo. Foi a primeira a chegar. A Velha não confirma essa história, pois para ela não deve existir história. Precisamos resistir a inventar o passado, ela ensina, esquecer os relatos e desfazer os registros. Não há necessidade de passado, pois o presente guarda todos os indícios que precisamos para manter o Organismo vivo. Você vê uma fileira de pedras e sabe que em outro tempo, não importa se ontem ou há mil anos, alguém traçou bem ali uma fronteira protegendo um olho-d'água ou demarcando um perigo na topografia. Vê o capim esmagado e sabe que ali transitam manadas de javalis. Vê o sofrimento nos olhos de um humano e sabe que precisa tolerar sua ira e violência, pois ele age assim no momento por causa do sofrimento que ele mesmo não percebe. O dorso da mão diz a idade da pessoa. As torres de transmissão e os detritos de metal e plástico dos telefones e televisores mostram que essas tecnologias eram fadadas a ter breve duração ou apenas inúteis. Além disso o passado reforça a identidade, e a identidade é o veneno das comunidades. O pertencimento é uma ilusão e uma deformidade do medo. A Velha aboliu a lembrança e entronou a experiência. Ela diz que um humano não deve ser nada além do que vai se tornar no instante seguinte. A Velha proíbe livros, diários, anotações para qualquer propósito. Era assim no Organismo até Alfredo chegar e se estabelecer no Topo. Alfredo trouxe livros. E Alfredo escreve há décadas um relato do que aconteceu com a terra, misturando suas lembranças com as lembranças das pessoas com quem conversa. Chama sabe disso porque os seguidores do Alfredo lhe contaram. Alfredo diz que sem lembrança não saberemos evitar os erros e tentações que conduziram às catástrofes. Que mesmo para viver apenas no presente precisamos construir um sentido para a vida que se estenda no tempo e no espaço. O Organismo se divide pela metade. Alguns participam dos encontros que Alfredo realiza para compartilhar lembranças e interpretar os livros e diários. Outros, e Chama faz parte desse grupo, participam mais das rodas de conversa da Velha, nas quais se debate o que somos neste instante e o que desejamos que ele se torne. Não há inimizade entre as duas partes, apenas um rancor aguado, talvez mais uma melancolia do que um rancor. É uma pena, Chama disse certa vez à Velha, que não se possa alcançar uma harmonia que parece sempre ao alcance da mão e que deixamos escapar por causa do entendimento diferente deles, da outra metade, dos outros. A Velha só respondeu que já foi muito pior.

III.

Os braços de Celso medem o mesmo que Chama da cabeça aos pés. É o humano mais alto que já andou na terra, todos estão convencidos disso. Quando chegou ao Organismo, muito antes de Chama nascer, trouxe uma mulher e duas meninas, um gato que os javalis pegaram na primeira noite, braços fortes como guindastes e seu conhecimento no trato com as abelhas. Naquele tempo elas faziam colmeias em caixas construídas por humanos que haviam habitado o Topo antes do grande calor e da falta de energia, por moradores que já não existiam, mortos por violência ou peste do sangue, fugidos para outros lugares, gente que tinha deixado para trás vestígios como esqueletos, computadores e umas pinturas cheias de manchas e riscos que a Velha adora e mantém penduradas nas paredes da sua casa entre as folhagens e flores antigas que cultiva. Com sua vestimenta de apicultor, um saco de lona branca que o protegia das picadas, Celso extraía os favos gordos de mel silvestre de flores e manejava os enxames. Ele contou para Chama como naquele tempo as abelhas se enfureciam com sua intrusão e o atacavam com uma violência assustadora. As volantes alvejavam a vestimenta de apicultor como pingos grossos de uma chuvarada, prontas para matá-lo em questão de segundos. Ele via os abdomes das abelhas defensoras cutucando a tela protetora do capacete, buscando aproximar os ferrões de seu rosto. Mas o mel foi ficando cada vez mais raro, mesmo no Topo, pois a cada ano a vegetação morria mais um pouco, castigada pela secura e pelo calor, e as abelhas morriam de venenos espalhados nos campos e cursos d'água. As poucas abelhas que sobreviviam iam subindo as encostas, buscando refúgio no Topo, onde o ar era um pouco mais fresco e os venenos nunca se acumularam. Com o tempo, ouvindo os ensinamentos da Velha e aprendendo mais sobre o funcionamento do Organismo, Celso foi retirando as caixas de madeira construídas pelos mais antigos e deixou as abelhas procurarem abrigo nos buracos das árvores e da terra, em nichos das pedras e cupinzeiros abandonados. Celso precisava percorrer distâncias maiores para recolher o mel, às vezes acampava ao relento por dois ou três dias correndo grande risco de morrer nas presas dos javalis, e voltava com a barba ruiva emaranhada de barbas-de-pau e o rosto riscado por espinhos. Mas o mel silvestre, embora ainda escasso, era mais farto e espesso, gordo e duro como um âmbar. Era como deveria ser, o alimento dos deuses descritos nos livros antigos, diz Alfredo. Mas aquele ainda era um mel comum, não tinha efeito sobre a peste do sangue. Chama, que nasceu quando já havia o necromel, pode apenas imaginar como era perder humanos do Organismo o tempo inteiro para a sanha das bactérias, as mortes superando os recém-chegados, diminuindo a comunidade em direção ao esquecimento enquanto javalis e humanos assassinos atacavam cada vez mais. Foi assim por muitos anos antes de ela nascer, até a primavera em que um morador chamado Farid desapareceu. Beiçudo e musculoso, debochado com os humanos e respeitoso com outros bichos, desdenhoso da dor física, Farid era pastor das cabras e exímio caçador de javalis, sabia construir armadilhas de pau e arame, arremessava lanças e tinha uma espingarda e um estoque de balas. Seu sumiço, como contam os diários de Alfredo, machucou muito o Organismo. Muitos dias se passaram até que Celso, percorrendo os morros distantes para recolher o mel de uma colmeia, deparou com o corpo retorcido de Farid deitado em cima de uma pedra larga. Depois de tantos dias, os restos deviam ter sido comidos por urubus, seriemas e javalis, mas o corpo estava ali coberto por um fantástico enxame de abelhas que saíam e entravam pelos buracos todos. O cadáver estava inteiro, mas um pouco murcho, e Celso reparou que as abelhas saíam dele com os abdomes recheados e rumavam para uma colmeia distante cerca de um quilômetro. Os humanos do Organismo lhe perguntaram, depois, se ele já tinha visto algo parecido, e Celso disse que não, nem de ouvir falar. Ele não queria voltar para aqueles lados do Topo de jeito nenhum, aquilo parecia coisa da bactéria da peste do sangue, ele pensava que as abelhas iam acabar ficando doentes também, mas a Velha disse que ele precisava ir sem medo, que se tratava de algo muito diferente. Disse que as abelhas estavam fazendo uma novidade para que nós, humanos, pudéssemos ser novos também e era assim que o Organismo deveria funcionar. Celso demorou para ter coragem, mas foi. Quando chegou à colmeia abrigada num buraco na terra e começou a cavar com o facão para procurar os favos percebeu que as abelhas não estavam atacando a vestimenta de proteção. Lá pelas tantas abriu o fecho e tirou o capacete. Ele viu o enxame pairar a poucos metros dele numa aglomeração estranha que produzia visões hipnóticas e parecia observá-lo com interesse enquanto trabalhava. Alguns favos tinham o conhecido mel de flor, ambarino e perfumado, mas outros estavam recheados de um mel mais claro, quase transparente, uma baba com um cheiro que não se assemelhava a nada que Celso tivesse encontrado na vida. Cada humano descreve o cheiro do necromel de um jeito diferente. Para Chama o cheiro lembra banha quente e laranjas-limas começando a apodrecer. Celso sabe que ela ama as abelhas que nem ele e quer ser sua aprendiz, quer ficar no lugar de Celso quando ele morrer, e ele gosta da ideia. Celso lhe ensinou que as abelhas ainda picam quando lhe roubam o cada vez mais raro mel das flores mas o acolhem quando vai buscar o necromel. Que os enxames tentam lhe dizer coisas formando figuras que ele, todavia, nunca entende. Que as rainhas acasalam com os zangões sempre no mesmo lugar, acima da copa de uma figueira morta de sede, um pouco fora dos limites do Topo, voejando a uma altura tão grande que se tem a impressão de que os amantes serão sugados pelas nuvens. Para fazer necromel suficiente para o Organismo e continuar imunizando os humanos contra a peste do sangue é preciso deixar para as abelhas mais ou menos um cadáver por estação. E isso, juntando velhos e crianças, os que se matam quando querem e os natimortos, sobrando ou faltando um aqui e ali, é a quantidade de humanos que morre no Organismo sem que se precise fazer nada. O que Chama não sabe, e tem medo de perguntar, é o que se vai fazer quando não houver um cadáver de morte escolhida ou natural, quando faltar acidente e doença, quando faltar velhice.

IV.

Chama pergunta à Velha se alguma vez já fomos simples. Desde criança viver lhe parece tão complicado que talvez não valha a pena. Sabe que deveria procurar em tanta complicação a leveza das possibilidades, mas na maior parte do tempo encontra um peso indistinto e difícil de carregar que a arrasta para longe da paz. A Velha explica que a simplicidade existe mas é um perigo. Que sempre que as coisas se tornam simples há violência desmedida e aniquilação do que é diferente. As abelhas pareciam simples até começarem a comer nossos mortos e produzir em troca nosso remédio. Pensa na água, diz a Velha. Uma molécula de oxigênio, duas de hidrogênio, desenha a Velha com uma vara no chão, revendo uma química que já ensinou. O costume nos fez pensar que esse arranjo é uma regra. Mas o oxigênio na molécula não é a mesma entidade que o oxigênio livre. Os arranjos podem ser outros, mas existem no universo hábitos tão chamativos, que exercem tanta força em nossa vida, que podem parecer regras. A cada instante a água é levada a se manter água, acredita a Velha, e pode ser que não haja mais vida capaz de testemunhar caso isso mude um dia. Mas a mudança pode acontecer e essa potência para outros arranjos é o tecido das coisas, a premissa em torno da qual todos os fenômenos e organismos são possíveis. Alianças são complicadas, não simples, diz a Velha, lhe dando a entender, com um silêncio saudoso, que concluiu. Mas se tudo pode vir a ser qualquer coisa, Chama pensa em segredo, como ter certeza que a vontade de viver não é uma espécie de miragem? Ela agradece e assente com a cabeça, ruminando, pensando se concorda.

V.

Em certas noites, quando as tintas lilás do crepúsculo ficam estriadas de rosa e laranja e as corcovas dos morros se desenham rumo ao horizonte com uma nitidez maior que a habitual, dando lugar a uma noite oca em que os barulhos não se propagam tão bem, é possível avistar bem ao longe as luzes de uma cidade, a única que produz luz forte, dizem, desde as altitudes do Topo até as ruínas do mar alto. Desde que Chama nasceu apenas um morador do Organismo esteve na cidade e retornou, Quêni, pai biológico da Sereia, cuidador de outras quatro crianças e dos gaviões. Ela lembra da manhã em que ele partiu porque na noite anterior houve uma grande comoção, briga de socos e gritos entre um homem e uma mulher. Naquela noite Chama estava dormindo no mato, e quando chegou perto depois de ser despertada pelo alvoroço viu Quêni puxando Aura pelos cabelos, dando socos nela, e a mulher dando socos e batendo com um relho em Quêni, e todo o Organismo se transformando numa única turbulência como se quisesse calar um eco aos gritos. O que eles desejavam que não tinham, ela se perguntou, encolhida perto da cena, chorando de medo, ainda amolecida para a lâmina das violências. Ao nascer do sol Quêni partiu dizendo que voltava um dia, mas que não teria sossego enquanto não percorresse outros lugares e visse outras coisas. Falou que se pudesse traria coisas úteis, panelas de ferro, boas facas, utensílios de enfermagem, com muita sorte remédios. Rogaram a ele que nunca falasse das abelhas e do necromel caso cruzasse com outros humanos, pois se isso acontecesse o Topo seria invadido e o Organismo inteiro seria morto num piscar de olhos. A Velha costuma dizer que a aliança com as abelhas pertence ao Organismo e não há garantia nenhuma de que possa ser replicada com outros humanos fora do arranjo que se estabeleceu há décadas no Topo. A aliança é nova e delicada, um dente-de-leão que pode ser desfeito no ar com o sopro de corpos estranhos. Chama entende o que a Velha quer dizer, mas ao mesmo tempo sonha em oferecer a imunidade aos humanos de fora. Projeta o futuro em que, tomando o lugar de Celso no manejo das abelhas, encontrará uma maneira vantajosa para todos de produzir o necromel em abundância, irrigando com o néctar transparente outras terras onde houver bons cadáveres para as volantes. Quêni, após a violência com Aura, partiu com seus dois gaviões mais queridos nos ombros e uma mochila quase vazia pendurada nas costas. Outros gaviões aliados que vigiavam o Topo e gritavam quando viam invasores foram atrás dele, mas voltaram depois de um ou dois dias, para alívio dos que ficaram e contavam com seus guinchos agudos para alertar da presença de manadas de javalis e humanos violentos. Chama contou os dias desde a partida de Quêni com pedrinhas enfileiradas embaixo da varanda da casa da Velha, foram quarenta ou quarenta e um dias, porque teve um dia que ela não lembra se colocou ou não a pedrinha. Quêni retornou vivo, mas quase morto de fome. Disse que a cidade, que ele só tinha visto quando era criança e da qual não lembrava muito bem, estava mais mergulhada na água e que era quase tudo ruína. As luzes não acendiam todo dia e se concentravam nos andares de cima dos prédios mais altos que tinham grande quantidade de placas solares. Não era possível se aproximar desses prédios porque havia muros altos e guardas com armas de fogo. Ele também viu comunidades isoladas vivendo em balsas num grande rio e nas quais a atividade dos humanos vista de longe lembrava um pouco a das colmeias. E outros viajantes lhe disseram que caminhando dois ou três meses sem descanso para o norte ou para o sul se alcançavam cidades gigantescas, cercadas por muralhas, que ainda funcionavam como as antigas, com luz permanente, computadores e carros. Era o tipo de coisa que muitos humanos do Organismo sabiam mas nunca haviam testemunhado. Quêni viu comerciantes de panelas, armas e curiosidades antigas, mas não tinha nada para trocar e voltou somente com uma frigideira grande que trocou por meia dúzia de lebres caçadas pelos gaviões. O ar nas terras baixas, ele contou, era mais vermelho que violeta e ia ficando úmido em direção ao mar. Onde a peste do sangue ainda vicejava ele viu pilhas de cadáveres abandonados às pressas pelos que resistiram. Tinha ficado horrorizado com os poucos doentes ainda vivos que viu pelo caminho, febris e avermelhados, com olhos purulentos, transidos de dor, delirando ou inconscientes, o peito arfando com hálito fétido. O que descobriu de mais importante foi que a imunidade oferecida pelo necromel se mantinha fora dos limites do Topo. Quando uma vez por semana ele ingeria uma colherada do estoque que levou num pote de vidro, temia que novas mutações da bactéria tivessem perdido o gosto pelo néctar, mas nunca ficou doente. Por último, Quêni contou que viu de longe a caravana dos carvoeiros. Nessa hora muitos no Organismo pensaram que ele estava mentindo. Até a Velha suspeitava que a caravana dos carvoeiros era uma lenda moldada por muitos e muitos anos de histórias aumentadas e mal contadas. Mas Quêni avistou as fileiras de humanos, uns duzentos, segundo ele, puxando o enorme caminhão. Ao falar disso ele abraçava suas crianças e ficava com o olhar perdido. Quando lembra das coisas que Quêni descreveu Chama entende por que nas histórias mais antigas havia tantas figuras como anjos da morte e tantos apocalipses. A Velha diz que a morte e o nascimento são pontas de um caminho que dá voltas mas sempre se fecha. Que a diferença entre estar vivo e não estar vivo é um pouco como sonhar sabendo que está sonhando e de repente acordar e não ter certeza se ainda está sonhando ou não. Que é só a nossa versão humana da transformação de uma coisa em outra, que é o funcionamento constante de todas as coisas em nossa volta. Que transformar não é tanto mudar de forma, mas passar de um lugar para outro desses lugares todos de dúvida sobre onde, precisamente, está o sonho e a realidade. Nisso Chama também não tem certeza se concorda com a Velha. Ou talvez ela apenas entenda mal e precise continuar observando e sentindo. Porque para ela nascimento e morte são menos uma espécie de ciranda ou brincadeira de ilusionismo e mais uma briga. Uma briga que parece disputada mas na qual a morte peleja com um dos braços amarrado nas costas para não ganhar fácil. A morte sabe, como no fundo sabem os nascidos enquanto vivem, que basta ela desamarrar o braço para ganhar fácil. Quando Alfredo fala sobre como os humanos antigos descritos nos livros faziam sacrifícios Chama entende que com isso acreditavam poder convencer a morte a manter a briga justa.

VI.

O que Chama sabe sobre a caravana dos carvoeiros é que ela se formou porque existe um homem chamado Esquilo que acredita que sua missão é matar os humanos que ainda restam na terra. Alfredo acha que o nome desse homem na verdade é Ésquilo, que era um escritor muito antigo, e talvez ele tenha razão, porque o animal esquilo não existe nessa parte do planeta e seria estranho mesmo alguém escolher esse nome. Mas Tão disse que as imagens de esquilos eram comuns antigamente e que ele já encontrou num buraco que cavava uma sacola de plástico muito velha que tinha um desenho de um esquilo, então vai saber de onde veridicamente vem o nome desse homem que lidera a caravana. A caravana dos carvoeiros é assim conhecida porque os seguidores do Esquilo abriram as entradas para as velhas minas de carvão que existiam nas terras mais baixas, a três ou quatro dias de caminhada do Topo, em regiões onde Chama jamais esteve nem pretende estar. Alfredo tem registrados em seus cadernos relatos de que muitas pessoas foram morar nessas minas depois que o calor insuportável e a peste do sangue vieram.

O Esquilo, diz a versão mais contada, era um menino que cresceu nas minas e começou a pregar que o humano era uma peste pior que as bactérias e que seria melhor que fosse exterminado até não sobrar nenhum. As pessoas que concordaram com ele foram capazes de abrir passagens muito profundas dentro das minas, tão profundas que conseguiram extrair mais carvão de onde supostamente ele havia acabado. Dia e noite eles entravam e saíam dos buracos com os olhos muito brancos no meio da pele suja de preto, bêbados de uma coisa chamada charrua, feita de frutinhas de butiá, gasolina vencida e água. Hoje o Esquilo percorre a terra em cima de um enorme caminhão de carga feito para carregar carvão, uma máquina que já era muito velha e estragada antes mesmo do calor e da peste, e que dizem ser parecida com um elefante de ferrugem deslizando sobre pneus da altura de três humanos adultos. Os seguidores do Esquilo puxam o caminhão pelas velhas estradas de chão batido e de asfalto agarrados a feixes de cordas emaranhadas que lembram, de acordo com o que viu Quêni, os complicados jogos de cama de gato que as crianças fazem com as mãos e barbante. Quando surge pelo caminho uma ladeira muito inclinada eles ligam o motor do caminhão com um forno de carvão que os mais antigos usavam para fazer o aço. Quêni não sabe explicar bem como fazem isso funcionar, mas o ronco faz todos os animais perderem a direção e de uma chaminé no caminhão sai uma coluna de fumaça muito grossa e muito preta, que sobe no ar azul e lilás em volutas espiraladas que depois se espalham como um sangue preto se diluindo nas nuvens. Assim a caravana consegue puxar o caminhão nas subidas difíceis e ele até anda sozinho por curtas distâncias. Quando chega ao alto da elevação eles apagam o fogo do motor e deixam o caminhão descer desabalado do outro lado enquanto o Esquilo e os carvoeiros gritam e assoviam como se o milho tivesse voltado a crescer no campo. Homens e mulheres raspam o cabelo nos lados da cabeça, mas deixam crescer o cabelo de cima. As mulheres também puxam o caminhão e matam humanos, e elas não podem ter filhos. Podem, mas são proibidas. Eles não deixam viver nenhum nascido. Chama se pergunta se os carvoeiros vão se matar todos uns aos outros caso um dia consigam tirar a vida do último humano da terra que não faz parte da caravana, ou se não vão resistir à tentação de começar tudo de novo achando que com eles, talvez, a humanidade funcione melhor. Chama se pergunta também como a caravana não diminui de tamanho até desaparecer por causa da peste do sangue. Talvez, ela pensa, muitas pessoas que o Esquilo e seus seguidores encontram pelo caminho acabem decidindo fazer parte da caravana, repondo os que foram perdidos para a doença. Quando ela falou isso para Alfredo, ele disse que se tratava de uma ironia, uma palavra que ela guardou embora não tenha entendido muito bem seu significado, mas parecia querer dizer que os carvoeiros eram muito burros. O Esquilo não é um profeta, diz Alfredo, porque ele não tem visões nem acredita num mundo além das aparências. O Esquilo apenas acredita com muita força que não deve haver mais humanos e que é dever dele facilitar essa inexistência. Por isso eles mesmos não se matam. Eles precisam ser úteis primeiro. Para matar quem aparece pela frente usam facões e pedras. Às vezes, se houver muita resistência, armas de fogo. Alguns carvoeiros são especialistas em matar só com as mãos, completa Alfredo, e se algum dia a caravana chegar ao Topo é desses que ela deve fugir porque é a pior morte de todas. Mas tanto a Velha como Alfredo concordam que é muito difícil que a caravana um dia passe pelo Topo, porque o Topo é muito alto e as ladeiras são muito inclinadas, pedregosas e compridas para o caminhão subir, mesmo que eles puxem com as cordas e acendam o motor ao mesmo tempo. Chama não quer, é claro, que a caravana apareça, mas uma parte dela gostaria de vê-los ao longe como viu Quêni, de uma distância bem segura, sem ser percebida. Às vezes ela sonha com o elefante de ferro soltando fogo pela tromba apontada para cima e com a carnificina eficiente e orgulhosa dos carvoeiros bêbados de charrua que emergem serenos da fumaça ardente, convictos de seu festival de sangue e dor como se nada pudesse ser mais evidente do que o fato de que estão fazendo um bem. De longe talvez ela divisasse na caravana a mesma diligência e entrosamento tácitos que enxerga nas abelhas, o balé reverente das trabalhadoras em torno da rainha, o avanço inexorável de um arranjo harmonioso pela sucessão dos dias. Chama gostaria que o Organismo fosse capaz dessa mesma harmonia implacável. Mas para isso talvez fosse necessário que cada morador abrisse mão de parte de seu juízo e suas vontades, uma troca que, ela suspeita, os levaria à perdição.

VII.

As abelhas poderiam simplesmente nos matar quando precisam de um cadáver, lembra a Velha, mexendo uma panela de inhame desmanchado com carne de cordeiro, suco de limão e folhas de radite, enquanto Chama lava cumbucas de madeira e antigos pratos de porcelana com bucha e sabão. Se não nos matam é porque alguma coisa as beneficia num Organismo sem medo, e talvez essa coisa seja apenas o nosso contentamento. Chama pergunta se isso significa que as abelhas querem o nosso bem e a Velha apenas ergue as sobrancelhas, como se dizer as coisas com tal clareza nos desviasse necessariamente da verdade. A cozinha da casa da Velha, sempre frequentada livremente por todos no Organismo, tremula no calor do fim da manhã com aromas de gordura quente, chá de erva-mate e cera de abelha. Seriemas imponentes circulam pelos aposentos da casa com permanente ar de precaução embora se saiba que são aves valentes, capazes até de atacar javalis. Algumas são solitárias e outras formam casais que nunca se separam. A Sereia, exímia compositora de enfeites e trajes, tem uma tiara que imita suas lindas cristas espetadas. Uma seriema entra pela porta trazendo uma cobra grande presa ao bico. A cobra ainda se debate e a Velha olha e sorri, agradecendo à ave. Com movimentos amplos e vigorosos do pescoço a seriema golpeia o piso com a cobra. Uma algazarra toma conta do recinto quando a turma das crianças mais crescidas aparece para mostrar que arrancaram um dente de Lalita, uma menina de cabelos pretos e muito emaranhados, enfeitada com adornos de casca de tatu e sempre abraçada numa garrafa térmica antiga. Lalita está com o rosto reluzente de lágrimas e baba sangue pelo canto da boca enquanto um menino mostra o molar podre aos adultos, orgulhoso da cirurgia que fez na amiga. A velha tira o couro da cobra e prepara outra panela para cozinhar. As seriemas a alimentam porque ela abriga seus ninhos e ovos dentro da casa. Da enfermaria se escutam os gemidos do Tão, que tinha ido tratar uma ovelha bichada com arnica no campo do outro lado do morro e foi surpreendido por um javali furioso que meteu uma presa na sua coxa e por pouco não rasgou a artéria. O javali é o único bicho com quem o Organismo nunca se entende. Os javalis aprenderam até certo ponto com as abelhas a dividir tarefas, proteger seus reis e rainhas e formar enxames. Comem qualquer coisa e não adoecem. Se tornaram invencíveis e numerosos e talvez por isso pareçam um pouco alheios à vida e incapazes de alianças. Por onde passam deixam rastros de carniça e terra pisoteada que morre e demora meses para nascer de novo. Mesmo assim Chama tem pena deles, pois lhe parecem criaturas perdidas do seu lugar de origem, atordoadas pela própria proliferação descontrolada, sem nada a ameaçá-las a não ser o próprio metabolismo. Se já não tivesse decidido se dedicar às abelhas Chama talvez tomasse para si o propósito de tentar uma aproximação com os javalis, algo que tinha sido arriscado poucas vezes, até onde ela sabe. Mesmo a Velha parece desdenhar dessa possibilidade. A comida está pronta e outros vão chegando, trazendo suas contribuições de carne de lagarto seca, cogumelos, polpa de butiá com mel silvestre. O Organismo almoça no início de tarde tórrido. Por trás do drama modorrento dos dias repetitivos moléculas se formam e se destroem, são trocadas e transformadas, como ensinam as lições da Velha e até mesmo alguns livros de Alfredo. Nas encostas do Topo já houve veados e vacas, lebres e pumas. Esqueletos de cavalos abundam quando o vento forte escava a terra, majestosos animais que eram muito inclinados às alianças. O céu, dizem os mais velhos, já foi azul e ocre. Chama mastiga com seus dentes podres e pensa no buraco na gengiva da pequena Lalita, nas pelancas dos braços da Velha, nos bicos doloridos de seus peitos e no sangue que a qualquer momento deve lhe descer outra vez pelas coxas. Vai sentindo que se avizinham, naquele entreposto entre os seus sentidos e aquilo que captam, respostas para as grandes perguntas que rondam seu coração. Dentro do peito é como se uma bacia de água morna se agitasse com vigor, cada derramamento a um só tempo um desperdício e um gozo. Chama se dá conta, não pela primeira vez, de que se sente muito sozinha ali. As crianças são muito pequenas e os adultos grandes demais para ela. O Organismo funciona no acolhimento das diferenças, mas ela sente falta de uma unidade que não sabe descrever nem para si mesma no caroço sem palavras do seu ser. Sabe bem quanta sorte tem de viver no Topo e não fora dele, de ser aliada das abelhas, de ter a tutela da Velha e de Celso, mas não consegue ficar satisfeita. Há nas outras vidas que é capaz de imaginar e nos outros entes dos quais deseja se aproximar um quebra-cabeça que a persegue e a desafia. Não sossegará enquanto não resolvê-lo, mas será isso possível? Depois de comer sente a boca mais seca que nunca. Em que ares brota o orvalho que um dia a acalmará? Ao cair da noite a Velha e Alfredo distribuem as colheradas de necromel aos humanos do Organismo. Ela engole sua dose e pouco tempo depois sente a pele formigar e as entranhas incharem um pouco. O mel de cadáver, explicou uma vez Celso, não mata nem neutraliza as bactérias da peste do sangue. Muito pelo contrário, o mel as atrai e as alimenta. Ficam saciadas a tal ponto que não precisam consumir nosso corpo. Passam a defender sua morada, ansiosas por algo que somente o néctar correndo em nossas veias pode fornecer. Invisíveis e incontáveis, é na aliança do Organismo que elas também encontram algum sossego. Em qualquer outro lugar essas bactérias são invasoras do humano. Não aqui. Aqui elas não estão em nós, disse Celso. Elas são conosco. Chama deita na relva quente e quebradiça e pensa nisso. Em onde ela começa e as outras coisas terminam. A noite chega mais pesada e escura que o habitual. Parece haver uma luz fraca nas bordas do céu e um buraco vazio e sem fim no meio. Desse buraco surge um zumbido conhecido, uma vibração que prenuncia a imagem que em seguida se forma, do enxame de abelhas que vem a seu encontro e paira primeiro como um rosto humano, depois como uma caveira com chifres, dessas que volta e meia ainda se encontram debaixo da terra seca, e por fim como um jorro que se espalha em milhares de partículas volantes desenhando seus arabescos ritmados, uma afluência sem indício de figura alguma, apenas abelhas sendo abelhas.

VIII.

No meio dessa noite pesada e escura um estrondo e um tremor despertam o Organismo. Em sono tranquilo na rede pendurada entre as árvores Chama abre os olhos e espreita o breu à procura de perturbações. Nada se move entre os galhos finos do bosque que é seu lugar preferido para dormir, ali onde os troncos de árvores altas com raízes muito fundas que puxam água de subsolos inacessíveis a qualquer outro ente da superfície se revestem de liquens vermelhos que só sobrevivem no ar mais puro. Chama escuta os gaviões e seriemas gritando alertas e depois, aos poucos, o ruído de portas e janelas abrindo. Tochas são acesas e nomes são chamados por vozes aflitas que só sossegam ao obter resposta. Aos poucos a visão de Chama se ajusta à luminescência espectral das nuvens de estrelas e ela distingue as silhuetas de humanos e lanosas ovelhas transitando em meio aos abrigos do Topo e nos campos limpos e seguros do entorno. Chama desce da rede, calça os chinelos e explora. A Velha está em pé na varanda de casa, curvada sobre o parapeito e mascando alguma coisa com a mandíbula inquieta. Alfredo, Celso e outros adultos, alguns empunhando seus porretes, facas ou as preciosas espingardas reservadas aos invasores mais temíveis, começam a se reunir em círculo perto da fogueira comunal que há dias não é acesa e está reduzida a um amontoado de tocos farelentos. Chama vê uma turma de crianças correndo para o alto do morro, uma delas carregando uma tocha que risca uma cauda alaranjada no escuro e revela em seu halo a posição das pedras tão conhecidas que vivem pelo caminho, companheiras inamovíveis do Organismo. Em vez de ir atrás das crianças em busca do ponto de observação mais elevado Chama sai correndo na direção oposta pelo caminho que desce a encosta e depois a contorna passando pelo galpão de mantimentos e pela saída que leva ao antigo cemitério, há décadas em desuso, e então prossegue em direção às colmeias. No meio do caminho cruza com Misabel, que estava trepada na torre de transmissão fazendo a vigia e agora corre esbaforida em direção às casas. Uma bola de fogo, diz Misabel. Primeiro uma claridade fraca por trás das nuvens, uma faísca, dava até para duvidar que tivesse visto algo, mas de repente um jato de luz viva e vermelha, instantânea, o barulho fundo e retumbante, o chão tremendo. Misabel sai correndo de novo para contar aos outros o que viu e Chama segue pela trilha que contorna o morro até chegar ao recanto das colmeias. Um silêncio cavo paira sobre os cupinzeiros e ela estranha que tanta agitação não tenha despertado as abelhas. Quando se aproxima cautelosa de uma das colmeias e espia pela entrada descobre que não há sinal das volantes que montam guarda à noite. Chama busca os ensinamentos da Velha para tentar se acalmar. Novos fenômenos, outros arranjos, os rasgos no manto sonolento dos hábitos. Nada a temer. Seus olhos captam uma claridade muito fraca por cima da linha das árvores que escondem o velho cemitério. Corre naquela direção passando pelas quase inúteis armadilhas de javali, pelo olho-d'água usado pelas abelhas, pela caveira de cavalo em torno da qual as crianças inventam corpos extravagantes feitos de pedras, plantas e pedaços antigos de plástico, depois pelas lápides de pedra do cemitério espalhadas no meio da trama densa de galhos e cipós secos, memoriais para cadáveres que as abelhas ainda não comiam, as últimas vítimas da peste do sangue no Topo. Alfredo e alguns de seus seguidores vão até ali às vezes para fazer estranhos rituais de respeito aos mortos. Há entre eles quem acredite na existência da alma, uma excrescência do corpo que persiste após a decomposição e precisa de carinhos e certas palavras e cantos para descansar de vez. Alfredo diz que a alma não tem nada de outro mundo, é um aquecimento peculiar das menores partículas da matéria. De acordo com ele são como brasas que continuam ardendo no miolo da lenha com um calor que se percebe ao aproximar a palma da mão, produzindo apenas a mais tênue e invisível fumaça. Chama não acredita nisso. Em tudo que observou morrer e se decompor viu o calor se dissipar sem traço discernível daquilo que outrora o animava. O calor da vida, lhe parece mais sensato concluir, não se apega às formas às quais humanos se apegam. Nesse tema ela prefere a visão da Velha, de uma continuidade da criação que apaga as instâncias anteriores, sendo permanentes apenas as matérias e forças dotadas de vontade mas sem identidade. O cemitério fica para trás e depois de ultrapassar mais uma elevação pedregosa Chama avista a região de fogo e fumaça em torno da qual as crianças, que chegaram antes por caminhos que somente seus pés ágeis e destemidos conhecem, correm e pulam excitadas. No centro dessa queimada, visível de vez em quando entre as cortinas de fagulhas, preservando após a queda vestígios da forma oval, há uma máquina incandescente com dez ou doze passos de comprimento. Chamas azuis e verdes se misturam às labaredas vermelhas e laranja. Pequeninas explosões lançam aos ares da noite estilhaços e destroços. Chama vai se aproximando sem pressa, admirando a estátua crepitante. As crianças viram a cabeça ao notar sua chegada e lhe exibem olhos brancos e fascinados. Pelas cascas de tatu e pela garrafa térmica agarrada ao peito Chama reconhece a pequena Lalita passeando às cegas com a cabeça coberta por uma esfera de vidro cheia de rachaduras. Isso se parece com algo que Chama conhece mas custa a lembrar. Um capacete, lhe ocorre instantes depois. Alguns moradores guardavam capacetes que os antigos usavam para pilotar carros e motos, não era muito difícil encontrá-los e se mantinham bem preservados embora não tivessem serventia no Organismo. Ela sente cheiro de cabelo queimado e de outra coisa que não sabe definir, um vapor inebriante e ardente que provoca tontura. Um dos meninos aponta para o lado e Chama enxerga pela primeira vez o ente que se arrasta pela terra a alguns passos de distância do fogo. Por alguns instantes não está claro se é um humano ou algum outro organismo que se move de modo semelhante, mas depois de chegar mais perto ela distingue bem a cabeça, o tronco e os membros cobertos por uma roupa diferente de tudo que ela já viu, grossa, amarela e cheia de tubos e tecnologias. Apesar dos esforços de Chama para afastá-los, dois meninos e uma menina do Organismo se aproximam em turnos do sobrevivente desferindo pisões e chutes no corpo que tenta se arrastar para longe, delirante e chamuscado, como se acreditasse que a escuridão poucos passos adiante pudesse salvá-lo.

IX.

O depósito de carnes, construído sobre uma plataforma a um braço de altura do chão e cercado de arame farpado, é o lugar escolhido pelos adultos para alojar o homem. Ela ajuda a carregar os barris cheios de carne de ovelha, cabrito e javali conservada na gordura até o galpão maior onde ficam armazenados os outros mantimentos. Instalam no depósito uma cama com colchão e travesseiro de palha e terminam de preparar o claustro com uma tigela de água, outra com aipim cozido, e um balde para dejetos. Naquela primeira manhã ninguém é autorizado a entrar no depósito exceto a Velha, Alfredo, Celso e o Boloto, que é designado como enfermeiro para cuidar dos machucados do homem. Chama recapitula o que aconteceu desde a queda e tem a impressão de que os instantes pertencem a um sonho aflito do qual ainda não despertou por completo. Quando interveio para afastar as crianças que o surravam sem motivo aparente Chama percebeu que a cabeça e as mãos do homem estavam pretas e que sua roupa amarela estava queimada em várias partes. Ela mandou as crianças buscarem adultos e ficou sentada ao lado do homem cantando baixinho melodias inventadas e perguntando seu nome, mas ele não respondia, apenas respirava fundo e soltava um ar chiado pela boca. Perto da máquina oval em chamas dois meninos chutavam o capacete de um lado a outro como se fosse uma bola e a pequena Lalita brincava com um par de luvas que emitia reflexos prateados contra o fogo bruxuleante. Chama tocou o rosto do homem e ele se encolheu todo de dor. Primeiro apareceu Tão, na frente dos outros apesar de estar mancando do ferimento de javali na perna, depois Misabel e Celso, depois Alfredo, e Chama reparou que eles pareciam saber do que aquilo se tratava mas falavam muito pouco e em voz baixa. O Organismo não costumava ter segredos. O homem foi carregado numa rede até a varanda da casa da Velha e logo seu corpo desfalecido foi levado para dentro da casa e a porta foi fechada. Chama nunca tinha visto a porta da casa da Velha ser fechada. A aurora despontou como todas as manhãs e agora, depois de ajudar a transferir os barris de carne, Chama está sentada perto do depósito imaginando o homem lá dentro, sentindo vontade de cuidar dele como se fosse sua mãe. O arame farpado que sempre protegeu os mantimentos contra javalis e outros entes esfomeados agora tinha outro significado, separando aquele humano de todos os demais. Mas por quê, exatamente? Chama quer passar para o outro lado do arame e conhecer melhor o recém-chegado. Sente que tem alguma responsabilidade sobre ele e que deve zelar por seu bem-estar. Ainda não entende por que as crianças o agrediram e escutou um dos adultos se referir ao homem como um fugitivo. Um fugitivo de onde? E que tratamento merece um fugitivo? Com frequência Chama percebe que ignora coisas óbvias que mesmo as crianças compreendem e procura afastar os sentimentos de inferioridade que surgem dessa constatação desde que a Velha lhe disse que isso ocorre porque ela direciona seus sentidos para coisas diferentes, tem um jeito de prestar atenção nas coisas que não vai ao encontro do jeito dos humanos mais semelhantes entre si, e que haverá momentos em que essas peculiaridades lhe trarão orgulho e satisfação. O tratamento dado ao homem caído lhe deixa um gosto amargo na boca. Existe uma violência de sobreviver e existe uma violência que não tem a ver com sobreviver, ensina a Velha. Essa que não tem a ver com sobreviver é uma desforra contra um sentimento de injustiça baseado no engano de que algo nos é devido somente por existirmos. A violência acontece porque achamos que a dívida não será paga, ou que está sendo paga aos outros antes ou em detrimento da nossa própria dívida, ou que caberia às vítimas da nossa violência, de alguma maneira, realizar o pagamento em nome do universo calado e invisível. Mas não há dívida, diz a Velha, somente dádiva. Sentada ali diante do depósito, percebendo que os adultos parecem assustados e que coisas vedadas aos mais jovens começam a ser ditas aos sussurros, Chama começa a temer que a queda do homem possa fazer o Organismo esquecer desse ensinamento e trazer de volta, depois de muito tempo, violências que nada têm a ver com sobreviver.

X.

Chama é enviada junto com Misabel para investigar os destroços da nave. Dois meninos as acompanham, saltitantes e silentes, um deles vestindo um macacão de couro de cabra e o outro um antigo vestido enfeitado com pedaços de plástico a ponto de parecer uma armadura esbranquiçada. Chama nunca se acostuma com a aura de ameaça inocente que paira em torno dos meninos do Organismo. São prestativos, mas torturam animais. São às vezes brincalhões como crianças bem menores, mas na maior parte do tempo se fecham em profunda apatia. Seus corpinhos magrelas e vulneráveis parecem infinitamente flexíveis e indiferentes à dor. O sol do meio-dia faz a terra vibrar, ferve as gosmas todas e excita as plantas. Mutucas zunem perto de seus ouvidos e se camuflam no dorso de certas pedras em legiões imensas que de repente se deslocam e ficam visíveis ao olho humano. As mutucas quase nunca atacam os humanos no Topo porque são retaliadas pelas abelhas, mas estas seguem desaparecidas desde a queda da máquina e Chama tem a impressão de que poderá ser picada por uma mutuca a qualquer momento. Ela sente o nariz e a garganta secos, o ventre ardendo, a ponta dos dedos formigando. Sabe que o corpo reclama e se zanga quando se está crescendo, mas os sintomas de agora parecem vir de mudanças na sua compreensão e não no seu corpo. Queria entender exatamente o que se reconfigura nas relações entre as coisas para agitar nela tais efeitos, mas sabe que ainda tem acesso somente a cintilações insuficientes. Quando chegam ao lugar do impacto Misabel faz um gesto para que os menores se detenham atrás dela. Está calculando o risco de uma explosão e farejando a presença de qualquer substância tóxica. Seus olhos estreitos parecem procurar além das imediações, na curva do planeta ou em algum infinito. Suas narinas se expandem e tremem e ela gira a cabeça só um pouquinho, direcionando os ouvidos. O pai biológico de Misabel, Chama sabe, era um famoso físico especializado em energias. Misabel aprendeu esses conhecimentos com ele muito cedo, antes que a peste do sangue o inflamasse. Dizem que uma vez, quando ainda moça, Misabel conseguiu fazer funcionar um velho gerador que o Organismo negociou com uma caravana pacífica que percorreu os vales em torno do Topo. Misabel guardava naquela época alguns litros de óleo diesel, os últimos de que se teve notícia por ali, no tanque do trator e conseguiu consertar os mecanismos quebrados do gerador, que cuspiu fumaça preta e eriçou as encostas dos morros com um barulho que não era escutado por criatura alguma havia muito tempo. Tentaram acender lâmpadas e fazer funcionar um congelador todo enferrujado, mas nada deu certo até que alguém lembrou da televisão que era usada como prateleira na casa da Velha. Essa televisão, para espanto de todos, acendeu e ficou mostrando uma chuva de pontinhos pretos e brancos e emitindo um chiado irritante. Os moradores do Organismo se acotovelavam para chegar perto e ter o rosto iluminado pela luz elétrica. Colocando a mão sobre a tela acesa algumas pessoas sentiam um formigamento quentinho.

Misabel criou uma antena com arames e fios que guardava em sua maleta de ferramentas e então vozes de robôs entrecortadas soaram junto com imagens tremidas que ninguém entendeu direito e logo foram esquecidas. Alfredo conta que todos os relatos que anotou naquele dia falam de um sentimento estranho de esvaziamento. Ricas e formidáveis memórias guardadas pelos mais velhos adquiriram vida apenas para se revelarem, no instante seguinte, miragens que empalideceram e sumiram. Fantasias e imaginações que os mais jovens tinham criado em seus pensamentos sobre os encantos perdidos do tempo antigo se transformaram em cinzas que a brisa espalhou. Em pouco tempo o gerador parou de funcionar. O óleo diesel estava estragado demais e entupiu os mecanismos. Chama, que ainda era bebê quando transcorreu esse episódio, não tem um relato próprio para oferecer, mas suspeita muito dessas histórias que falam da tela ligada como um sopro que apagou um feitiço. Acredita que o feitiço era e ainda é real. Faltam apenas os aparatos que o sussurrem sem parar como nos tempos de juventude da Velha e nos mergulhem de novo em seus ritos e sensações. Diante das ferragens fumegantes Misabel ajusta a saia esfarrapada em torno das pernas, gira a cabeça encimada por um vistoso turbante colorido e acena aos menores comunicando que tudo parece seguro o bastante para que se aproximem. Chama tinha escutado nas conversas dos adultos uma palavra que Misabel agora lhe ensina. O que caiu do céu sobre o Topo é uma nave e o homem que viajava dentro dela era um astronauta ou morador das órbitas. De vez em quando as naves ficam sem combustível como o trator e despencam, mas essa é a primeira que aparece ali. Uma cratera se formou amontoando a terra seca em corcovas pedaçudas de aroma mineral e enfeitadas com guirlandas de raízes secas. Chama pede a Misabel que conte mais sobre as naves. Enquanto aponta para os meninos certos materiais e pedaços que devem ser recolhidos porque possuem alto valor de troca Misabel explica com alguma hesitação, como se ela mesma já não tivesse muita certeza do passado, que naves pequenas como aquela ou enormes como cidades ficam estacionadas no espaço entre as nuvens do céu violáceo e as nuvens de estrelas, numa região conhecida como órbita. Chama já ouviu falar da órbita. Uma região do céu povoada de máquinas antigas, a maioria delas desligadas como a televisão mas que às vezes ainda aparecem como estrelinhas viajando devagar em linha reta. Mas essas máquinas com humanos dentro deviam ser alguma espécie de tabu, porque ela não lembra de Alfredo nem a Velha nem ninguém tê-las mencionado. Misabel a instrui a prestar atenção em qualquer coisa que pareça fora de lugar. A carcaça carbonizada da nave é só um pouco maior que a do trator e é feita de gelecas pretas de plásticos e espumas que derreteram e secaram, pedaços de tecidos estranhos que não queimaram, superfícies de metal lisas e curvas nas quais dá muita vontade de passar a mão, tubos de um material duro e cor de bronze, muitos cacos de vidro em forma de quadradinhos ou hexágonos. Chama encontra um pequeno esqueleto chamuscado e o aponta para Misabel, que depois de pensar um pouco opina que deve ser um gato, um bicho que no Topo não é visto há décadas. Os meninos escalam as partes mais elevadas do esqueleto de metal ainda quente, se empoleirando nas arestas como pássaros e avistando pedaços da nave que foram arremessados longe. Elas resolvem investigar alguns desses pedaços. Misabel recolhe um instrumento danificado que parece um antigo telefone e um dos meninos encontra um canivete com sangue seco na lâmina. Quando estão prestes a dar a busca por encerrada Chama encontra entre arbustos secos a dezenas de metros da nave uma caixa que permanece íntegra e à primeira vista parece inviolável. A fechadura, no entanto, é de simples abertura. Dentro há uma foto de um homem, uma mulher e uma menina. Há outras coisas também. Dois anéis de ouro com datas inscritas que Misabel diz serem muito antigas, de antes da invenção de computadores e naves, um pequeno livro que nenhuma delas sabe ler, um artefato do tamanho de um dedo que serve, Misabel acredita, para armazenar informações de computadores, e um tubinho espiralado que parece feito de osso liso e que ela logo percebe tratar-se de uma concha do mar, descrita mais de uma vez pela Velha em seus ensinamentos sobre a variedade das formas de vida. Chama pede a Misabel para ficar com a concha e é atendida. O que mais a intriga, porém, é a fotografia com cores ainda vivas. Nunca viu uma imagem tão bem preservada. A mulher talvez fosse a esposa do homem e a menina, já meio espichada e talvez com tempo de vida semelhante ao de Chama, devia ser a filha biológica dos dois porque era muito parecida com eles. Estão sentados em cima de uma colcha colorida, sorrindo. Não dá para ver bem o rosto da mulher porque ela está usando grandes óculos escuros. A menina usa um relógio de pulso grande com uma tela acesa. Já havia a peste do sangue quando tiraram a foto? Eles estão limpos, a mulher é gorda, a criança tem dentes brancos. Ela não sabe dizer a idade do homem que veio na nave, mas na foto ele parece jovem, sua pele não é clara nem escura, seus cabelos são curtinhos como os de um javali, seus dentes também são brancos como o sol do meio-dia. Chama procura ligações entre o homem da fotografia e a face queimada e cortada que se arrastava pela terra seca. Misabel põe o telefone e o artefato de guardar informações em cima de uma pedra e os destrói com golpes de outra pedra, recolhendo alguns pedacinhos de valor. No caminho de volta para as moradias, pensando na família antiga da fotografia, Chama sente pela primeira vez um pouco de tristeza pensando que Misabel e Celso não vivem mais perto dela embora sejam sua mãe e seu pai biológicos. Os outros a deixam para trás enquanto ela fica parada olhando a fotografia dos três humanos em família. Mas Misabel retorna e ao verificar o que acontece afaga a cabeça de Chama e a lembra de como quis se desgarrar desde pequena, de como pediu a Misabel e Celso para viver sozinha e pesquisar suas próprias alianças. De como foi amamentada por várias mulheres e cuidada por todo o Organismo, em especial pela Velha. E de como Celso a via como sucessora no trato com as abelhas. As palavras surtem efeito e Chama vai ficando leve de novo. Ter uma família como a da fotografia não a pouparia da vertigem que é ser um ente entre muitos. A Velha e Alfredo concordam em poucas coisas, mas uma delas é que nunca houve na vida e nos livros um modelo de aliança que desse conta das vicissitudes, abismos e inclinações do humano. Chama pergunta a Misabel se ela percebeu que as abelhas sumiram. Misabel a afaga de novo e depois a abraça, dizendo que as abelhas vão voltar. O impacto da nave deve tê-las assustado. Chama sente o contato das pernas possantes e curtas de Misabel, o cheiro pungente e inebriante de suas bactérias. Os meninos observam as duas de longe, rindo. Duas seriemas cantam ao longe, dobrando o pescoço até as costas e dirigindo às alturas seu grito potente. Chama aperta sua concha na mão e recita dentro da cabeça a palavra que acaba de aprender. Astronauta, astronauta.

XI.

O planeta é um corpo e nós já fomos sua peste do sangue, diz Alfredo. Ele chamou o Organismo para se reunir em frente à sua casa ao cair da tarde e quase todos compareceram, mesmo os mais dedicados ouvintes da Velha, pois o clamor da Velha pelo esquecimento do passado e pelo constante vir a ser soa a muitos insuficiente desde a queda do astronauta. Chama não quer se afastar dos ensinamentos da Velha, que fazem tanto sentido para ela na concordância e na discordância. Gosta da sensação de ter a resposta para toda dúvida em outra dúvida, do chão firme transformado em lama funda, das raras certezas rapidamente confrontadas por seu oposto. Para Alfredo há um mapa do conhecimento explicando quase tudo e bastaria tempo e acesso suficientes a esse códice para elucidar quase todos os mistérios e ter alimento para quase todas as decisões. Esse conhecimento de tudo nos permitiria saber o que acontecerá nos instantes por vir, sem nossa intervenção, e decidir se é o caso ou não de intervir e de que maneira. Como, Chama pensa, não suspeitar um pouco dessa confiança toda no modo de observar e entender do humano? Mas é verdade que a queda do astronauta abriu uma ferida no Organismo e a cicatrização parece depender de infusões do passado. Ela mesma sente essa sede de relatos e lembranças como se o astronauta fosse um pontinho cintilante no alto da colina revelando uma grandiosa relíquia soterrada. Os ouvintes ficam em pé ou se acomodam sentados em pelegos de ovelha e bancos de madeira. Alguns bebem chá de camomila ou mascam carne e frutas secas. Quêni tem seus gaviões no ombro e sua filha biológica, Sereia, está trepada na garupa do Tão, ainda enlutado com a perda de Ramona. Os meninos e meninas passam uma cobra-verde de mão em mão e brincam com ela um pouco afastados dos adultos, mas quietos e respeitosos da assembleia em curso. Os meninos gêmeos biológicos de Alfredo, que já sabem ler e vivem folheando livros, estão perto do pai, mas se distraem com seu brinquedo favorito, uma antiga câmera fotográfica que não funciona, o que não os impede de apontá-la para as coisas e apertar botões como se capturassem a luz dos instantes. Um deles está sempre vestido de morcego e o outro de aranha, ou pelo menos é como eles próprios explicam os trajes estranhos que usam. Chama olha por cima do ombro e avista a Velha amparada por Deia junto ao tronco da figueira morta, as duas também atentas a Alfredo e sua ajudante em pé na pedra achatada que escolheram como púlpito, e mais ao fundo se pode ver o depósito de carnes onde repousa o astronauta preso e ferido. Um vento morno agita os cabelos e as folhas do Organismo. Alfredo está dizendo que os livros mostram que não apenas a história do humano é fractal, mas também a composição de todos os entes animados e inanimados. São palavras estranhas que ela reconhece mas não entende bem. Todo fenômeno é composto de versões menores dele mesmo, diz Alfredo, e assim as bactérias do sangue estão em nós como estamos no planeta. Ele fecha o livro de capa verde que está consultando e o entrega à ajudante ao lado, que cuida de uma mesinha com outros volumes da biblioteca. Em seguida pega com cuidado uma pilha de folhas amarelo-escuras que parecem muito finas e frágeis e se desmancham mais um pouco ao serem manuseadas. São notícias de muito tempo atrás, do tempo do petróleo e da eletricidade em toda parte, diz Alfredo. Os textos falam de escassez de comida e das grandes epidemias. Do mar avançando sobre as cidades costeiras e do calor dizimando os pastos e plantações que cobriam regiões maiores que o horizonte. Das variedades de entes que não resistiram à infestação humana. Enquanto fala ele manuseia as folhas e as exibe na luz violácea do entardecer. Há um texto aqui, diz Alfredo, explicando como uma porção muito pequena dos humanos que existiam naquele tempo, talvez duzentas ou trezentas famílias donas de riqueza maior que todas as outras que povoavam os quatro cantos do planeta em grande densidade, embarcaram em naves espaciais que flutuavam na órbita e passaram a morar em estações que eram como pequenas cidades. Montanhas inteiras foram removidas para retirar da terra punhados de minerais necessários para fabricar essas naves e estações. O dinheiro usado para construí-las poderia alimentar pela vida inteira uma quantidade de humanos que hoje nem conseguimos imaginar e a fumaça quente que essas máquinas voadoras expeliam no ar superava em grandeza a de todos os carros, tratores, trens e caminhões. Os fugitivos, Chama compreende de súbito. Alfredo manuseia as folhas e escolhe outra. Lê por alguns momentos e prossegue dizendo que, anos depois da fuga, algumas dessas naves começaram a retornar para a terra que haviam abandonado. Que a terra estava em situação ainda pior do que na ocasião em que elas haviam partido, mas aparentemente a situação desses humanos na órbita foi se tornando ainda pior que a situação na terra. O alimento e o combustível acabavam e o corpo e a mente humanos não floresciam adequadamente nos casulos de metal e plástico. Os primeiros fugitivos a retornar acreditavam que seriam bem recebidos na terra, mas encontraram apenas hostilidade. Violências indizíveis foram cometidas contra eles pelos terranos doentes, desesperados e amargurados. Com as tecnologias de rádio e internet os astronautas que ainda estavam na órbita foram alertados pelos que retornavam a respeito dessa animosidade e procuraram estender o quanto puderam sua estadia nas habitações flutuantes. Aos poucos, porém, eles não tiveram mais opção. Cedo ou tarde, diz Alfredo, eles precisavam retornar ou iriam morrer lá em cima porque tinham esquecido de planejar direito a reposição da energia que mantinha suas moradias funcionando na órbita, ou porque as violências que praticavam uns contra os outros se tornavam insuportáveis. A maioria foi torturada e morta assim que caiu na terra. Os que foram poupados e ouvidos relataram atrocidades e sofrimentos inimagináveis dentro das naves e estações. Doenças ainda piores que a peste do sangue, humanos comendo os corpos uns dos outros e invadindo-os à força, agressões e ódio de uma espécie até então desconhecida. Esse homem que caiu no Topo, diz Alfredo, é um desses humanos que primeiro fugiram daqui e depois fugiram de lá. É importante que todos entendam o que a chegada dele significa. O homem fala uma língua que não conhecemos e representa uma degeneração das antigas sociedades da qual ainda estamos protegidos no Topo. A maioria dos astronautas de que se tem notícia caíram perto de cidades grandes com luzes. Sua queda aqui só pode ter sido um acidente, mas é um acidente com consequências muito perigosas para o Organismo. O homem conhece tecnologias das quais nos afastamos há muito tempo e não sabemos o que pretende ou do que é capaz. Ele pode atrair outros humanos que não vão respeitar o modo de vida do Organismo. Humanos que podem querer tomar de nós o necromel, os olhos-d'água sem veneno e o ar fresco. Enquanto Alfredo profere essas últimas colocações Chama escuta uma movimentação às suas costas. Deia escoltou a Velha até mais perto do orador. A Velha pergunta a Alfredo o que exatamente ele acha que a chegada do astronauta significa, pois esse significado, que parece tão evidente ao Alfredo, lhe escapa. Depois diz que nada do que consta nos livros e jornais velhos poderá nos dizer o que fazer com este humano, mas o que faremos com este humano dirá o que seremos desse momento em diante. A Velha olha em torno e roga que as ações do Organismo não sejam pautadas pelo passado, mas sim pela observação atenta e generosa do presente. À sua volta Chama percebe os humanos do Organismo manifestando suas opiniões e medos, um rumor de vozes desencontradas, diferente de qualquer coisa que ela já tenha ouvido. A Velha começa a se retirar e Alfredo exibe à assembleia o pequeno livro que Chama havia encontrado na véspera dentro da caixa de objetos pessoais do astronauta. Alfredo diz que é um livro religioso escrito em língua estrangeira, um livro em nome do qual povos inteiros foram massacrados e escravizados, e ao ouvir isso o Organismo fica ainda mais sobressaltado. Alguém pergunta a respeito das abelhas. Alfredo diz que não entende bem os motivos, mas que seria absurdo não ligar a chegada do astronauta com o desaparecimento das volantes. Começa a cair sobre o Topo o peso dessa coexistência misteriosamente subtraída, a ausência da atividade constante das abelhas na vida do Organismo, daquele cheiro doce e meio putrefato dos enxames alcançando as moradas dos humanos ao sabor da brisa quente, do zumbido confortante emitido por elas ao varar grandes distâncias em seus afazeres, de suas vontades aparentes e ocultas em constante brincadeira com as vontades do Organismo, o qual depende há tanto tempo do necromel que seu oferecimento em troca dos mortos é dado como certo. A Velha ensina que nada é dado como certo, mas nem todos ali no Topo a escutam, e muitos que a escutam não entendem de verdade. Chama se afasta da assembleia à medida que o vozerio aumenta e caminha desnorteada entre as casas e barracas como se procurasse se distrair de um grito de grande sofrimento vindo de uma pessoa querida. Quando se dá conta está perto do depósito de carnes. Encosta a orelha e as palmas das mãos na madeira sebosa do casebre, auscultando a palpitação do astronauta ferido, mas não capta nenhum ruído, cheiro ou movimento. Tem razão a Velha, Chama pensa, seria necessário antes de tudo acolher o homem, absorver suas linguagens, deixar-se afetar por sua presença concreta antes de decidir o que ele significa e como, por conseguinte, deve ser tratado. Chama vai contornando o casebre, roçando as paredes com a ponta dos dedos, arfando, desejando não sabe bem o quê. A porta do depósito está trancada com uma corrente e um cadeado. Desde que nasceu Chama sabe que não existem cadeados no Organismo, não existem trancas nem chaves, mas ali está um cadeado enferrujado, sinal inequívoco de que ela já não sabe bem onde vive, não reconhece mais seu lugar e suas alianças, e este talvez seja, ela pensa, o mesmo sentimento que espantou as abelhas, um horror repentino de não mais pertencer.

XII.

O Organismo dorme em silêncio. Ela desperta com o peito inquieto e a boca seca. Levanta da rede e percorre às escuras o caminho de seu refúgio entre os galhos até a varanda da casa da Velha, onde sempre há uma tigela de água fresca. A água incha seus lábios, que deslizam na maciez texturizada um do outro. O silêncio, ela se dá conta agora, parece excessivo, como se o Topo fosse o alvo de uma emboscada. Desce até o depósito de carnes onde dorme o astronauta. Escuta movimentos, como se ele estivesse se virando de um lado para outro na cama. Desde a queda Chama não teve autorização dos adultos para entrar no depósito, mas com frequência se aproxima do casebre quando não há ninguém por perto e procura estabelecer alguma troca com o homem preso lá dentro. Agora ela bate de leve numa tábua e pouco depois as madeiras do piso rangem e ela escuta a voz do homem dizendo palavras em língua desconhecida. Chama se afasta um pouco, temerosa do que desejava obter apenas um segundo antes, e toma a trilha que leva às colmeias abandonadas, passando pelos eucaliptos mortos e pela primeira torre de transmissão onde Val, rapaz dócil que é aliado de todas as coisas no céu e consegue ler estrelas e interpretar o clima, a cumprimenta sem estranhar sua presença, pois suas andanças noturnas são bem conhecidas dos vigias. A lua crescente aparece entre as nuvens e desenha em azul espectral a cidadela de cupinzeiros abandonados pelas volantes desde a queda da nave cinco noites atrás. Cabras e ovelhas se reacomodam em seus leitos de capim amarelado a duzentos ou trezentos passos dali. Chama se afasta das colmeias, ergue a saia, se agacha e molha a terra com um jato de mijo ardido. O cheiro bacteriano de suas axilas, emanação da vida dos micróbios que hospeda, penetra suas narinas e a reconforta. Dos aromas do próprio corpo é o que ela mais gosta, o que mais fortalece seu senso de ser uma coisa inteira. É como cheirar mel silvestre. De novo em pé, Chama desloca o olhar pelos contornos quase invisíveis que compõem a paisagem noturna traçando limites entre diferentes escuros sem muito contraste. Na direção do vale dos javalis, passando pela segunda torre de transmissão, uma zona mais escura que todas as outras a convida para uma visita. Está habituada a mirar a escuridão completa e sabe por instinto que alguma anomalia se aloja agora naquele lado do Topo. É o lado menos visitado, porque é lugar de passagem dos javalis e guarda no fundo do vale o riacho envenenado que é o mais importante limite do Organismo, um que não deve jamais ser ultrapassado exceto por aqueles que partem dispostos a não retornar. Chama caminha naquela direção e não demora para perceber que o ar muda. Um resquício de umidade se faz sentir nas suas cavidades e uma vibração longínqua reforça a sensação de um chamado feito para ela e mais ninguém. Vai descendo o morro até acabar a trilha, cruzando limiares que não visita há muito tempo. Quase na base do Topo há um bosque de árvores baixas com troncos retorcidos, próximo demais ao riacho para que se costume adentrá-lo. Chama persegue a vibração em meio à trama de galhos, ouvindo pela primeira vez na vida o rumor delicado do riacho proibido. Em pouco tempo ela já não sabe onde está e é bem possível que tenha ultrapassado os limites do Topo. Uma subida íngreme sugere a transposição de um fundo que ela desde cedo aprendeu que não devia pisar, mas o chamado a impele, uma curiosidade que é um amor à vida maior que o temor de apagá-la por imprudência. Nota uma mudança brusca nas árvores, que se tornam mais altas e espaçadas. De repente uma nesga entre as copas deixa passar uma névoa azul de luar e Chama entrevê uma clareira grande atravessada por cipós grossos como suas pernas. A vibração fraca que a puxou nessa direção se transforma num zumbido conhecido. Algumas abelhas pousam em seu rosto e cabelos. Sente uma picada no dorso da mão, depois outra na curva entre o pescoço e o ombro. Chama não se importa, seu corpo conhece bem a dor latejante e já não a estranha, é como se os nervos em torno do ferrão se transformassem em metal quente que esfria em seguida, e sabe também que as aliadas a reconhecem e não a consideram uma ameaça, picando às vezes porque faz parte da sua linguagem, da maneira própria do enxame de tatear seu entorno. O fervilhar das volantes na clareira é estrepitoso, fazendo pensar em legiões muito mais numerosas que as desaparecidas moradoras dos cupinzeiros. As abelhas circulam em torvelinhos que mal se distinguem na penumbra insuflada de anil, mas o que parcialmente se revela aos olhos de Chama sugere padrões de prodigiosa complexidade e sincronia, organismos formando organismos maiores que dançam e se mesclam com outros organismos. O agito de tantas asas cria um vento fresco que carrega aromas de mel e tomilho, mas há também indícios de algo que lhe embrulha o estômago, um cheiro de fertilidade que passou do ponto. Chama circula pelo perímetro da clareira em busca da fonte desse incômodo até deparar com um corpo deitado, escuro, no qual as abelhas pousam para momentos depois decolarem mais gordas e lentas em direção a uma senda na mata. A alguns passos do corpo ela se detém, receando perturbar as abelhas que zunem uma cantiga só delas, mas está perto o bastante para confirmar que se trata de um humano vestido em trapos, duro e inchado, com sandálias de pneu nos pés e indícios de um tufo de cabelos compridos no topo da cabeça raspada. A caveira aparece quase toda entre restos de carne rosada que foi comida pelas abelhas e a pele ainda intacta é preta e cerosa. Cogumelos gordos já crescem na carne morta. Em torno do pescoço do cadáver há uma tira de couro que após inspeção mais cuidadosa, contornando o local, Chama verifica estar presa a um binóculo grande, bem diferente daquele usado pelos caçadores do Organismo. Depois de olhar por mais algum tempo ela começa a recuar devagar e pisa em alguma coisa lisa e firme. Uma garrafa de plástico transparente com tampa vermelha dentro da qual há restos de um líquido alaranjado com frutinhas amarelas boiando. Chama ergue a cabeça e olha atônita ao redor, como se o que acaba de compreender estivesse sendo comunicado pelas abelhas desde a sua chegada à clareira. De repente o enxame se metamorfoseia num aglomerado mais denso e muscular, que se torce, contrai e espicha na direção da senda que penetra a mata. Chama percebe que começou a amanhecer e feixes suaves de luz amarela e violeta transpassam as copas das árvores em cortinas oscilantes. A trilha é larga mas coberta de relva, indício de um caminho que os javalis abandonaram há muito tempo. Sua caminhada no encalço do enxame é demorada, parece interminável, embora ela saiba que não andou mais que trezentos, quatrocentos passos. O feixe de abelhas se dissolve e espalha. Chama olha para cima e encontra as novas colmeias no alto das árvores. São sete ao todo, e os favos de prole e de mel estão ocultos detrás de camadas compactas de abelhas que permanecem em repouso, comprimidas umas contra as outras com a cabeça voltada para dentro. As camadas são varridas por ondas de cintilações furta-cor que produzem um barulho horripilante e maravilhoso de miríades de asas e abdomes concatenando movimentos com a duração de um piscar de olhos. Sabendo que são observados os enxames começam a cintilar de outro jeito, em ondas ritmadas que aos olhos de Chama fazem cada colmeia parecer um enorme coração palpitante que vai coordenando as batidas, aos poucos, com as do coração que bate dentro do seu peito. Logo há no esconderijo do vale oito pulsares em uníssono. As rainhas aparecem e pousam no seu braço, se deixam observar e partem momentos depois. De uma colmeia bem acima da sua cabeça escorrem gotas espaçadas de mel translúcido que caem primeiro em seus cabelos e depois na língua que ela deixa para fora, paciente. Ela se demora ali, deixando a manhã irromper plena antes de refazer os passos de volta para o Organismo, onde terá de decidir o que fazer com seus segredos.

XIII.

Na manhã seguinte Chama ajuda Celso a abrir as colmeias de todos os cupinzeiros. Conseguem extrair algumas tigelas de mel silvestre e apenas uma pequena porção de necromel. Somando a colheita miúda ao estoque existente Celso calcula que terão o bastante para imunizar a todos por cerca de sessenta dias. Chama não divide com o pai biológico o que sabe a respeito da clareira no fundo do vale, das novas colmeias e do cadáver do carvoeiro. Há algo naquele arranjo novo que aparenta dizer respeito somente a ela mesma, algo para o qual o Organismo não está preparado, não ainda. Nas terras do Topo não há sinal das abelhas desaparecidas e outra assembleia é realizada ao cair da tarde. Alfredo proclama que o astronauta é o culpado por desfazer o equilíbrio das alianças no Organismo e que somente a oferenda de seu cadáver poderá trazer as abelhas de volta. Misabel pede a palavra e lembra que nenhum humano jamais foi sacrificado pelos outros em benefício das colmeias. Que o pacto sempre girou em torno da morte ocorrida em seu tempo próprio, na correnteza dos acidentes e no termo dos metabolismos. Não é razoável, diz Alfredo, pensar que as abelhas diferenciam entre a morte fortuita e um sacrifício deliberado. A palavra "sacrifício" desperta alguns resmungos e balanços de cabeça, como se Alfredo tivesse aberto um furo num saco cheio de sujeira. Desde a mais remota antiguidade, ele prossegue, a morte é provocada em oferendas para ativar os ciclos de renovação e fertilidade. É possível suspeitar, conhecendo os livros, que o destino recente da humanidade esteja ligado ao abandono dessas práticas. Misabel retruca que o assassinato é uma doença muito pior que a peste do sangue e que tal ato seria a derrocada do Organismo. Se as abelhas não retornarem em breve, grita a Sereia, não haverá mais Organismo, em pouco tempo todos morrerão, e por isso é legítimo tentar de tudo. A Velha pede a palavra e diz que Misabel tem razão. Que há evidência de sobra para pensarmos que as abelhas não apenas reconhecem mas também valorizam o respeito à vida do qual os humanos ali no Topo são capazes e que a restauração da aliança passa pela afirmação redobrada desse respeito e não pelo contrário. Para restabelecer o ciclo não devemos mais atormentar e muito menos sacrificar o astronauta, e sim recebê-lo como um de nós. Devemos, inclusive, diz a Velha, oferecer a ele o necromel. Essas palavras instauram um tumulto como Chama nunca viu entre seus aliados humanos. O miasma da discórdia se abateu sobre o Topo e pela primeira vez em muito tempo seus habitantes experimentam a ansiedade dos ardores crescentes e das promessas de violência que vão fazendo cada humano se fortificar em suas convicções, um nó que fica mais gordo e apertado à medida que se procura desatá-lo. A fala firme de alguns se transforma em grito. Chama não consegue mais escutar, não tolera essa sobreposição de vozes que procuram se fazer ouvir por meio de volume e rapidez cada vez maiores. As vozes altas penetrando seus ouvidos são uma violação, como se a tocassem sem consentimento. Pois tudo atinge um corpo da mesma forma, um toque, um olhar, uma palavra, um cheiro, um gosto. Não se pode, pensa ela, produzir esses estímulos sem levar em conta primeiro a sensibilidade de quem os recebe. No meio da confusão Chama se esgueira para longe do ajuntamento da assembleia e caminha com passos silenciosos até a casa da Velha, apertando a concha do mar na mão nervosa. Passando pela cozinha aberta ao uso de todos, ela chega à pequena sala que dá acesso aos dois quartos. Nestes recintos vivem todos os tipos de planta que existem no Topo e algumas que Chama nunca viu fora daquelas paredes, folhagens e flores enraizadas em vasos com terra, algumas em pedras ou tocos de madeira. Há árvores em miniatura produzindo frutos de tempos antigos, pêssegos, tomates. Entes difíceis de avistar aparecem ali. Formigas, aranhas, vespas amarelas ou pretas e miúdas, joaninhas. A Velha preserva dentro da sua casa um pedaço de terra antiga com alianças de outros tempos. A temperatura está sempre um pouco mais fresca e o cheiro de limão, tomilho, flores do campo e ervas ancestrais preenche o ar com mensagens embutidas em químicas e corpos extintos. São as raízes da Velha, pensa Chama, sua forma particular de passado, diferente das histórias guardadas em palavras mas ainda assim um passado. Chama não pensa mal da Velha por essa incongruência. Entende que seus ensinamentos sobre viver apenas no presente são uma verdade parcial, mas verdadeira o suficiente para a finalidade almejada, que é a sobrevivência do Organismo. O presente sem passado foi a ferramenta que construiu a comunidade no Topo. A Velha nunca diz, mas deve saber, no fundo, como Chama também sabe, que sem resíduo algum de passado o presente não consegue nascer. Os vestígios de cada instante. Depois de inspirar o ar saboroso do interior da casa ela lembra do que a levou até ali. Erguendo um pequeno vaso de barro com orquídeas pintadas de roxo Chama pega uma das cópias da chave do depósito de carnes onde está o astronauta.

Quando sai percebe que a assembleia já começou a dispersar mas a discórdia ainda ressoa nas veredas do Topo. Tomando cuidado para não ser vista Chama alcança o depósito, ultrapassa o arame farpado e destranca o cadeado da fechadura. O homem está sentado no chão, ao lado da cama de palha, com as pernas cruzadas e as mãos pousadas nos joelhos. Ele não abre os olhos quando Chama entra e parece mergulhado dentro da própria cabeça. Seus cabelos queimados formam casquinhas pretas no couro cabeludo rosado e seus ferimentos reluzem de pomadas cicatrizantes. O cheiro do corpo e do balde de dejetos se mistura ao resíduo do cheiro das carnes que por anos foram acondicionadas no casebre. De repente o astronauta abre os olhos brancos e fulgurantes no meio do rosto enegrecido e a encara. Chama fecha a porta atrás de si e senta ao lado do homem. Ele fala alguma coisa em sua língua desconhecida e ela gesticula para enfatizar que não entende. Logo estão se comunicando por gestos. Ela aponta para o alto, quer entender o que há lá em cima. Primeiro ele balança a cabeça para os lados e a encara com uma expressão que sugere que não há nada além de dor. Mas a seguir o homem começa a falar com uma voz baixa e pausada, rememorando, quem sabe, os passos que o levaram até ali. Sem entender palavra Chama deita a cabeça nas pernas do homem e fica quieta, respirando com ele, imaginando como ele se sentiu ao partir do próprio planeta, a aparência das suas roupas de astronauta novas, que sensações e pensamentos experimentava usando suas tecnologias tão avançadas e tão pouco úteis, que horrores indizíveis praticou e viu serem praticados por outros humanos nas cidades da órbita para decidir fugir e retornar à terra onde seria espancado por crianças e preso num depósito de carnes. Sentindo o cheiro do homem Chama se retorce e sente os peitos sensíveis. Ele passa os dedos pelos cabelos emaranhados dela como se quisesse mapear a densidade e a posição dos nós, procurando as raízes dos fios e esfregando-as de leve, enchendo o peito devagar e expirando com força e ruído. De um instante para outro, Chama sabe muito bem, esse homem pode revelar sua crueldade ou intenção de usá-la como garantia para obter o que deseja. Os afagos podem ser o preâmbulo da garra que prenderá seus cabelos com violência, do braço que apertará seu pescoço, do pau duro que se meterá nela à força. Mas esses cálculos não a amedrontam, porque ela sabe se defender de homens muito mais fortes que esse sobrevivente ferido e desnutrido e confia na sensação de aliança que a levou à presença dele, algo que não surge no cérebro nem nos buracos, e sim na barriga. Algum tempo depois Chama emerge do depósito de carnes apoiando nos ombros o homem queimado e manco, conduzindo-o devagar em direção à fogueira comunal na porção da encosta que àquela altura da tarde ainda é banhada pelo sol cálido e encarnado. Aos poucos os outros moradores do Organismo percebem o que se passa e os cercam com reações variadas que vão do questionamento confuso à aprovação silenciosa. Os meninos juntam pedras, mas permanecem afastados. Ninguém se atreve a impedi-la de escoltar o homem, talvez porque esteja claro que já não se pode voltar atrás, mas Chama também absorve com satisfação a emergência de um respeito tácito por seus desígnios no funcionamento do Organismo. Essa potência a reconfigura por dentro, de repente ela se sente um órgão vital naquele arranjo. Não demora para que venha Alfredo. Chama pede que tragam também a Velha e todos os outros. Quando vê toda a comunidade reunida outra vez, começa a falar. Diz que de agora em diante a porta do depósito permanecerá aberta e o astronauta ficará livre para ir e vir. Que ele precisa tomar sol e caminhar para não adoecer e que deverá receber uma dose semanal de necromel como todos os outros. Por fim anuncia que descobriu duas coisas importantes. A caravana dos carvoeiros está por perto e enviou um batedor para espionar o Organismo.

E as abelhas fundaram novas colmeias para além dos limites do Topo. Chama só vai dizer onde está o cadáver do carvoeiro e as colmeias novas se todos de agora em diante se comprometerem com o bom tratamento do astronauta caído. Na discussão que sucede, à qual não faltam algumas censuras e ameaças que ela acolhe sem reagir, seus termos são finalmente aceitos, exceto um, o oferecimento de necromel ao astronauta, a que Alfredo e mais da metade dos moradores se opõem. Chama carrega o astronauta de volta para o depósito com ajuda de Misabel e Tão. A porta fica aberta. Na manhã seguinte ela guia Celso, Alfredo e Boloto até o cadáver do carvoeiro, do qual restam apenas ossos e vestes. Quando tentam percorrer a senda na mata que leva ao reduto das novas colmeias, porém, os enxames irrompem numa falange assustadora que os ataca com uma violência medida para machucar sem matar. Cheios de picadas dolorosas, tontos de agonia e medo, eles tropeçam e engatinham morro acima e depois percorrem em silêncio, estupefatos, o resto do caminho de volta ao Organismo. O zumbido da ira das abelhas permanece em seus ouvidos pelo resto do dia. Chama já não tem certeza se entendeu bem o que deve fazer. Lembra de outro ensinamento da Velha. Os desenlaces não dependem da clareza da nossa visão. Pelo contrário. A clareza, quando ocorre, faz parte do desenlace.

XIV.

O astronauta é deixado em paz daquele dia em diante. Poucos se aproximam dele, preferindo vê-lo vagar pelos arredores do depósito de carnes com o olhar perdido como se tivesse saudade de um sonho que ia esquecendo. O homem gosta de se molhar o tempo todo com a água das bacias e teme até mesmo as criaturas mais mansas, para hilaridade de crianças e adultos. Um menino consegue convencê-lo a se aproximar de uma ovelha, a quem o homem oferece uma laranja. A ovelha aceita e mastiga, mas lhe dá uma cabeçada quando ele tenta afagá-la. No terceiro dia de liberdade ele é encontrado com machucados de uma surra perto dos eucaliptos mortos. Chama cuida de seus ferimentos no depósito de carnes e eles murmuram melodias um para o outro. Ela passa a dormir debaixo da casa da Velha, de onde pode enxergar a porta do depósito. Um dia o homem a encontra num campo mais afastado onde ela está colhendo cogumelos e raízes. Ele faz gestos para que ela se aproxime e se agacha no chão. Usando as mãos e fazendo ruídos com a boca, o astronauta imita a nave caindo na terra e faz uma marca na terra seca. Risca uma linha com uma pedra até outro local e gesticula sugerindo que se trata do local onde estão agora, o Organismo, ou talvez o Topo como um todo. Depois ele risca outra linha bem mais comprida na terra e faz mais uma marca. Naquele ponto começa a cavar com a pedra e depois com as mãos, apontando e sugerindo que existe algo valioso debaixo da superfície a ser descoberto ou recuperado. O homem vira as palmas das mãos como se fossem as páginas de um dos livros de Alfredo, diz várias coisas em sua língua desconhecida, morde os lábios e parece ficar aflito. Depois ele faz vários outros gestos e sons, mas Chama não consegue entender. Ela também gesticula tentando explicar que não se podem ultrapassar os limites do Topo. Do lado de fora há violências desmedidas, solos corrompidos, pouca água e muita morte. E aqui dentro temos o necromel contra a peste do sangue, ela diz como se isso fosse óbvio para o homem, mas na mesma hora lembra que as volantes se retiraram para o lado de lá. Chama desenha com um graveto na terra as estruturas de vida ensinadas pela Velha, a membrana, o núcleo, as organelas. Os limites do Topo são uma membrana que, se perfurada, mata o Organismo. As ovelhas, as plantas, as abelhas, as pedras, as bactérias, os humanos, todos sabem disso e funcionam de acordo. As trocas que o Organismo suporta são os ventos, a luz, as raras chuvas, o fluxo dos entes invisíveis a nossos olhos por seu tamanho. Mas enquanto desenha esses ensinamentos para o astronauta Chama começa, pela primeira vez, a questionar em alguma medida a sua validade. O olhar de confusão do homem desperta nela suspeitas disformes mas suficientes para começar a amolecer determinadas certezas. Entre outras coisas, uma membrana tão desafeta a trocas começa a lhe parecer suspeita. Membranas, a Velha diz, organizam um arranjo de alianças no tempo e no espaço, mas sua porosidade não elimina as trocas vitais com o lado de fora. Para o isolamento temos abismos e cercas. Pode ser que a membrana do Organismo tenha endurecido demais e se tornado uma casca, Chama pensa. Ela tem um vislumbre fugidio e delirante da visão que lá de cima o astronauta tinha da terra, dos seus organismos dentro de organismos em órbita, e sente uma tontura tão forte que precisa se agachar também e apoiar as mãos no chão. O astronauta aponta uma última vez para o buraco que cavou e a encara com ternura e súplica antes de lhe dar as costas e continuar com suas errâncias.

XV.

Chama chega a formular a ideia de uma expedição com o astronauta para além dos limites do Topo em busca do buraco que ele fez na terra, mas a oportunidade nunca chega porque na manhã seguinte um uivo de dor sobressalta o Organismo e Alfredo desce as escadas de casa carregando nos braços um dos seus gêmeos, o da roupa de morcego, que está queimando de febre, fedendo a morte e com crostas purulentas nos olhos. O menino vestido de aranha vem logo atrás, mordendo a ponta dos dedos, com olhos arregalados de terror. Aos poucos os moradores saem de suas casas e abrigos e de alguma forma sabem o que se passa mesmo antes de qualquer pergunta e resposta. Ninguém se aproxima muito de Alfredo, exceto Boloto, que vai examinar o menino doente e, com o rosto franzido de incompreensão, confirma as suspeitas do pai. Um pouco depois a Velha chega, confabula com os outros e em seguida acompanha Alfredo e o menino desfalecido até a cozinha da sua casa, onde insere na boca da criança uma colher contendo uma dose grande de necromel, bem maior que a dose usual consumida regularmente por todos os humanos. Chama acompanha atenta toda essa movimentação, porém mantendo uma distância prudente, menos por medo da doença, que em toda a sua vida nunca testemunhou, e mais porque Alfredo a fulmina com os olhos como se ela fosse responsável em alguma medida pelo adoecimento do filho biológico. É o primeiro caso de peste do sangue no Topo há pelo menos trinta anos, diz Celso um pouco mais tarde, colocando a mão no ombro dela e massageando seus músculos endurecidos em volta do pescoço. O Organismo suspende as atividades habituais esperando a recuperação do menino. Chama vai até o depósito de carnes levando porções de comida e água e gesticula dizendo ao astronauta para que não saia dali e mantenha a porta fechada. Ao cair da tarde uma tempestade de raios rabisca o horizonte violáceo nas corcovas distantes dos morros e a noite cai mais cedo. Em torno da fogueira comunal acesa as aflições e dúvidas da comunidade espocam e se desfazem no ar como as faíscas. O necromel deixou de funcionar? As abelhas estão punindo o Organismo por algum motivo? O astronauta contaminou o Topo com outra espécie de bactéria trazida da órbita? Por onde andou nos últimos dias o menino que adoeceu? Alguns dizem que é preciso estar preparado para ir embora do Topo se a doença se alastrar. Outros lembram que o necromel está acabando e que se todos aumentarem suas doses agora sem que as abelhas refaçam a aliança o estoque durará apenas dez ou vinte noites. A possibilidade de que a morte do menino ocorra a qualquer instante cristaliza outra vez na comunidade o entendimento de que as alianças são ciclos, que ciclos podem durar muito tempo mas não para sempre, que o ciclo dos cadáveres e do néctar imunizante parecia eterno mas se estabelecia entre entes tão distintos mediante a mais delicada alquimia de mortes, nascimentos, decomposição e nutrição. No meio da madrugada as nuvens abrem e a lua cheia aparece como um olho perscrutador. A incomum tempestade de raios se afastou, mas ainda pode ser vista fustigando terras distantes com rajadas intensas, produzindo clarões que evocam nos mais velhos a queda de bombas devastadoras sobre as cidades e a explosão das fábricas e das torres de energia. Exausta da sua vigilância, Chama dorme um pouco em frente à porta do depósito de carnes e quando acorda não há mais lua nem raios na escuridão uniforme. Vozes desassossegadas ecoam na casa da Velha. Chama entra e vê o menino tremendo e respirando rápido na cama improvisada sobre a mesa enquanto Alfredo esfrega unguento em seu peito. Um cheiro floral e acre de chás desconhecidos toma conta do ar. As seriemas no canto da sala chocam seus ovos atentas à movimentação, girando o pescoço para guiar a lente de seus olhos primitivos. O menino parece estar dormindo, mas de repente abre os olhos e recita palavras desordenadas. Chama se retira, um pouco porque está assustada, mas também porque se sente expulsa pelo tratamento que lhe dispensam. A Velha e Alfredo não lhe dirigem o olhar e se negam a reconhecer sua presença ali. É outra sensação nova para ela, essa indiferença, outra mutação sinistra de um Organismo que vai ficando irreconhecível. Ela se acocora às margens do assentamento humano como um bode afugentado e acaricia o dorso familiar das pedras ao alcance da mão, esperando. Minutos depois de o sol despontar nas colinas Alfredo sai da casa da Velha carregando o corpo do menino enrolado numa mortalha de lã. Desde que Chama se lembra de estar viva a morte visitava o Organismo como o nascimento, trazendo na bagagem um júbilo enroscado em trauma. Mais uma volta com os dedos na cama de gato das alianças. Mas essa morte do gêmeo traz algo novo, um tipo de medo que ela pensava habitar apenas uma camada subterrânea e afastada o suficiente da sucessão de instantes para não merecer consideração. Não se trata mais do medo sólido em cima do qual alianças são construídas, mas de um medo vaporoso que não sustenta nada, que os humanos parecem ansiosos para soprar longe com o vigor de uma tempestade. Ninguém se aproxima muito do menino morto e de seu pai temendo possíveis contaminantes para os quais pode não haver mais remédio. Sem as abelhas a comunidade não sabe o que fazer com o cadáver. Há décadas elas se alimentam dos mortos. Se não for consumido por elas, será melhor deixá-lo em outro local para ser consumido por outros entes? Dizem que fora do Topo o costume mais comum é queimar os cadáveres porque isso ajuda um pouco a mitigar a peste do sangue. Chama lembra do cemitério antigo com seus mortos enterrados, cadáveres dos quais Alfredo e seus seguidores acreditam restar um vestígio de partículas aquecidas, a alma. Essa alma, ela pensa, se existe, talvez surja precisamente quando a harmonia das alianças é violentada por acontecimentos desse porte, cisões na unidade de todas as coisas. Talvez a alma seja como a cicatriz de um machucado nessa alegria que vigora, misteriosamente, entre os entes que encontram maneiras de compactuar. Chama sente um calafrio pensando que o coitado do menino poderá ser enterrado dentro de uma caixa e deixar esse resíduo de alma por aí.

XVI.

À tarde Chama é puxada pelos cabelos para longe da porta do depósito de carnes que continuava guardando desde a madrugada. Alfredo não está entre os invasores, mas são quase todos seus pupilos, humanos que presumem vislumbrar na memória acumulada dos relatos uma aproximação útil de verdades eternas, boas o bastante para guiar seus atos. Chama tinha virado o cadeado para o lado de dentro e entregado a chave para o astronauta, mas não faz diferença alguma porque a porta é derrubada com pontapés. O astronauta se encolhe na terra seca enquanto batem nele e seus gemidos e súplicas são os únicos barulhos que ferem o silêncio reverente que se abate sobre o Organismo enquanto a violência transcorre. Com a garra do humano ainda presa a seus cabelos, Chama se sente vulnerável e insignificante, esmagada por esse silêncio torporizado da comunidade. Alguns seguidores da Velha se juntam ao linchamento. O astronauta se levanta e cambaleia, botando sangue pelo nariz e testa, mas logo é derrubado de novo por socos dos adultos e pedradas das crianças. Impedida de se mover com o corpo, Chama se move com os pensamentos e procura ocupar o lugar do astronauta agora, experimentar o cansaço e a confusão desse homem que escapou de um lugar de horror apenas para desembocar em outro. A Velha e Alfredo chegam juntos enquanto as agressões prosseguem, e não levantam a voz para impedi-las. É estranho vê-los finalmente unidos não em torno da harmonia com que Chama sempre sonhou, e sim em torno desse estrago. Chama nunca julgou necessário escolher os conhecimentos de uma em detrimento dos conhecimentos do outro. Os dois lhe pareciam enxergar de lugares diferentes e com um olhar penetrante o mesmo espetáculo caótico de luz e sombra e do que ambos diziam podia brotar uma gota a mais de umidade para o espírito. Mas os dois também pareciam até então comprometidos com uma luminosidade que agora se convertia em escuridão. Finalmente Alfredo avança alguns passos e intervém erguendo a mão aberta, o que faz cessar os ataques ao astronauta, que dessa vez não levanta mais. Alfredo tem um livro na mão, mas ainda não o abre. Ele diz, mirando ao longe como se revolvesse um manancial de recordações, que o astronauta é um traidor da humanidade. Que humanos como ele provocaram as catástrofes das quais depois escaparam. Que agora se achavam no direito de retornar porque o destino de sua fuga havia se revelado um lugar sem comida, sem amor, sem chão. Mas eles não tinham mais direito de retornar do que o assassino tem de se abrigar na casa de suas vítimas. Essa, diz Alfredo, era a mensagem das abelhas. A única maneira de remediar a cisão que trouxe de volta a peste do sangue e matou seu filho era matar o astronauta e oferecer seu cadáver para as volantes. Escutando tudo isso Chama sente uma vontade muito forte de acreditar, pois as palavras de Alfredo descrevem uma solução, uma história em que todos os acontecimentos justificam uns aos outros. Mas o silêncio da Velha a intriga, da Velha que com tanta insistência desdenhou da validade das histórias, que ensinou que num universo em que tudo se encaixa não pode surgir novidade, e a prova de que as coisas não se encaixam com a exatidão que gostaríamos é justamente estarmos o tempo todo cercados por novidades. Ou todo instante não passa de uma repetição ou é novidade. Por que a Velha não se opõe ao que acontece agora? Estaria cansada? Chama escuta um pensamento que não parece ser bem um pensamento e sim uma voz que se dirige a ela de um lugar indefinido, nem perto nem longe, nem dentro nem fora. O pensamento diz que cabe a ela, não à Velha nem a mais ninguém, interferir no curso dos acontecimentos. É como acontece nos relatos de alguns livros antigos de Alfredo, em que humanos escutam vozes com segredos ou ordens vindas de entes que não estão perto mas sabem de tudo. Chama golpeia o homem que a imobiliza com o calcanhar e os cotovelos. O homem agarra os cabelos dela com ainda mais força, mas ela não liga. Que arranque tudo fora. Consegue cravar os dedos com unhas compridas e lascadas na face do homem às suas costas. Ele solta seus cabelos para se defender, mas em seguida a agarra pelas roupas. Ela se debate até rasgar o poncho-pala e finalmente se liberta. Transida de dor, com o corpo exposto, Chama se precipita até o astronauta prostrado, o envolve com os braços e roga ao Organismo que interrompa aquela violência e que abra de novo os olhos. Alguém faz menção de se aproximar para tirá-la dali, mas Misabel intervém e lhe oferece o primeiro olhar terno, de escuta, que ela recebe após dias. Chama fica em pé, se volta para Alfredo e para a Velha e declara que deseja se tornar mãe do astronauta. Alguns moradores riem baixinho, mas a comunidade como um todo permanece circunspecta porque conhece e respeita as tradições e sabe da gravidade do pedido. Poucos no Organismo não possuem algum parentesco biológico com outros entes. Chama poderia ter proposto fazer do astronauta seu irmão ou pai, mas diz que desde que o prenderam no depósito de carnes ela alimenta e reconhece em si a vontade de fazer dele seu filho. Que saberá ser uma boa mãe e que o cuidado mútuo que brotará desse parentesco no Organismo os ajudará a recuperar o equilíbrio e talvez possa até mesmo trazer as abelhas de volta. Misabel se apressa em votar a favor com a mão erguida e outras poucas mãos a acompanham em meio ao burburinho. Tão e Deia, Celso e, depois de alguma hesitação, a Velha. Para espanto de todos, porém, Alfredo dá alguns passos até o centro do círculo e esbofeteia Chama com o dorso da mão. Ela cai por cima do astronauta com o rosto e os lábios em brasa, sentindo gosto de sangue. O menino gêmeo sobrevivente se agarra às calças de cânhamo muito brancas e limpas do pai, que lhe afaga os cabelos com a mão esquerda e com a direita ergue aos olhos de todos o livro que empunhava, agora aberto numa página escolhida. *Têm fé todos no invento e no remédio*, recita Alfredo. *Lugar se adapta exíguo. Em teto angusto breves paredes com telhado breve se assentam firmes. Luz penetre oblíqua, dos ventos cardeais, por quatro frestas.* Dessa linguagem o Organismo entende apenas poucas palavras, mas o que permanece ora obscuro apenas atiça o furor dos desesperados. *Relutante novilho tu lhe tapes folgo e ventas. A golpes derreado, no inteiro coiro as vísceras contusas, sem vida o enceles com ramada às costas recente cássia e timo.* Alfredo faz uma pausa para explicar em pormenores o que diz o texto e Chama treme incrédula ao que está sendo proposto. *Ferve o tépido humor nos tenros ossos, e é pasmo ver primeiro ápodes vermes que de asas logo de mistura zunem*, prossegue Alfredo com a voz cada vez mais potente, *e o ar delgado mais e mais bebendo partem, qual chuva das estivas nuvens, ou qual do nervo rechinantes setas no encetarem peleja os leves Partos.* Terminando de recitar, ele fecha o livro e olha em volta. Os antigos poetas revelaram muito antes dos modernos como trazer as volantes de volta, diz Alfredo, e este livro ensina o ritual. Levem o astronauta caído para o depósito, ele ordena, retirem tudo de dentro e forrem o chão com bastante palha e tomilho. E assim, sem ouvir as súplicas de Chama, com uma luz ardente de força e esperança nos olhos alguns homens e mulheres fazem prontamente sem questionar.

XVII.

As duas janelas basculantes situadas em paredes opostas do depósito de carnes são entreabertas de modo a deixar quatro frestas para a ventilação do recinto, mas os vidros, que apesar de opacos e escurecidos pela ação do tempo ainda deixam passar luz, são cobertos com tábuas para garantir a escuridão mais propícia ao apodrecimento. Alfredo comanda os preparativos com seu livro em punho, consultando e recitando versos que contêm uma sabedoria antiga para restaurar os enxames. O astronauta é mantido imobilizado por braços fortes e protesta com palavras que ninguém entende, desperdiçando sua voz rouca na surdez coletiva que antecede os rituais de brutalidade. As colinas do Topo enrubescem na luz estranha do cair da tarde, como se algo de ominoso contaminasse o lilás e o amarelo. A maioria dos moradores do Organismo exulta com a iminência de uma renovação e para eles, Chama pensa, o céu avermelhado deve parecer a moldura inaugural de tempos melhores. Com a garganta mais seca do que nunca e o rosto ainda latejando da bofetada que recebeu de Alfredo ela procura se manter próxima ao astronauta, que procura o seu olhar sempre que lhe falta o fôlego entre as súplicas. No momento Chama não pode fazer nada por ele. Ela precisaria se insurgir contra o próprio Organismo e isso está além das suas forças. Chama procura a Velha na esperança de convencê-la a intervir na violência em curso, mas a Velha passou mal e se recolheu em seu quarto. O brilho verde impressionante de seus olhos, que parecia mágica no corpo murcho e encarquilhado, tinha começado a se apagar. Celso ainda procura conversar com Alfredo dizendo que em sua vasta experiência na lida com as abelhas não existe respaldo para nada disso que o livro antigo prescreve. Mas Alfredo não cede. Alega que há segredos da transmutação da vida que a humanidade rejeitou e esqueceu. De que estava adiantando toda a experiência de Celso desde que o astronauta caiu e as abelhas foram embora? Por acaso Celso tinha feito algo para evitar a degradação do necromel, para evitar que seu menino morresse da peste do sangue depois de termos estado tanto tempo imunes? Outro tipo de morte se faz necessário, diz Alfredo, para continuar renovando a vida. Dois homens voltam do mato empunhando os porretes pesados que Alfredo mandou procurar. O astronauta é arrastado até mais perto do depósito de carnes. Os homens imobilizam seus braços e pernas. Enquanto ele urra e se debate, uma mulher recheia suas narinas e sua boca com barro espesso. Os gritos se tornam um rumor abafado. As ovelhas e cabras observam de longe com sua neutra curiosidade intacta. Talvez bruxuleie na intimidade das lanosas, Chama pensa, a memória residual de inumeráveis sacrifícios perpetrados em seus antepassados por humanos ensimesmados em seus rituais, crentes de que os ciclos de fertilidade e as alianças entre os entes eram afetados por sua busca obstinada de um sentido. Mas o sentido é o ciclo, Chama pensa, é a aliança. Não há outro. Diante da observação muda e fascinada dos moradores do Organismo os homens e mulheres debruçados em torno do astronauta vedam seus olhos com barro e ataduras. Depois costuram com agulha e linha as suas narinas e a boca. Amarram seus punhos e tornozelos e se afastam para verificar o que fizeram. O humano que veio da órbita estrebucha na terra seca em contorções prodigiosas, mas de seus gritos se propaga apenas um murmúrio que parece alcançar o Topo vindo do outro lado da esfera do planeta. Alfredo chama os dois homens que trouxeram os porretes e, depois de consultar mais uma vez o livro, lhes passa instruções ao pé do ouvido. Chama não aguenta mais. Levanta e corre em direção ao astronauta querendo impedir o que virá, mas é logo dominada por outros humanos e arrastada até perto da casa da Velha. Alfredo ordena que a amarrem nos paus que sustentam a varanda, no mesmo lugar onde às vezes ela gosta de dormir, e assim ela entende que não será libertada dali tão cedo. Desde que nasceu Chama nunca viu um ente vivo amarrado no Topo. Nem humano nem cabrito nem ovelha nem gavião. Ela é a primeira. Misabel traz o poncho rasgado que lhe foi arrancado do corpo e ela se cobre como pode. Os homens começam a bater com os porretes no astronauta, que logo desfalece. Alfredo insiste para que tomem cuidado. É preciso desintegrar as vísceras e quebrar os ossos mas deixar a pele intacta, para que não vazem para fora os humores. Chama se força a olhar até o fim. Precisa absorver cada instante para endurecer o suficiente. As pancadas são firmes mas cuidadosas, ritmadas, e continuam por muito tempo. O sangue do astronauta não escapa, mas bem que poderia estar vertendo em rios para as beiradas do céu, pois um crepúsculo francamente vermelho, como poucas vezes ocorre, tinge o céu por alguns minutos e logo cede lugar à noite. Na penumbra Chama ainda consegue ver os homens e mulheres de Alfredo carregando o corpo do astronauta, agora reduzido a uma sacola de pele contendo uma pasta de órgãos desfeitos, para o depósito de carnes, onde é deitado sobre a palha e coberto por ramos das flores do campo mais prezadas pelas abelhas. A porta é fechada e trancada. Alfredo guarda o livro na bolsa a tiracolo e se dirige ao agrupamento de humanos silhuetados na noite inerte. Em nove dias, ele anuncia, o enxame será restaurado. Da carcaça do astronauta emergirão nuvens estridentes de abelhas, prenhes do néctar espumante a partir do qual vão fabricar, para o benefício do Organismo, o necromel límpido e eficaz.

XVIII.

São nove dias de ar seco e escaldante sob um sol branco que se demora no domo do céu. Chama é mantida amarrada ao pau da varanda da casa da Velha, mais uma cativa no Organismo. Sempre vigiada por seguidores de Alfredo, ela por sua vez vigia de longe a porta do depósito de carnes sabendo que não há nada a fazer exceto esperar, mas ao mesmo tempo pressente que uma grande mudança se avizinha, uma mudança que se dará ao mesmo tempo nela mesma e em toda parte. Acredita entender agora o que lhe diziam as abelhas na senda em meio à mata, o caminho que lhe sugeriam. Imagina as terras vastas e desconhecidas que circundam o Topo, as tantas manifestações da matéria e da vida de que esteve apartada desde que veio ao mundo. Misabel e Celso lhe trazem água e comida e lhe fazem carinhos sempre que os guardas permitem. Quando perguntam como ela se sente Chama responde que é como se gestasse alguma coisa e ao mesmo tempo estivesse sendo parida. Ela pede à mãe biológica e ao apicultor que procurem a clareira das abelhas fora dos limites do Topo para verificar o que se passa nas colmeias e quem sabe levar ou trazer alguma espécie de mensagem, mas eles dizem que não será possível. Alfredo se encarrega pessoalmente de autorizar toda excursão para longe das moradias e qualquer desobediência é punida com crueldade. Com o passar dos dias Chama vai sentindo borbulhar na carne um ânimo misterioso, como se fosse nas vísceras dela, e não nas do astronauta, que as abelhas estavam sendo geradas. Passa a despertar, molhada e arfante, de sonhos em que jatos ondulantes de abelhas ruidosas brotam da sua boca e vagina, das quais também escorrem méis copiosos que empoçam a seu redor. Nesses dias de espera a peste do sangue mata outros dois moradores com sintomas que incluem tumores vermelhos ausentes dos relatos e lembranças da doença. Enquanto essa morte se esgueira, porém, outros nascimentos se agitam. De longe Chama avista cachopas de frutos maduros que apareceram em palmeiras de butiá e vermes e besouros há muito tempo esquecidos começam a brotar da terra estéril como se despertassem de longa hibernação para um grande dilúvio de fertilidade. No raiar do décimo dia após o abate do astronauta Alfredo e seus seguidores degolam quatro cabritos e dispõem os cadáveres em volta do depósito de carnes. Sem mais cerimônia a porta é destrancada. Ainda atada à viga sob a varanda da casa da Velha, Chama observa de longe. Uma nuvem escura de volantes escapa pela entrada da cabana e rodopia com um zumbido tenebroso em torno dos moradores. Chama sabe na mesma hora que não são abelhas. Os humanos começam a gritar e a se estapear aflitos. Um cheiro avassalador de podridão se espalha em ondas que empestam o Organismo. Uma das volantes nascidas do cadáver do astronauta a alcança em seu cárcere sob a varanda e pousa em seu braço. Chama ri baixinho e depois gargalha a plenos pulmões. É uma mosca-varejeira. E em seguida aparecem besouros pretos e verdes e outros tipos de mosca. A abundante proliferação continua escapando pela porta do depósito num vômito interminável. As aladas entram nas moradias e se aglomeram nos galhos dos arbustos pendendo deles em cachos gordos, frenéticas e estridulantes, esbanjando fome e potência de vida. Chama escuta alguém se aproximando e se vira para trás pronta para se defender. A Velha caminha com dificuldade em sua direção, ainda mais curvada que o habitual para conseguir se deslocar debaixo do piso da varanda, empunhando uma faca de aço brilhante sem traço de ferrugem. Com um sorriso indecifrável a Velha lhe entrega a faca. Chama passa a lâmina na corda que a prende nos dois tornozelos, prende a bainha da faca na cintura da saia, ajusta o poncho-pala no peito amarrando-o como uma blusa justa e parte em direção ao depósito de carnes, abrindo caminho em meio aos humanos desorientados que estapeiam as moscas e besouros e ainda se perguntam o que está acontecendo. Dentro do depósito ela vê a massa semidecomposta do cadáver do astronauta hospedando hordas de larvas que se contorcem em ondas hipnotizantes, demonstrando poderes de coordenação semelhantes aos das abelhas que encobriam as colmeias no alto das árvores. Chama observa os movimentos das larvas por alguns instantes sorvendo a beleza improvável daquela coreografia e entrevendo padrões refletidos em outros padrões, unificando o pequeno ao grande e o distante ao próximo. O astronauta retornou à terra da qual veio. Agora é a vez dela de fugir.

XIX.

Alguns dias depois o Organismo a avista despontar no alto do morro. Parece trajar uma armadura de barro seco, mas quando se aproxima o bastante contornando as pedras grandes pela trilha os moradores constatam que está vestida de abelhas. As volantes a recobrem até nos olhos e parecem guiá-la como se fossem extensões de um único organismo híbrido. Torvelinhos de abelhas também a acompanham nos flancos e na retaguarda como um exército alegre e disperso. Antes que ela alcance o ajuntamento de moradias as abelhas se adiantam e atacam as vespas que haviam surgido em grande número para devorar as moscas e que agora vinham atacando também os humanos. Cada vespa é cercada por duas ou três abelhas e as combatentes formam um nódulo eriçado de patas, asas e ferrões que despenca dos ares e termina com a vespa paralisada sobre a terra seca. As crianças não têm medo e correm na direção dela como se reconhecessem uma figura frequente de suas brincadeiras. A cinquenta passos da fogueira comunal as abelhas que a recobrem começam a levantar voo e revelar a sua figura esguia e castanha, matizada de cicatrizes e picadas, vestindo as perneiras de couro, uma faixa de tecido amarrada em torno da virilha, o poncho--pala de cânhamo amarrado firme como uma blusa no torso, a concha do mar na mão esquerda, o rosto limpo e sorridente no meio dos cabelos nodosos e armados como um elmo. Perto da fogueira estão Misabel, Celso, Tão, Deia, Boloto, Val e Alfredo. Chama estende a mão direita, abre o punho e exibe diante deles as sete rainhas volantes ali aconchegadas. A Velha apenas observa da varanda e troca com Chama um olhar cúmplice, os olhos verdes cintilando ao longe, o corpo ancião parecendo prestes a desabar por baixo do vestido floral esmaecido. Os moradores permanecem algum tempo aflitos com a atividade dos vultosos enxames, mas aos poucos aceitam que não serão atacados e que as abelhas estão com Chama e Chama está com as abelhas. Sossegados, tratam de ouvi-la. Chama diz que precisará de Misabel para identificar e aproveitar as tecnologias e artefatos que encontrarão pelo caminho. Precisará de Celso para ajudar a entender as abelhas e se fazer entender por elas, sobretudo os enxames novos que aparecerão. Precisará de Alfredo para decifrar escrituras e registrar em seus cadernos a sucessão dos instantes, mas todos os registros antecedentes, todos os livros e relatos, deverão ser deixados para trás. Haverá memória, mas somente a partir de agora. Alfredo assente. Por fim Chama diz que precisará de todos os outros porque humanos precisam dos corpos e pensamentos uns dos outros para vicejar. Diz que a caravana dos carvoeiros está a um dia de caminhada do Topo. Que os carvoeiros deixaram o caminhão para trás e vêm subindo com pernas e carroças, bêbados de charrua, liderados pelo Esquilo, prontos para massacrar o Organismo. Quando alguém lhe pergunta por onde vão fugir ela responde que não vão fugir. Na manhã seguinte o Organismo parte do Topo deixando para trás o minguado estoque de necromel e apenas alguns dos seus, a Velha e seus cuidadores e mais uns poucos humanos que preferem cuidar ali mesmo dos animais e limitar o escopo de suas vidas ao que já conhecem desde sempre. O Organismo atravessa o riacho venenoso e desbrava pela primeira vez as terras em torno do Topo. Antes do meio-dia Chama avista a caravana dos carvoeiros galgando as colinas espinhentas. Ela se deixa ver pelos invasores no promontório de uma grande rocha e envia os enxames para atacá-los. Os carvoeiros que vinham em firme investida se desorganizam e espalham, estapeando o próprio corpo e gritando. As abelhas se concentram no Esquilo, que logo cai no chão em convulsões horrendas. Ao longo de todo aquele dia a caravana mantém a posição na encosta e hesita, mas na manhã seguinte vão todos embora por onde vieram, sem líder, reduzidos à metade, alguns matando uns aos outros. Alfredo escreve os acontecimentos e lê para o Organismo em torno da fogueira. Chama guarda as sete rainhas num estojo de couro contendo um favo. Não deixou de temer as variadas formas de violência que encontrarão em terras desconhecidas, mas este não é o sentimento que a domina, não é o único que lhe tira o fôlego ao ser pensado. Foi ensinada a não dar valor demasiado ao futuro, mas não pode evitar sentir que agora o futuro se abre à sua frente de uma maneira como nunca se abriu. Chama deita de lado no colchonete de palha, acomoda as mãos entre as pernas e se ajeita com cuidado, procurando não perturbar as abelhas cansadas que dormem nos seus cabelos.

ESTA OBRA FOI COMPOSTA EM ELECTRA PELO ESTÚDIO O.L.M./ FLAVIO PERALTA
E IMPRESSA EM OFSETE PELA LIS GRÁFICA SOBRE PAPEL PÓLEN SOFT
DA SUZANO S.A. PARA A EDITORA SCHWARCZ EM JUNHO DE 2021

A marca FSC® é a garantia de que a madeira utilizada na fabricação do papel deste livro provém de florestas que foram gerenciadas de maneira ambientalmente correta, socialmente justa e economicamente viável, além de outras fontes de origem controlada.